Maze
with no
Exit.

迷路人间

孙未　作品

湖南文艺出版社

博集天卷
CS·BOOKY

自序

1

这是一个平常至极的周六早晨，在世界上的某一个城市中——也许是上海、北京，也许是纽约、洛杉矶、伦敦、苏黎世、米兰、哥本哈根——一处群楼林立的居民区。窗户不算小，但是被建筑物占领的视野并不大。晨曦落在温暖的被子上，一对恋人正从熟睡中醒来。

十五分钟后，他先起床，穿起搭在床头的衬衣，他顺手将她的连衣裙挂在椅背上，抻拉整齐。他还不熟悉这里，不方便为她直接挂进衣柜。

他去刷牙，洗手间的窗户外面似乎是晴天，走回卧室，天色又阴沉了。城市中的天气总是如此，变幻不定又温暾无奇，很少有让人产生惊喜与恐惧的极端天气。或者说，城市中的人们并不留意天气的变化，他们沉湎于人群中的生活，他人的欢呼与憎恶是这片建筑丛林中的烈日与暴雨，更多时候，这片丛林中只有嘈杂的雾气。

他穿上外套，低头吻了她温热的面颊，被子散发着湿润的气息。随后他匆匆离去，出门去买一盒避孕套。

楼下就有便利店，去去就回。他只拿了手机，手表还留在床头柜上，她就听着嘀嗒声等他回来。她开始有点儿困了，嘀嗒声越来越大，简直有点儿震耳欲聋的意思。下楼去买一盒避孕套而已，将近一个小时，他还没有回来。

她拨打他的手机，手机关机了。

他就这样消失在这座城市里。

2

我本人很不喜欢下楼购物，窝在书房里非常安宁，但偶尔也免不了屈服于断粮，夜里出门买一个面包。如果便利店断货，我便不得不步行到下一个十字路口。

然后很可能，在居住了二十年的街区附近，我再次陷入方向识别障碍。每一片高楼都如此相似，无论走过多少个十字路口，我都觉得依然身在原地，又觉得已经来到了地球的另一端。城市的路标和建筑物编号永远让我迷惑不解，在这些人流集聚的迷宫里，真挚的深情归于荒诞，美好的愿望终究白骨毕露。

更可怕的是新店轮换，新楼不断拔地而起，这个城市的生长速度远远超过一座活生生的亚马孙丛林。

落入这种境地，我便不得不求助于手机地图，不知是地图的更新跟不上楼房建造的速度，还是它对于人类世界真实的细节无能为力，我依然在建筑物的丛林中不断绕圈子，有时候往往是一枚教堂高耸的尖顶拯救了我。

幸运的是，这样的我走遍了大半个地球。

二〇一六年初春，我居住在苏格兰一座有文学渊源的古老城堡里，城堡建在悬崖顶端的一块巨石上，坐在客厅外的花园里，可以俯瞰峭壁间大河奔流而过。

四月里大雪纷飞的某个午后，这个故事的开头偶然闪过我的脑海。

当时与我一同工作的作家朋友们都觉得这个开头很有趣，同为城市动物，这个场景给予每个人一致的熟悉感，尽管我们来自相距很远的不同国度。于是我们紧闭客厅的窗户，燃起壁炉，捧着热茶暖手，坐在一架久未调音的钢琴边，以这个开头为起点，开始玩故事接龙的游戏。

后来这个故事便穿越这个世界上的许多城市，有了至今仍在不断进展的情节，两位主人公生活在不同作者构建的平行世界里，试图厘清命运的谜团，仿佛我们各自生活的城市也是同一故事不同版本的平行世界。

重新回想起这一幕的时候，我正坐在时速四百多公里的列车上，车窗外是中国初夏的江南烟雨。这样的时速令我不由得再次回想起远在欧洲的朋友们，他们总是抱怨火车太慢，又对人烟稀少的乡野生活乐此不疲。

我正在计划参加一个瑞典项目，今冬明春，会在斯德哥尔摩附近的一座岛屿停留很长时间。有位瑞典的朋友鼓动我去她家看雪，她定居在瑞典中部的高海岸地区，跨年后的二月，正是璀璨的银白世界。为了顺便观赏沿途风景，我打算乘坐火车，她极力劝阻，建议我务必搭乘北欧航空。

火车太慢了，从斯德哥尔摩到高海岸地区，足足五个多小时。要是中国高铁的速度，用不了三小时就能到。她强调了两种速度之间的鸿沟。

但是在慢吞吞才能到达的铁轨那一头，二月晶莹的世界里，有"胖周二节"。在这些令人向往的周二，每个人都要吃一个很容易导致发胖的甜品，通常是非常美味又让人充满罪恶感的杏仁酱奶油豆蔻面包。

3

故事中的他，消失在城市中，诱惑他偏离轨道的，是不是早晨面包店新上架的一个杏仁酱奶油豆蔻面包？我很肯定这不是上海的版本。在我出生与成长的这一片高楼丛林中，传奇的时代已然过去，人们的轨道实际而固定，远谈不上理性或感性，他们不过是颇知利害罢了。

在以后漫长的岁月里，他再也没有回到过这套公寓。在现存的所有版本中，唯有这个情节是一致的。我为他感到高兴，这至少证明他找到了出口。

拥有真正的出口是一个好世界的基本标准，正如当电影院里灯光暗下来，安全出口的绿色灯光便在两侧亮起来，看见这个标志，我就觉得分外安心，如果电影不好看，至少我可以选择离场。

生命也是如此，死亡是这个电影院的出口。在读到人类永生的科技文章后，有时候我会忧虑，如果生命没有离场的出口，电影不好看怎么办？有一位网友回答了我两个字：睡觉。我觉得这是个好主意。

故事中的她，起初以为这是他不露声色的斗气，谁让她在那个时候，坚持要他先下楼买一盒避孕套呢？她拿定主意不再理睬他，一天过去了，一周过去了，他寂静无声，床头的手表依然嘀嗒作响，提醒她也许一切并没有这么简单。

扪心自问，她究竟对他有多少眷恋，这很难说。答案对她更加重要，没有太多凡人能够与不可解释的故事和平相处。

她开始怀疑他出了意外，车祸，绑架，或者想象不到的可怕遭遇。她查问附近的警署，那个周六的早晨极度宁静，没有登记在册的交通事故或者犯罪事件。

她记得他就职的公司，工作日顺便坐电梯上楼去找他，前台小姐告诉她，他早在半年前就离职了，并未留下新公司的联系方式。他的家人并不在这个城市，仅有一位远房表姐。她去拜访这位远房表姐，表姐最后一次得到他的音信，是他从本城银行汇来的一笔款子，汇款的时间正是他消失的前一天。这令他的失踪看上去更像一场蓄谋已久的逃离。

那么他为什么偏偏留下这块手表，这会是他留下的线索吗？

这是一块非常体面的手表，乍看有如名品，只是牌子认不出。她比对着字母在网络上搜索，一无所获，这甚至不是一块商标故意差一个字母的仿版手表。

她打算干脆拆开它看个究竟，她是个心灵手巧的姑娘，在漫长的单身生活中，她拥有了大大小小不同型号的工具箱。她拿出全套最小号的工具，螺丝刀、扳手、锉刀、刷子、锯条……整齐排列摆放在桌沿，在台灯下，她发现那块手表根本没有螺丝，背盖与表盘浑然一体，没有任何可以打开的缝隙。

手表的嘀嗒声更加清晰，仿佛在戏弄焦灼的她。她将手表再次翻过来，这一回，她注意到了手表的秒针，它走得稳定而有力，之前她从来没有注意到，它前进的方向并不是顺时针的。

它一直在倒转，一刻不停地逆时针行走，冷静而不动声色地嘀嗒，嘀嗒，嘀嗒。

目录

C O N **TE** N T S

迷　路　人　间

✚

✚

第一个故事

✝

如何用余生忘记你

我愿意舍弃我的容貌，我的年轻，我的健康，
我余生的所有快乐。

如果这些还不够，我愿意你们拿走我的生命，
只要他能活下去。

1

傍晚时分的客厅里，日光消隐。窗外的建国路上难得人车稀少，毕竟是周六，否则高峰时候怎能少得了灌满一房间的喇叭声。

怡景苑是个高层小区，这套公寓屈居三楼。此刻难得的寂静中，徐曼宁可以听到椰榆树顶上的细叶正拍打窗棂，女儿的筷子轻轻搁下，其间丈夫的手机振动了两次，都被他自己识相地按掉。她甚至能感觉到满桌菜肴的香气正在散去。

冷场发生在她脱口而出那句话之后。绵长不休的争论中，她忽然对着女儿断喝一声，玥玥，从理论上来说，你们根本就不是夫妻，你非要出头管这闲事做什么？

徐曼宁并不觉得这句话是失言，恰恰相反，她认为她道出了问题的精髓。那个男人，任凭他是哥伦比亚大学毕业，香港上市公司各分部最年轻的设计总监，职位高你两级的什么公司高层，任凭他爱你爱得千依百顺，但如果被确诊了胃癌第三期，种种好处等于一笔勾销。

徐曼宁苦口婆心地开导女儿，你从小到大才做过多少家务，可曾知道照顾病人的苦楚？你可曾眼睁睁看见过一个人死去？我知道你现在一门心思只想着要救他，可是生病这回事，不是只要你付出努力，他就会好起来。这种病就是个无底洞，多少钱砸下去，多少精力投进去，最后很可能他还是免不了会死。你有没有想过，到了那个时候，你能不能接受这个结果，你以后的人生要怎么走下去？

起初何玥眨巴着大眼睛认真聆听，一如既往，努力想从这些话里听出些背后的端倪，瞅空儿细声细气地表达几句自己的意见。这些意见通常未必与真正的话题有关，倒像是进一步试探母亲的意图。何玥是个乖孩子，这种乖，不是表面上的俯首帖耳，而是心底里使劲儿地想要猜出母亲的心意，使劲儿想让母亲感到满意。这是一种给足了徐曼宁发挥空间的乖。

五岁的时候，何玥被选为一部电视剧的童星，徐曼宁逢人便说，这是玥玥自己指着报纸上的启事，说要去面试。至于五岁的孩子如何认得报纸上的字，这一节略去。

何玥六岁开始学钢琴，徐曼宁宣布道，是这孩子言之凿凿，说将来一定要考到十级，家里才下狠心买了钢琴。于是徐曼宁成了同事和街坊邻里中出名的新派母亲。她总是故意略带谦逊地说，我们家玥玥，我其实没怎么花力气培养，她有出息，都是因为她自己特别有主张。

回想很久以前，何玥高考失利，正在查看征集志愿的高校名单。她坐在女儿身边，一把旧折扇为她扇个不停，扇上题着：国破山河在，城春草木深。徐曼宁表示完全支持女儿的决定，作为母亲，她也绝不舍得女儿再受第二遍罪，为了第一志愿明年夏天再去参加一回酷刑般的高考，说到底，什么大学不是学习呢？徐曼宁就这么说了半个钟头，终于赢得女儿改变主意，流着眼泪对她表了决心：不上一本，复读不息。

念及往事，徐曼宁蓦地出了一脊背的细汗，难道女儿今天是会错了她的意？难怪自己说了半个多钟头，女儿还在那里兀自表态说，她能搀扶那个男人穿越死地，他们将来会幸福的云云。于是才有了徐曼宁这一声点题的断喝。

说来说去，今天逼着丈夫拨了女儿一整天手机，连发十二道金牌终于在傍晚把女儿召回来，就是为了对她说这句话。无论她和李昊的婚事办到哪一步，所幸还没有登记和办酒，她依然可以干净脱身。

徐曼宁没有猜错，直到这句话铿锵落地，何玥才惊觉母亲的真正意图。对李昊得病的事情，何玥知道母亲有顾虑，可是她以为这一切都是冲着自己的能力而来，说到底依然是在为她加油。此刻这一句断喝让何玥完全转不过弯来了。

且不说李昊三年里每月必上门向她父母请安，被母亲里里外外戏称为何家的上门女婿。如今婚房的首期付讫，家里也默认她一周几日住在那里。婚纱照拍了，戒指买了，只欠婚宴事务繁杂，她和李昊打算安排在三个月后的金秋。难道走到这一步，他们依然不能算作夫妻吗？

徐曼宁干咳了两声,她的丈夫何处长便接到指令,开始打圆场,不过他没有用自己的立场来表达观点。他只是说,玥玥,你妈妈的意思是,实事求是,要是李昊发病再晚两三个月,这副重担就落实在你肩上了。可是现在,毕竟你还有退路啊!

何玥涨红了一张苹果脸,憋出一句,妈,你怎么能翻脸不认人呢?

这句话把徐曼宁惹急了,今天她破例亲口说出自己的决策,还不是太害怕女儿误入歧途。这下可好,她甘做恶人,女儿不记她的好,反而真的把她当恶人了。

徐曼宁心口一堵,便脱口而出,你认人,你怎么认?做手术要直系家属签字,你有这个资格签吗?

何玥一咬牙说,我会有的。

完了,徐曼宁在心里怨自己,又逼女儿表了个决心。

何玥走了以后,徐曼宁对着一桌菜发愣。杭椒牛柳、松鼠鲈鱼、拔丝苹果、菌菇汤,没有哪个是上海家常菜,倒像是从各个菜系餐厅的菜单里走下来的。

两年前,徐曼宁从报社提前退休,此后就把钟点工的一天三小时减作一小时,亲自下厨。半辈子没进过厨房的知识妇女变作大厨,厨房被她特意改装成开放式的,与客厅连为一体,连每顿饭的顺序都变成先上菜,后上饭。

怨丈夫这个处长做得毫无威仪,怨女儿一个企划部小文员做了五年不得升迁。说实话,这些年能让她嗓门响亮的也就是李昊这个准女婿了。李昊虽不是本地人氏，好歹是皇城根儿底下长大的正经北京人。学历职位薪资前途之外，徐曼宁还问出了李昊有个在京城做生意的父亲。据称李昊和父亲关系一直不融洽，是以选在上海发展。话虽这么说，半年前谈婚论嫁，人家李董在电话里对她可是热情得很。

一番权衡下来，徐曼宁对李昊岂止是满意，简直是称心得不得了。李昊的五官算不上精致，不过三十出头的男人长了将近一米九的挺拔身高，不说话的时候紧抿着嘴唇，一看就知道在公司是发号施令惯了的，对她这个准丈母娘却是毕恭毕敬，这番架势任是几十岁的徐曼宁都觉得有些脸红心跳了。相形之下，沙发上那个面团似的何处长简直黯淡无光。

从何玥抽泣的电话中听说李昊的诊断结果，徐曼宁懊恼得整整两夜合不上眼，她甚至觉得自己受到的打击比何玥更大。可是若不能及时止损，吃苦受罪的就是玥玥。

徐曼宁把手指伸向松鼠鲈鱼，折下一片冰凉的鱼腹肉放进嘴里，嚼得索然无味，心里还在惊疑，她绝未料到女儿竟会彻底拂她心意。这一走，她想，暂且就当她顶多能撑半年不回家吧。半年后，是何玥知难而退，还是已经做了寡妇，念及此处，她觉得自己的心就如同这炸过又放凉的鱼肉一般，早就辨不出滋味来了。

何玥一出门就掏出手机看，屏幕在夜色中静静发光，像一泓幽静的池塘，已经整整七十三分钟没有来自李昊的新短信了。

若是平时，李昊在酒店住下后就会立刻主动给她发短信，问她有没有听话打车去建国路，最近地铁不安全；问她有没有把他早上开车出去买的礼盒给爸妈带去；说想起前门的烤鸭特别香，下次要带她去尝尝；说北京今天倒是破例没有雾霾，早知道应该带上她去大山中的红螺寺住着看星星。

那么她就会故意笨笨地回答，是啊，是啦，好啊，那你现在就回来接我吧。

李昊虽然只长她六岁，和她在一起倒像足了她半个老爸，他昵称她"小朋友"，管她，哄她，免不了还有点儿蛮横地宠她。

何玥心想，她绝不能把今晚母亲的建议告诉李昊，永远不能，要不然李昊会怎么看她，怎么看他们这一家人。心念至此，她忽然疑神疑鬼起来，她对自己说，该不是刚才在母亲面前偷偷翻看手机的时候触动了什么按键，该不是李昊已经从电话里听到了她们所有的对话，这才反常地沉默着。

她怀着莫名其妙的心虚往地铁站去。车辆从她身畔亮着灯次第滑过，像一条不知所踪的河流。手机在口袋里安静如斯。

2

在三十二岁这年收到胃癌第三期的诊断书，李昊觉得自己的镇定完全仰仗于何玥的反应过度。整整三天，何玥哭得眼肿如桃，这副尊容不

但在公司有碍观瞻，也暂时不能回父母家丢人现眼。两人正好有借口在

　　　相夕相对了几日。如果不是忙着安慰何玥，李昊相信他不会这么无

痛无痒地　　　　　　　　　　　　　　　　　　　　　　　　

的两只水龙头终于基本关上了，李昊这才有些恍惚起来。

　　胃癌第三期，生还的希望渺茫。如果去掉那一成生还的希望，这份

诊断报告更像是一份死亡通知书。

　　想到死，李昊本能的反应是想要回到自己出生的四合院看看。他订

回北京的机票，何玥坚持要跟着去。自从眼睛消肿以后，她基本上就

是粘在李昊身上了。连李昊去干洗店取衬衣，她都要一路陪着帮忙提口

袋，就好像她离开半步，李昊就会像一枚肥皂泡离开水面，瞬间破裂

消失。

　　所以本来这一回，何玥是要和他一起来北京的。可是一早何玥的电

话响个不停，到底还是把她召回父母家去了。对于这些可疑的电话，李

昊不是没有过猜测，他们会不会说服何玥离开一个癌症患者？随即他马

上满心羞惭，觉得自己是小人之心了。

　　多年前，母亲跟随另一个男人出国，丢下父亲和年幼的他。父亲在

愤怒中把他喂养长大，一边把买回来的饺子或炸酱面扔在桌上，一边

骂，她以为生个孩子是下个蛋吗，就这么扔给我算怎么回事啊？他唯一

能做的是飞快地长大，直到有一天他的个头超过父亲，扬起下巴的时

候，可以像个更强悍的男人那样从鼻翼的阴影中斜睨着他。

　　在哥大念书的时候，他去旁听了心理学的课程，他对俄狄浦斯不感

兴趣，倒是有一个理论吸引了他，据说儿女的婚姻总是不由自主地重复父母的模式，这是他们童年时代与父母的关系模式造就的。

所以当他遇见何玥，他[illegible]幸福家庭中带来的气息。表面上是他处处呵护她，只有他知道，他是在她身边取暖。他迷信她从一个幸福家庭中带来的心理学遗传密码，他笃信她健康的血液可以阻止他重蹈父母亲的命运，为他带来一个他不曾见识过的幸福未来。

下了飞机给父亲打电话。这些年，两个成年男人之间有一种恩仇尽泯的感觉，有时候父亲会亲自开车来接他回家。

可是这一回父亲的声音古怪，问他是不是来出差的，住在哪个酒店。

李昊听音辨色，只得临时在东方君悦住下。

稍晚时分，父亲的秘书打电话给他，说是李董要亲自请他在花家怡园吃饭，然后是时间地点包房名称云云。

父亲来的时候不是一个人，他向李昊介绍"卢阿姨"。说了一番热烈庆祝李昊将要结婚的客套话之后，父亲宣布，他也要结婚了，这么大年纪就不办婚宴，直接去欧洲旅行结婚，快去快回，保证不耽误参加李昊的婚礼。老子结婚总得赶在儿子之前才像话是吧？他笑呵呵地说，一边捋着新染成咖啡色的头发。

回到酒店，李昊有一种想要抽自己两个耳光的冲动。他这是在干什么？一个大男人，独自走世界这么多年，现在却想要借着一张诊断书自怨自艾，到父亲面前来乞求一份明知求不得的温情吗？他觉得自己简直就是退回到了小学时代，故意约架打断同学的鼻梁，想要以此吸引父亲的注意。

他把手掌放到自己的胃部，疼痛是阵发性的，不疼的时候，这个正值盛年的身躯完全察觉不到一丝异样。习惯于通宵达旦地工作，放肆地运动，篮球、网球、跑步、骑马，他嫌高尔夫是老年人的运动，慢吞吞的磨叽死人。他能够运作一片片楼宇拔地而起，也足以暗地施压，保护何玥在公司不受一丝委屈。归根结底，他根本不相信诊断书上的那几行字可以要了他的命。

一夜没等到李昊的温言软语，何玥越想越不放心。回到虹桥城市青年公寓，踏入新房坐定，她就给他发短信，不是问你怎么不理我呢，却是问：是不是我惹你生气了？刚要发出，想起李昊不止一次逗她道，你怎么总跟个受气包似的？这可不是相敬如宾了啊，这是生分！

何玥心想，每次母亲面孔一板，她便开始搜索自己的错处，这么多年都习惯了。李昊不同，他成天撺掇她说，你干吗坐这么直呢，你四仰八叉坐着，天也不会塌下来。你没必要把碗里的每一粒饭都吃干净，吃不下就扔掉，我保证这不会导致埃塞俄比亚人民挨饿的。

他还教唆她，哪天你干活儿干累了，你就旷工，跟谁都不用打招呼，拿上包去淮海路逛街去。只有你敢给老板脸色瞧，老板才会把你当人看。结果他成了全世界唯一一个她可以在他跟前放肆，愿意在他面前出丑的人。

何玥手指翻飞，删除，郑重换上另一句发了出去：等你回来，我们就去登记吧。

静止了几秒，短信复过来：你这是在向我求婚吗，小朋友？

紧接着另一条．你个天晚饭吃了什么，把你变成了女汉子？

何玥握着手机把自己摔躺在沙发上，吁出一口气，无声地微笑起来。

她飞快地回复：你不好意思拒绝我的，是吧？

再次见到李昊已经是在医院里。突然胃痛，从机场出来就上了救护车，直接住进中山医院腹外科。何玥拉着他被单外面的手哀哀哭泣，李昊只好忍着痛，免得让他更加紧张。

何玥借来一张躺椅，任凭李昊劝阻，她日日夜夜陪在病床边。买来粥一口一口喂他，带来书籍一页一页念给他听，可谓用尽陪护的百宝，当然也难免华而不实。

每到午后，何玥数着吊瓶滴下的液滴，总是不知不觉就伏在李昊身上睡着了。若是正好胃部翻搅，当胸痛彻，上面还压了个人，这种滋味恐怕只有李昊自己知道。若是恰巧要换吊瓶，李昊就干脆把输液阀关掉，以免护士过来吵醒何玥，好几次等何玥醒了，回血都已经凝在输液管里了，被护士一阵好骂。

李昊住的是大病房，八个床位加上陪客一屋子十几个人。众人每天看这一对情侣恩爱，兴趣胜过看电视。隔壁床位的老伯打趣说，你们两个真像从韩剧里走出来的。

何玥摇头说，韩剧太假了，生离死别的，我们两个人可是打算一起活到九十九的。

苏菲是恒仁地产的企划部副总监，何玥的上司。她五十出头，身材干瘦矮小，听说年轻的时候做过体育老师，不知怎的却驼了背。如果要选一种乐器来比喻她说话的声音，小号非常合适，响亮、叭状、

她说，何玥，你让我难做了。李昊受《劳动法》保护，否则哪个公司愿意养着一个不来上班的人呢？可是你总是请假就不行了，时间一长，我再想保你也未必保得住！

看见何玥从医院直接赶来，一张隔夜面孔，苏菲嗓门低下来，问她治疗到底进展到哪一步。听说何玥还在网上预约做手术的专家，苏菲急了，这就害得她自己第二天早上也请了假，带着何玥去到东安路上的癌症专科医院。

何玥跟着苏菲径直走进住院病区，没人阻拦，走过迷宫般的白色走廊，苏菲熟门熟路进去一间。何玥听到苏菲的数落声传出来，给你打手机不接，办公室也一上午没人，你到底野到哪里去了？

里面有人唱歌般地对答，小姐，我要做手术的。直肠癌粘连，要一点儿一点儿弄，还有周边七组淋巴，刚刚摘干净了出来。要我端出来给你看一眼吗？

苏菲找的这个人就是赫赫有名的赵婴年主任，瘦而高的老者，脸上还残留着顽皮的笑意，一双手干瘦修长。何玥在网上看过他连篇累牍的

五星好评。苏菲刚把事情一说，赵主任看何玥的眼神就变了，像是一个长年累月的机修工，打量着又一辆散发着汽油味的故障汽车。

住进癌症专科医院的第一夜，邻床的呼吸机忽然发出尖厉的警报。走廊里脚步错综，两三个医生和护士奔跑而来，一些仪器被推进来，随之跟过来更多人。顶灯亮了，围帘被拉起来，纷乱的影子在围帘里晃动。

黑暗，偌大的病房里从未有过的死寂，连每张床上的呼吸都清晰可闻。

从被警报声惊醒起，李昊右手的五指就一直紧扣着何玥左手的五指。在长得仿佛没有尽头的寂静中，李昊以为何玥又睡着了，是以手指一动不敢动。直到天色泛白，他侧头看身边躺椅上的何玥，她的眼睛也是大睁着的。两人这才松开手，发现彼此的指缝里都是冷汗。

查房以后，护士对死者的床位进行紫外线消毒，紧闭的围帘通体发光，宛如遮掩着一条洞开的甬道，宣告死神的威仪。两人好像一夜之间失去了说笑的兴趣。

何玥打电话叫了辆出租，要带李昊去民政局登记。

我还得签你的手术同意书呢，她说。

李昊只犟了一句，你这是趁火打劫，就顺从地跟着何玥去了。

两人一路默默无语，手牵着手，像一对老夫老妻。

领了结婚证回来，李昊把银行卡、房产证和行驶证都交由何玥保管。他思量着要不要交代何玥几句话，万一他没能从手术室出来，好让她带给父亲。想了半天,又觉得说什么都不合适。

把李昊推进手术室的那天清晨,何玥没有流眼泪,她只是死死抱着李昊的脖子,护士手里一使劲儿,李昊就滑出了何玥的怀抱。

李昊望着新婚的妻子在他的视野中倒退直至消失不见,望着走廊天花板上的水渍变幻不息,一道又一道门在他身后依次打开。他恍惚觉得有人恶作剧一般在他生命中忽然按下了快进键,他就这么飞快地结了婚,匆忙地交代了后事,然后仓促地奔向死亡。难道当最后一道门在他身后关闭,麻醉师向他静脉中注入一针管液体,他就有可能从此睡去,再也不会醒来吗?

何玥站在手术室门口,她觉得耳垂上还留着他方才说话的气息,这热气正在散去。四下无人,阳光透过钢窗照进来。六月的艳阳落在走廊白色的地砖上,看上去竟有如雪地上的弧光般冰冷。不祥的预感抚摸着何玥的面颊,让她打了个冷战。

她是一个从来留不住奇迹的人,她怎么差点儿忘记了?孩提时代拍摄的那部电视剧颇为成功,可是童星的光环一闪而逝。学钢琴的前半年,老师惊叹她的天赋,之后十年她越来越努力却越来越平庸,只得放弃。直到李昊出现在她的生活中,像一个真正的奇迹。自从李昊生病,她甚至暗自觉得她是元凶,因为注定奇迹不能在她身边久留,所以上天要用这种方式带走李昊。

她用手掌摩挲着地面上的阳光,慢慢跪下来,双手伏地,额头紧贴着地面。她不知道自己应该乞求谁,但是这一刻,她笃信会有人倾听。

她的祈祷声音哽咽，字字清晰：

住在我们这个俗世之上的神灵，我知道你们一定存在。我们如此渺小，无能为力，诚惶诚恐，不知所措。我请求你们，让他活下去。我用我二十六年微不足道的生命请求你们。

我愿意所有的厄运都落在我一个人身上，我愿意余生的每一分钟都生活在疼痛中，我愿意一个人经历人世间所有的苦难，我愿意用最温顺的心来承受这些苦。

我愿意舍弃我的容貌，我的年轮，我的健康，我余生的所有快乐。

如果这些还不够，我愿意你们拿走我的生命，只要他能活下去。

她俯身在那一抹弧光中，额头冰凉，地面坚硬，嘴唇温暖着尘土。

3

何处长问徐曼宁，女婿手术做完了，我们要去探望一下吗？

徐曼宁瞪了他一眼说，我们有女婿吗？

何处长便赶紧埋头继续看他的报纸。

李昊被推回病房的时候，全身插着管子，面色灰沉，毫无意识。只有从监控的心电图可以看出他还活着。接下来的几天里，他慢慢摆脱管子，开始自己排泄和进食。

护士交给何玥一个搪瓷扁马桶，意为让何玥帮病人在床上解决两便症。送李昊进手术室前关于死亡的噩梦折身回返，再一次触手可及。如果他在医院化疗，她在公司，她一定每时每刻紧握手机，隔几分钟就神经质地看一回。她害怕手机响，每次手机一有动静，她就不由自主地哆嗦一下，唯恐那是向病人家属宣布噩耗的。

医院的电话果真来了。按下接听键的时候，她整个人都在发抖。

电话里说，李昊的家属，你得马上来一下。

她打车飞奔而去，冲进病房，看见李昊蜷缩着身子，用手护着后颈，躲在病床的角落里。护士向何玥投诉道，他今天说什么都不肯用药，也不让任何人靠近他，已经僵持了大半天。

听见何玥的声音，李昊茫然地抬起头，红肿的眼和鼻，结痂的嘴唇，他的嗓子哑得只能发出嘶嘶的声响，连一个完整的句子都吐不出来。他觉得身体可以承受的痛苦已经到了极限，就算再增加一个针尖的疼痛他都受不住了。他把头埋进何玥的衣襟里，拼命喘气，他觉得自己像是在哭，不停地抽噎着，最后他终于哭了出来，像个真正的孩子似的在母亲的怀里哭得上气不接下气。

一夜噩梦，半睡半醒，清晨四点半，病房的护工照常开始拖地擦窗，何玥勉力从躺椅里起身。昏沉地坐进出租车，半晌，发现车子没动。司机从后视镜里看着她，问，睡着了？去哪里？下意识地报了父母家建国路的地址，发现错了，慌忙改成虹桥城市青年公寓。

行驶的时候觉得自己真的睡着了，一挣醒来，看见天色发白，满街已然是梧桐金黄，有人在秋凉的街上缩着脖子骑车。

问题。李昊的表情顿时就凌乱了，几乎是仓皇地挣扎下床，不顾是否会挣裂伤口，自己提着吊瓶蹒跚往厕所去。到了厕所门口，脸都红了，回头对何玥说，你别这么跟着我呀，回到床那边等着去。

关上门，又特地再打开一回说，你别在门口听着啊，唉。

擦身、洗头、喂半流质，何玥没有经验，本来就做得笨手笨脚。李昊觉得尴尬，又是一味挣扎，经常不是弄洒了水盆，就是把粥汤泼出来。

护士看不过去了，换床单的时候有意无意地问，你们家就没有大人过来帮个手吗？

何玥心里咯噔一下。正是周日的早晨，她收拾起饭盆去走廊洗碗，回来的时候郑重其事地告诉李昊，母亲刚才正好打电话来，说是父亲小恙，她照料着不便出门，但是她特意为女婿做了一些好吃的，让何玥这就回家去取。

何玥知道自己每次说谎的时候都会尖起嗓子，这番话更说得颠三倒四。

何玥再次踏进父母家的客厅，徐曼宁正在开放式厨房那头削芥蓝。这是一道冰镇芥蓝，她背着身，没有回头，专心地把芥蓝切成完美齐整的一小片一小片，然后用抹布把所有形状不规则的边角料一起扫进垃圾桶，从冰箱里取出冰格，开水一烫，冰块叮叮咚咚落进盘子里，用保鲜膜勒紧，芥蓝铺在冰砌的盘子上冒起了缕缕白烟。午餐的待遇就这么高，自然是因为女儿打电话说要回来吃饭。

徐曼宁想得很清楚，脸色是要做给女儿看的，饭也是必须要给女儿吃好的。何玥这些天陪着李昊住在医院里，吃饭无非是外面买，这么凑合着伤身体。说来说去女儿终究是自己的，她的心向着旁人也不过是暂时的。

冰镇芥蓝边上是黑椒牛仔骨、虾仁什锦鱼豆腐，正热气腾腾。

徐曼宁偷偷瞥了一眼女儿，还好，倒是没怎么瘦，只是有点儿神情恍惚的，坐在饭桌边上，手边连双筷子都没有。

徐曼宁数落何处长，你就知道自己吃，也不知道帮忙拿副筷子！

何处长看了看自己手上的筷子，又看了看何玥，这才明白过来。

何玥却已经站起来，绕着徐曼宁，一路跟到厨房那头，看着母亲把炖汤的火拧灭了，她小声问，妈，我带一点儿汤走可以吗？

冬瓜排骨汤，不像是专门为病人炖的汤，可是好在不是咖喱牛肉汤，不然离题更远。

徐曼宁说，你自己喝，我就给你带。这话基本上就是默许了。

何玥的脸颊上迸出了笑意，她继续磨着徐曼宁，说是还想喝粥，爱心牌皮蛋瘦肉粥打包。

徐曼宁早就看清楚女儿那一点儿小心思，她趁机拐着弯儿埋怨女儿，就是不知道你还有没有时间在家里等粥熬好。

何玥拿着一双筷子在饭桌前重新坐下来，夹了块牛仔骨在碗里，心里想着还有一个最尴尬的要求没有开口。她要向徐曼宁拿回她的工资卡。这张工资卡从领到的那天起，她就交给母亲保管，至今已经五年多。

恒仁地产的工资和奖金是分开的，工资这部分直接打到卡里，奖金可以往卡里打，也可以领现金，如果能凑齐发票去财务那儿领，就能免掉个调税。何玥对奢侈品从来没什么兴趣，这点儿奖金的零钱足够花销。

何玥当初的说法是，父母把自己养这么大，她总算工作了，多少要为家里做一点儿贡献。徐曼宁的说法则是，爸妈把你养大是丝毫不求回报的，既然你工作忙，没工夫理财，我会每个月帮你把钱从卡里取出来，用你的名字存好，这些钱永远都是你的。

李昊从手术室出来后，何玥抽空回过两次他们的新家，把所有对账单都仔细查看了一遍。以往李昊什么事情都不让她操心，城市青年公寓这套两室一厅的全装修房首期是李昊付的，家电家具也是李昊安排一件件送来的。她只需要看款式，看颜色，说喜欢或不喜欢。如今她成了大管家，李昊的银行卡和存款都在她这儿，医院加付押金的通知也是送到她的手里。

她回家一看才发现，水电煤和按揭都需要按时去银行缴款，李昊每个月卡里的固定收入却陡然少了四分之三。高管患病没法开除是一回事，奖金是否还按高管的级别发就是另一回事了。何玥这才觉得自己的工资卡是必须从母亲那里拿回来了。

何玥刚说出工资卡这三个字，徐曼宁登时就变了脸色，她握着汤勺站在桌边足足看了何玥半分钟，一言不发，然后她忽然夸张地点头说，好好好，你现在翅膀硬了，你要跟你爸妈算账分家是不是？你放心，我不会拦着你的，你等着！

她转身往书房里去，拖鞋踏得地板铿锵作响，随之是一阵手脚粗重的翻箱倒柜声，过了一会儿她气呼呼地走回来，把那张柠檬黄的招商银行卡使劲儿拍在桌上。

徐曼宁胸口起伏地在饭桌边坐了足足一刻钟，何处长才敢劝她。

何处长说，是你自己说，让女儿回来好好吃一顿饭，现在饭一口没吃，人已经让你吓跑了。

徐曼宁瞟了瞟何玥刚才的座位，一块牛仔骨夹到小碗里都还没咬上一口。她有点儿心疼，却又狠狠地说，是她自己没良心！

何处长说，她怎么你了？她是要卖掉这间房子，还是抢走了你的棺材本？工资卡本来就是她的呀。

徐曼宁转念想想，自己这通火委实发得莫名其妙，可是心里还是憋屈，总觉得是被逼着交出了属于自己的东西。

更年期，更年期，更年期！何玥在心里数落了母亲一百遍。她饿着肚子坐上地铁，第一次意识到自己像个残废。她不会做饭，不懂得管钱。连这张领了五年工资的银行卡都是第一次亲自启用。最要命的是，眼下若是空着手回到医院，这个谎她该怎么向李昊圆？

手机上网找到了药膳菜谱的网站，在家乐福找齐所有的原料，大包小包提回城市青年公寓。冰鲜母鸡是整只的，香菇是干货，皮蛋看上去更像一坨坨泥球。从橱柜里翻找出一大堆厨具，多数还没有拆封。看着大理石台面上包着塑封膜的炒锅和开始渗血的母鸡，何玥开始发愣，菜谱上所有的文字在眼前变成一片空白。

她骂自己，何玥啊何玥，你当初在手术室门口的赌咒发誓都是说说而已的吗？你的爱难道只是一箩筐撒娇的话和一个让护士笑掉大牙的花架子吗？

她对自己说，母亲也不过是退休以后两年的厨龄，也不过是看着菜谱一道道地做。

天色不等人。好在暗尽之前，她终于提着一粥一汤，赶回了医院。

李昊的胃切掉了三分之二，胃窦低分化腺癌，淋巴切除了二十六个，转移二十六分之三。这是一张凶险的判决书。何玥却觉得，他能活着从手术室出来，是上天垂怜恩赐给她的一条新生命。她渐渐掌握了护理病人的各种要诀。她给他喂粥，给他擦脸和手，亲吻他的额头。她用只有他二分之一个头的身体抱着他，安抚他，像照顾一个婴儿似的料理他的饮食起居。何玥心想，不知道别的恋人是否知晓，能令两个人变得至亲至密的，不是做爱，是护理。这种亲密让她心里洋溢着奇异的温度，一种超越了异性之爱的热烈，仿佛李昊是她新生的婴孩儿，一个骨肉相连的婴孩儿。

因为苏菲的警告，何玥每天还坚持去位于淮海路的恒仁地产大厦上半天班，然后赶回虹桥熬汤做粥，再送去东安路的病房。她睡在医院陪夜，一早等医生查完房，问过病情，她再坐地铁赶往公司。她觉得自己就像一个刚分娩的母亲，为了这个婴孩儿，可以变得前所未有地强大。

大部分胃切除以后，李昊只能吃流质和半流质，一天分五六顿吃，不吃就饿，吃了又胀痛。晚上睡觉胃液返流到喉管，烧得嗓子疼，只能坐着睡。他对何玥说，等过一阵好全了，他要吃肘子、牛排、炸酱面、蛋炒饭、烤羊肉串。他饿得眼睛都绿了。

医生告诉他们，紧接着的将是化疗，一个筛选病人是否能真正存活的鬼门关。李昊和何玥却情绪高昂，因为李昊正在从手术的创伤中恢复，这给了所有人一种他正在好起来的错觉。他开始下床走动，自己洗头洗澡。他还回了一次公司，特意去感谢苏菲。他搂着老太太的肩膀说，廉颇尚能饭，再过一阵，打算一边做化疗，一边上半班。

出院以后立刻进入化疗的日程表，李昊计算了一下自己必须到医院报到的日子，发现想要回到公司上班暂时还是个奢望。他对何玥说，干脆这段日子由他主内，负责在家做饭。这样何玥恢复全天上班以后，也可以不用两头忙。几天后，有一次何玥早下班，看见地三鲜在不粘锅里还未装盘，油烟缭绕，李昊趴在水槽上，吐得惊天动地。这是化疗的副作用。

看见何玥回来，李昊自嘲地说，你看我是不是越来越像女人了？不知道的，还以为我怀孕了呢。

李昊觉得自己的处境近来有些荒诞，不知从哪天起，他不再把何玥称作"小朋友"，他倒是觉得在她面前，自己开始越来越像个小朋友。一个从小就像是被风吹大的男人，到了这把年纪，反而像个废物似的依赖一个年轻女孩儿的照顾。他觉得尊严受伤，总是自己跟自己生气，偶尔也难免一不小心迁怒于何玥，事后总是一百个道歉。

第二个疗程后，李昊的头发几乎掉完了，干脆推了光头。何玥给他买了黑灰蓝三顶厚薄不一的线帽。出门时路人异样的眼神成了他最大的烦恼。

很快，躯体上的痛苦再次转移了他的全副注意力。他手臂的静脉肿胀了，上臂比腿还粗，血管像紫红色的水蛭盘绕在上面。不得已，取出手臂上的留置管，在后颈上插了个新的。他嘴唇干裂，嘴里的溃疡连着溃疡。这使他进食变得痛苦，说话也难。何玥拿药给他敷，用盐水漱口，什么都没用。有一天，何玥看见他在洗手，水哗哗流着，他好像不认识一样看着自己的两只手。他说，我怎么好像戴了手套一样，我的手指为什么没知觉了？

不要说是拿着锅铲炒菜，如今他翻书的时候都时常捏不住纸页，摸半天才翻过一张。他深呼吸，克制那一刻的烦躁和沮丧。

八个疗程，每三周一疗程，住院五天。何玥不敢多请假，调休一天，请假两天，还有两天只能下班后赶过去。每天早起三小时去菜场。鳝鱼、甲鱼、猪肝、老鸭、牛骨髓轮流煲汤，为了升高白细胞和提高血色素。新鲜水果、蔬菜轮换榨汁。干贝末、肉碎、虾茸熬在粥里。

李昊不断呕吐，吐了吃，吃了又吐。在病床上歇了半晌，斜靠着，他又指了指锅和碗。要是前一个月，何玥还会开玩笑地夸他一句，我们家李昊最乖了。现在她会有点儿胆怯地劝他，刚吐过，要不要缓一缓再吃？

李昊对呕吐这件事情非常害怕，不是怕呕吐的痛苦，而是他知道呕吐过后，他刚才吃下去的又等于没吃。人如果连汤水都无法保留在肚子里，这就意味着离死不远了。以往他也不是特别惜命的人，跳伞蹦极冲浪什么的，他从来就没怕过。如今他却发现他对生忽然有了极为执着的贪恋。

　　他贪恋何玥将温暖的小手放在他的前额，测探他的体温。他贪恋偷看她忙前忙后，跟护士关照这些那些。他贪恋听着她在厨房里走来走去，房间里悠悠飘来食物的香气。原来被人照顾是这么美好的感觉。有时候他依稀觉得自己退回到了母亲离开前的幼年时代，虽然遥远而模糊，他还是依稀记得自己曾得过一次腮腺炎，母亲寸步不离陪在床前。他发着高烧，身上一阵冷一阵热，心里却觉得，有人这么照顾着，生什么病都值得。

　　尽管每天都勉强吃了些粥和汤下去，白细胞和血色素还在不断下跌。升白针也打了。化疗的医生说，如果再不行，就只能暂停化疗。

　　何玥问，那癌细胞怎么办？

　　医生摊开两只手。

　　她看着李昊越来越虚弱，苍白得就像一根桅杆，站起来的时候摇摇欲坠。他先是瘦得脱形，然后又肿了，看上去就像套了一身肉色的塑胶套子。难受到了极点的时候，李昊嘶哑地向医生质疑，他说他怀疑化疗会在真正消灭癌细胞之前先杀死他。

　　何玥听说有人曾在化疗时猝死，心脏停止，或者别的什么急性并发

坐电梯上楼，五点，躺倒在床上，把闹钟拨到七点，吃下安眠药。

每天如此，虽然已经很困，上了床却有可能焦虑得完全睡不着，浪费了一天中仅有的两小时可以安稳睡觉的时间。听到闹钟大作时，以为是手机这次终于传来了医院的噩耗，在梦里大哭。

去菜场的路上，看见落叶大团大团飘落下来，踩上去恍若踩在云间，显然安眠药的作用还没过去。锅烫了手，还是勺子？起泡了却没太多疼痛的感觉。最后很仔细地把厨房检查一遍，就怕昏沉着忘了关什么，回来时公寓已经烧成灰烬。

八点三刻，车厢里脚踩着脚，从黄陂路淮海路口太平洋百货那一站出来，往公司赶，身体越来越滞重，直到打卡机一声尖响，忽然有一种想要呕吐的感觉。

上午项目会议，投影在白屏上的 PPT 文件，只定睛看一会儿，双眼就酸痛流泪。每次屏幕上翻页，就好像一阵飓风穿过她的太阳穴。会议桌在飘浮。有同事在发言，声音到了耳穴里，却变作尖厉的鸣叫。她在黑暗中呼唤，妈，妈。卧室的门被推开，母亲走进来把她深深揽在怀中。

苏菲在叫她发言，反复地叫她的名字，何玥，何玥！

会议室的光线再次照进她的瞳孔里，她撑着会议桌想要站起来，脚下一晃，反而跌倒在地。

苏菲亲自陪她去看了个急诊。医生说只是感冒和疲劳，没有大碍。挂了一袋抗生素，一瓶葡萄糖补液，苏菲又特地来接她，开着车直接送她回家休息。高架桥下来，已经看见黄金城道了，何玥才想起这天是李昊第五次化疗的最后一天，下午应该去接他出院的。

等她扶着李昊从出租车上下来，一步一挨地相携走进公寓大楼的门口，物业保安叫住他们，递给何玥一封 EMS，是法院的传票。公寓按揭滞纳三个月，银行提起诉讼，鉴于业主的违约行为，要求法院判令业主一次性还清房贷的全部余额。

4

医生在化疗前总会问病人家属，你是想给病人用进口药呢，还是国产药？

或者问，你是想给他用好一点儿的药呢，还是常规的？

遇到看上去理解能力比较差的家属，有的医生就会用最直接的方法问，你是想给他用贵的药呢，还是便宜的？

事关家人的生死大事，如果从常规的道德感来衡量，答案早已在问题问出口的时候就被设置好了。但是绝大多数家属有更现实的考虑：如果把全部积蓄都花在一个将死的人身上，活着的人保障何在，将来就不用继续活下去了吗？

这种逻辑是何玥无法理解的。

她粗略估算过，八个疗程，用最好的药，李昊的存款恰好足够，那么有什么理由要选差一两个价位等级的药呢?

可是过日子千头万绪,各项开支渐渐超出预算。李昊的伙食费用不能减,如果有价格合适的虫草、紧俏的白蛋白针剂,欢天喜地立刻囤下来。这么一来,何玥就暂时把按揭给搁下了,本来想的是拖几个月马上就给补上。满以为水电煤不缴会停电停水,房贷交迟了,别人总不见得把他们从家里赶出去。结果却恰好惹到了最不好惹的银行。

以前徐曼宁关上门总是数落何玥,说她是"聪明面孔笨肚肠",用力,却全然用不到点子上。何玥沮丧地发现,现在看来,这句话实在是鞭辟入里。

李昊宽慰何玥,这么漂亮的女孩子,放着娇生惯养的日子不过,非要嫁给一个得了癌症半死不活的人,每天像个保姆似的从早忙到晚,说你"聪明面孔笨肚肠"有什么不对呢,小朋友?

这是李昊从手术室出来以后第一次叫何玥"小朋友"。何玥此刻觉得自己像是被打回原形,她抓起手机就要给母亲打电话求救。她深信母亲总会帮她,尽管话说得难听些,脸面上难堪些。像是前两次虽说看上去是不欢而散,她要回李昊这里,母亲还是容她回来了,她需要工资卡,母亲也还是给她了。

李昊说,我不准你找你父母帮忙,这样我成了什么,你养的一个宠物吗?再说按揭全款是多大的一笔数字,谁家能一下子筹到?如果不按这个条件办,就得进入诉讼程序,现在我们都没精力来处理这么复杂的事情。

李昊劝何玥说，这房子恐怕是真的保不住了，不如就把它交还给开发商，让他们帮忙和银行打交道，顺便做一个赎楼转按揭，卖掉房子，我们还能多收回一部分房款。

何玥没怎么听懂，这些术语对她来说太深奥了。听李昊这么说，她至少是放下心来，连失去新婚爱巢的懊恼都显得微不足道。眼下最大的麻烦是搬家，搬去哪里？

对于两个已经筋疲力尽的人来说，最好能省却找房子的麻烦过程，尽快搬进一个稳定的住处。于是何玥想起了他们家在莘庄的那套房子，一室一厅，邻近地铁，装修好了以后就空关着。没有比这更合适的了。

房子的产权理论上是属于何玥的。

何玥出演电视剧曾经得过一笔片酬。徐曼宁当时正好有个朋友做房产，就用这笔钱打折买了一个小套。虽说建于二十世纪九十年代，楼旧了，房型也过时了，经过上海房地产市场这二十年涨了又涨，这套房子如今也成了一笔市值可观的财富了。

徐曼宁一直说，这是她替玥玥做的投资。当年付款时这套房产证上登记的是徐曼宁的名字，后来何玥领了身份证，徐曼宁说要改回女儿的名字。她嘴边时常挂着"玥玥的房子"，这就让何玥羞愧与不知所措。人都是父母养大的，哪里还能计较一套房子。

母慈女孝，产权的交割手续就此悬在那里，房子也闲置着，好像谁提起出租或者买卖，就是动了自己不该动的东西。

现在何玥提出想要住进这套房子，徐曼宁知道，这是女儿觉得自己肯定不会反对的请求。就女儿的性格来看，这也是她万不得已的恳求。可是女儿越是万不得已，她越是觉得这房子不能交给她。听女儿电话里说，李昊买的那套房子出了一点儿小麻烦，必须先卖掉。

徐曼宁想，还能有什么麻烦呢？癌症的医药费是个无底洞，卖掉婚房只是个开头。

至于莘庄的这套房子，看起来是闲置了二十年，其实徐曼宁一直小心谨慎地保管着。简单装修后，很多中介公司来谈过出租，她不同意。她觉得别人一旦住进来了，如果弄脏弄坏里面的装修，如果不肯交租，最要命的是如果赖着不肯搬走，那么房子究竟是谁的就说不清楚了。

至于这房子是为谁保管呢，现在她也说不清楚了。她担心，若是何玥带着李昊住进去，李昊再也没钱买新房子搬走，十年二十年一直占着这处房子怎么办？当然李昊得了癌症，也许压根儿活不了多久。然而若是他死在这个房子里，这房子谁还敢住？留下一座凶宅倒还算中上的结局，若是开了这个口子，让他们住进来，将来何玥再提出卖掉这套房子给李昊治病，她究竟该答应还是不答应？

家里的事情一直是徐曼宁说了算，今天她破例征求何处长的意见。她说，如果我们同意让玥玥和李昊一起搬进那套房子，就等于认可了他们的夫妻关系，这样玥玥还可能脱身吗？我看这把钥匙是说什么也不能交给玥玥的。

她说完以后，还额外在后面补了一句，老头子，你说呢？

何处长明白，每当太太这样问他，多半是做出决策又不愿意落下话柄，就拿他来做垫背，以后说起来就是他的主意。与徐曼宁多年的家庭生活让何处长养成了一个习惯，如果他们只是略有分歧，他立刻就会表明态度。如果他们的意见彻底相左，他反而默不作声。

今天徐曼宁没等到他的回答，只看见他眨巴着眼睛一脸为难的表情。徐曼宁当然明白，这是何处长在表示，这个决定实在于情于理不合。可是她不能被他一声不吭地就批评了，她逼他讲出来，她看他敢在她面前讲出来！

被逼得躲不过了，何处长终于开了口。说是开口，其实就像是嘴里含着一颗橄榄，咕哝着对太太说话，就这么吐出了此前一直瞒着徐曼宁的事情：玥玥和李昊的夫妻关系理论上已经不需要你认可了，他们已经登记了，那个病人，已经是我们户籍上的女婿了。女儿的房子不给女婿住，怎么也说不过去吧？

徐曼宁只觉得一串金属的鸣叫从耳鼓钻到脑门，来不及声讨何处长隐瞒不报的大罪，就先脱口而出，还好，那套房子是我的名字！

她教育丈夫说，他们登记了，何玥的房子在法律上就成了共同财产。这孩子太小，哪里懂得生活是怎么回事。我们得替她保管好她的财产，不要等以后她一个人了，身上分文没有。我们这么做是为了她好，就算是暂时做恶人，也是为她将来过得好在做牺牲。

徐曼宁想，说自己胆小也好，现实也好，她这辈子就是这样了。二十世纪九十年代中期，她已经是报社的编辑部主任，并且是副主编内定人选，如果不是忽然空降了一个少壮派的副主编的话。那时候有南方的报社来游说她，外资的时尚杂志高薪聘请她，她为了这个事业编制一直隐忍不动。后来职位竞聘，少壮派为了立威对前辈下手，她被一撸到底，变成了主任编辑，越来越多的年轻人对她指手画脚。她禁止自己去幻想，如果当初下海，如今也许已经成了什么报业集团的高管，或者成天穿着香奈儿套装穿梭于欧洲的奢侈品发布会云云。

当年去广阔农村，大炼钢铁，寒冬筑坝，徒步一千多公里到北京见领袖，她曾经比谁都相信奇迹，不是吗？二十六岁病退回上海的时候，她就已经决定做一个最实际的人。

可是如果有人笑话她毫无追求，她是不答应的。她至少还有玥玥。就像一盏吃火锅用剩的酒精炉，她那份紫色的燃料提早燃烧殆尽，她自觉生活味同嚼蜡，安全，却毫无心动可言。直到有了何玥，端详襁褓中的生命，她深知一个秘密，这个孩子是簇新的，她的紫色燃料还未启封。

她想象，她筹划，这个女孩儿该有怎样的人生？

她把女儿当作自己冒险的替身，去实现她不敢尝试的人生。她因此对自己的平庸和衰老减少了怨恨。

她希望女儿成为影视明星、钢琴天才。她指引女儿填写的高考第一志愿远远高于女儿的模拟考成绩。目睹女儿一次次失败，她埋怨，她失望，可是还好，其实并没有太难过。奇迹本来就不存在，这是她早在何玥出生前就看清的人生。

但是何玥现在的尝试却是她不能容忍的。她的替身怎么能挣脱控制，不再顾念她的好恶？女儿忽然有了自己的喜好，自己的意志，现在还要回来索要属于她自己的财产。

徐曼宁蓦然想起，何玥还有一笔存款在她这儿，就是她每个月替何玥从工资卡里取出来，存在理财产品里的。幸好何玥还有一张闲置的驾照也在她这儿，是毕业前为了增加应聘竞争力考的。于是徐曼宁关照丈夫，拿玥玥的驾照去银行，把这笔钱转成我们的名字吧。不然他们将来万一要办离婚，分财产什么的，不安全。

看见何处长窝在沙发上不动，她又催他，你待会儿出门买菜就顺路办一办。我这几天不大舒服，就不出门了。

何玥收到的回复电话自然也不是徐曼宁亲自打来的。父亲在电话里说，玥玥，你妈妈说，这房子她永远都为你留着，你要是一个人回来住，随时随地，可是她绝对不会允许第二个人住进来。代表母亲发过言后，他劝何玥，你就回来吧，你只要跟他分手，我们将来口眼一闭，不要说莘庄的房子，就是建国路的房子，不都是你的吗？你妈妈啊？她不想跟你说话，还在生气呢。

这一分钟，何玥说不清楚心里是惊愕，还是愤怒。爱是糖果，一个甜味的把戏，把玩在发糖人的手中。她完全不能相信父亲和母亲会这么狠心，在这种时候把她拒之门外。

客厅里的空地上堆着大小三个行李箱和两个装书的纸盒，是前一天给母亲打完电话之后就整理出来，准备搬家用的。何玥曾经得意扬扬地向李昊宣布，她还有个秘密据点，非常适合二人世界，找房子的精力可以暂时省下来。

傍晚时分，李昊看见何玥接了个电话，拿着手机到走廊里去听的。回到房间里，她闷声不响地张罗吃饭，洗过碗，然后打开纸盒，把书又一本本放回书架上。这么一来，李昊已经隐约猜出一二。

他把她叫到床前，说找房子是件大事，所以他不放心让她这个"小朋友"去办。这两周他先托房产公司的朋友跟银行交涉，把卖房子的手续办妥。等做完下一次化疗，他会再一手把他们的新居安排妥帖。就算他卧病在床，有电脑和手机，他一样可以运筹帷幄，分分秒秒决胜于千里之外。

这番话没能把何玥逗笑，她把脑袋埋进李昊的怀里，到底还是没忍住，哇的一声哭了出来。她说，爸妈都已经不要我了，现在我只有你这一个亲人了。

其实手术以后小半年，何玥的父母始终没有上门探望，说是打电话来，也一直是由何玥转达，这种情况下李昊已经不可能说服自己不起疑。可是真到了挑明的时候，他脸上绷住了，心里却悒悒不乐到了极点。

与何玥开始恋爱后，三年多的时间，他最少每个月都会有一个周末，提着大小礼盒，陪着何玥一起回家，弄得怡景苑的邻里都已经认识他了。他们打趣说，这个毛脚女婿讨好岳丈和丈母娘还真是勤快。连何玥都试探过他，问他这么做会不会太辛苦。只有他自己知道，他有多喜欢这种拜访。

他就像每月一次来拜谒他的庙宇，他的神殿，这是他半生向往而始终没有见识过的幸福家庭，一个几乎完美的三口之家。母亲知书达理有主见，并且热爱烹饪。父亲和善谦恭，在家庭生活中充分展示出了敬重女士的绅士风度。他们都像是行星围绕着何玥在转动，热菜第一筷子总是夹到她的碗里，饭桌上的话题也百分之百围绕着她，虽然因此对他这个男朋友里里外外审查颇严，他也丝毫不以为忤。

如今，他的庙宇崩塌，此前所有美好的幻象归于幻象，蜜糖归于尘埃。他心说，如果这样一个家庭的父母对儿女也不过如此，他那个总嫌他多余的老爸也不能算太混账。念及搬家最好另有家人来帮手，卖房的过渡时期也许金钱周转上还会出现断点，他决定干脆给父亲打个电话，把病情告诉他。

手机关机，家里没人接。第二天早上打到他公司，秘书说，董事长出差去了，需要我转给总经理吗？表明身份后，秘书告诉他，董事长蜜月旅行去了，前天刚走，要去两个月。董事长说他这个年龄结婚，比大多数新郎岁数多了一倍，所以蜜月也要过双份的。

5

原本想是一切都可以留待下一次化疗出院再解决。没想到化疗第四天，李昊的肝肾指标急转直下，第五天开始昏迷。医生说必须继续住院观察。

何玥拉着医生到走廊，哭着问，究竟有没有生命危险？就只剩最后两次化疗了，他的病不是就快要好了吗？

梦游般去收费窗口补缴住院费，绊在台阶上，膝盖摔得鲜血淋漓。忽然想起今天应该去上班的，都忘了请假。要请假，却不知该请多久才可以。她拿了纸箱，在办公室收拾私人物品时，看见苏菲偷偷走出去了。等她抱着纸箱走出去，在走廊等电梯的时候，苏菲忽然急匆匆追上她，把她一直送到楼下。

告别的时候，苏菲使劲儿搂住她的肩膀说，真是抱歉，到底还是没能保住你。

从那时起，李昊就一直住在医院里。

一周，两周，一个月，完全靠管子存活。

半昏迷的状态中，他揣想世世代代自然死去的人们。他很迷惑，疾病和治疗，究竟哪个带来的痛苦更大？延续人类生命的科技不断翻新，却好似想象力无比丰富的酷刑，让人尝遍自然生命中不会遭遇的折磨。

偶尔清醒时，他问何玥，我是不是再也出不去了？

为了攒足气力说这么一句话，他觉得内脏翻搅，可只是吐出了这么微弱的声音，像深海中鱼儿吐出的一串水泡，连他自己都听不清晰。

监护病房的费用不逊于五星酒店，每天都在追加。

何玥盼着房产公司早点儿帮他们把婚房卖出去，也好多一笔备用的医疗费。打电话去问，李昊拜托的那位朋友支支吾吾，最后坦白道，房子早就有买家看中了，只是你们还住在这套房子里，买家不肯签合同，后面所有的手续都没法操作，连银行这头都是我使劲儿拦着才没有再发律师信过来。可是李哥病着，我又怎么能在这个时候催你搬家呢？

何玥再次拨通了父母家的电话。她听见自己的声音也像深海里的鱼儿吐出的气泡，微弱而飘忽：妈，妈，你帮帮我。

母亲在电话那头说，如果现在是你得了重病，不要说这套房子的钥匙，就算让妈妈倾家荡产，输血捐肾，豁出性命都可以。妈妈要你明白，妈妈这么做都是为了你好，不想看着你白白伤害自己。

母亲给了她一个方案，玥玥，只要你现在搬回家里来住，答应从此和李昊不再有任何干系，李昊出院以后住在哪里，妈妈负责安排！

挂上电话，何玥听见自己竟然轻轻笑了一声。

她生平第一次对母亲产生了恨意。做父母的人怎么可以这么说着"为你好"，轻巧而毫无愧疚地摧毁她一生的幸福？她想，若是李昊有什么短长，她这一生都不会原谅他们。她又想，原来父母养育孩子是这么回事，有如养了个宠物，全是为了满足他们自己的心理需要。她就这样在即将被迫搬离的公寓里走来走去，时而愤怒，时而冷笑，全为掩盖内心的悲哀和不知所措。

何玥在微博上发了一条没头没脑的求助信息：急需租房一套，煤卫齐全，带全套家具和厨房用品。面积不论，地点不论。

微博发出的当天夜里，苏菲打电话给她，说是她侄女有一套房子刚好想要出租，就是地理位置偏了一点儿，在上南路靠近三林。何玥说，你简直是救了我的命了！难道你是一直在微博上监视我的动向，等着来救我的吗？何玥在心里说，为什么父母口口声声的爱竟比不上一个普通同事对她的关心？

郊区的老公房有老鼠和壁虎活泼地出没。周围望去一片开阔，房屋低矮，树木荒芜，路边杂草枯槁。夜晚街上少有灯火，风寂静吹来，甚至能闻到远方田野里烧麦秸的气息。原先在闹市高层的生活一瞬间远得像梦一样。

何玥把对父母的失望变成了赌气般的自勉自强。她相信自己可以做得比父母好，她对李昊的爱会让世间一切虚伪的亲情相形见绌。她把墙上掉落的石灰用簸箕扫起来，拖干净坑坑洼洼的水泥地，水沁入地面，灰白变成深黑，过很久，才一块块白回来。她在泥泞的菜场跋涉，借着晨光，翻检一个个摊位的蔬菜。

她不再穿挂着珠链的毛衣、飘着丝带的大衣和镶着羽毛的皮鞋。怎么方便、舒适、耐脏，怎么穿。一身运动服、一件羽绒外套和一双运动鞋成了她的制服。

李昊再次告别管子，可以勉强自主进食了，何玥喜不自胜。她成天在新居和医院之间跑来跑去，手上提着粥煲、汤罐、针药，或者大包日用品。她剪了长发，图个梳洗省事。她想起以前公司的女同事生完孩子来上班，本来多么讲求仪表的女人，忽然间就邋遢了，邋遢得毫不在意，满脸一往无前的幸福。她现在分外理解，她就是这个样子了。

又过了一周，婚房的交割款依然没有到账。李昊因为押金不足，出院回到上南路的新居。何玥偷偷流了一整天的眼泪后，反而神情泰然，每天为李昊喂汤，擦身，换衣，有条不紊。她想，如果他因此病死了，她也难辞其咎，也陪他一起死了就好。

离开医院以后，李昊反而每夜睡得很沉，等量的止痛针和安眠药似乎比医院里更容易生效。

离开医院十一天后的深夜，何玥收到一条银行提示短信，显示那笔款子已到账。翌日天色还未亮透，何玥就开始整理带去医院的杂物，打算带李昊回去住院。

李昊在病床上忽然说，我们两个就走到这里吧，是时候让你回到你爸妈身边去了。

他的声音微弱，却说得字字清晰。

何玥背对着他，只是拿脸盆的动作停顿了片刻，并没有当回事。

这些日子李昊身上的病痛几乎没有休止过完整的一个小时，这种情形下，发脾气是难免的，反正旋即他又会好声好气地认错。或者说，李昊发脾气的时候，她倒是更安心，这说明他至少还有气力跟她赌气。

身后，李昊把这句话又重复了一遍，然后连名带姓地叫她，何玥。

她回过头去。他的神态令她心里咯噔一下。

那个清晨，李昊光秃的头颅上戴着灰色线帽。帽檐下，几乎也是光秃的眉骨阴影下，深陷的眼睛平静明朗，映着窗外的晨光，似有安详的深意。他枯瘦的脸部肌肉不再因为疼痛扭结着，仿佛这一刻他已经暂时忘却了这个受尽折磨的身体，忘却了死亡的迫近，纵横开裂的唇边还牵起一丝柔和的笑意。

李昊就用这种表情对她说，你回去吧。你没必要看着我一寸一寸死去的样子，我也不想让你看着。这不是什么好的回忆。见过这些了，你的人生以后还怎么过？听我的话，何玥，走吧，回家去。

有一刻，何玥周身战栗。李昊此刻奇异而动人的微笑分明是一个永别的神情。

从肝肾功能出现故障以后，李昊开始意识到，自己恐怕真的已经无药可救了。他确实尽全力挣扎过，像一尾鱼，从刀锯齐全的砧板上跳起来，又重重落下去，摔得鳞片纷飞，鲜血四溅。当他再次周身插满管子，再次无助地被推到离死亡咫尺之遥的临界点，在求生的巨大痛苦中，他感觉到死亡不再可怕。

昏迷时，有一度他以为自己已经完成了死亡之旅，从此不必感觉到任何疼痛，被救醒时，他甚至是颇为愤怒地睁开眼睛，看着这些穿着白大褂的人实施那些人类发明的奇妙刑罚，以生命为名，让他再次深陷于皮囊的折磨中。

唯一让他能感觉到生之快乐的就只剩何玥了，可是这快乐的养料是何玥的眼泪，以及她越来越苍白的一张脸。押金不足被请出医院的那天晚上，他走进她张罗的这个细小的家中，意外地，很深长地睡了一觉。醒来的时候，晨光初现，窗外的田野中鸟鸣啁啾，房间里墙粉剥落，家具简陋整洁，墙上挂着从他们新房搬来的婚纱照，挂得很高，可以想象何玥站在凳子上努力安上钉子时的情景。

如果时间倒退六个月，谁也不会相信那个娇生惯养的"小朋友"能生出一双母亲般的臂膀，将他揽在怀中，为他熬粥炖汤，凭她单薄的气力为他建起这样一个万事齐备的家。

这一刻，李昊忽然想到了一个词，圆满。

他想，他这一生，如果到此为止，他应该可以满足了。

在他患病后这将近半年的时间里，何玥为他所做的一切有如上天有意赐予他的启示，让他相信这世上确有真正的爱，不离不弃，生死相依。此前单亲家庭的不如意，延续了三十二年的愤懑，仿佛几个月之内全然得到了补偿。如今他有了妻子，有了家，他曾经奢望的所有。如果能结束在此时，是再好不过的。康复无望时，死亡也是另一种治愈，于他的痛苦，于何玥的辛劳，都是治愈。

这个清晨，他的心结豁然解开，也让他肉体的痛苦似乎暂时平息了。

此后的日子里，他每天思量着如何向何玥开口。并不是他不知道如何措辞，只是他贪恋何玥留在他身边的时光，哪怕多一天也是好的。直至今天清晨，终究到了拖不过去的时候，当他终于对何玥说出这些话之后，他进入了一种前所未有的平静。

回想即将结束的生活，他就像一个领受了重礼的孩子，从嶙峋的眉骨下方仰望光线柔软的天空。他虔诚地感谢上天赐他的爱，令他在最后的时刻得到了足以慰藉一生的信念。他感谢他的妻子，那个一半是他的女儿一半又是他母亲的女人，他遗憾自己还没来得及为她多做些什么。

当他从天空缓缓移下视线，他发现他的妻子伏在他的脚下，哭得泪流满面，伤心欲绝。她哀求他不要在这个关键的阶段任性，不要赶她走，她抱着他的膝盖，他能感到泪水暖热地沁湿他的睡裤，沁入他肿胀的肌肤里，这让他的心也扭绞起来。于是他提议，不如他们两个就留在这个家里再安安静静过一段日子，不再去医院折腾，也不去烦心那些无谓的指标和治疗，就这么无忧无虑地一起生活哪怕几周时间都是好的。

不！不！不！何玥猛然仰起满是泪水的脸，凄厉地摇头叫道，我不要这样的结果！我要你好起来！我们两个人要开开心心过一辈子的，你不是答应过我的吗？

李昊叹了一口气。叹息的声音并不大，但是他能听到这叹息在心房中的汹涌回声。

他是多么希望自己最后的时间能在这个温暖的小房间里安宁度过，而不是在医院冰冷的管子中受尽折磨。可是现在看来，他还是必须回到医院去，这是他对妻子的义务。为了使她心里好受些，让她觉得她的心愿还有实现的希望。

念及反正已经到了这个地步，李昊故意说，他不喜欢在医院里住得太久，不如马上开始下一次化疗。何玥相当支持这个提议。她急于看着他好起来，信心满满。

第七个疗程像是压倒骆驼的最后一根稻草。第一天针药用下去，李昊就彻底无法进食，只能再次靠静脉输液维持生命。可是他一反常态地温顺，隐忍，毫无怨言。何玥问他哪里难受，他摇头。医生问他感觉如何，是否要继续化疗，他一律点头。护士们都打趣地说，李昊是模范病人，他一定是舍不得这么漂亮的太太，才这么奋勇地治病。

何玥听了心里欢喜，她想，多亏了她之前的坚持，才让李昊没有放弃治疗，这么努力地求生。

不知是不是辅助药物的作用，这次疗程意外地顺利。疗程结束的第二天，李昊的精神状况就明显好转，说是想要再喝一次何玥亲手炖的小排冬瓜汤。等何玥炖了汤送来，他已经自己起床，坐在病房的窗口边眺望北方。当晚化验报告送来，何玥笃定地打开，只看了一眼，顿时手脚冰凉，摸着病床边的椅子跌坐下来。癌症标志物 CA199 高得惊人。

从化疗科回到腹外科找赵婴年主任。赵主任直接就把话给说明白了：看片子，是残胃复发，但是不能排除转移。要打开来看了才知道。一般来说，无论复发还是转移，存活的机会都不大。目前病人的身体状况很虚弱，再手术的风险相当大。我不建议做，至少我不建议现在做。

如果治疗，将来的方案还是老样子，手术切除，加辅助化疗。如果不能切除干净，也是化疗，通过更换各种化疗药物来延缓癌细胞的扩散速度，带瘤生存。能拖多久看运气。

李昊说，反正医生都说没救了，就不必再受这份苦了。回家歇着就好。如果后期疼得太厉害，能安乐死就更好。

化疗科的医生也说，先办出院手续，把这床位让给更需要的病人吧。我给他多开点儿止疼针和安眠药带回去，别的我也帮不上你们了。

何玥机械地整理什物，去窗口结账，回病房领出院小结，然后一手提着行李，一手扶着李昊乘电梯下楼，整个过程中就有如灵魂出窍。当他们的脚步迈出住院大楼的自动门，何玥周身激灵了一下，她忽然扔下行李，用那只手死死抓住不锈钢的门框，另一只手使劲拽住李昊的胳膊，惊恐地尖叫起来。她像一头被逼入绝境的野兽，对着这可怕的命运张大了嘴，发出自己都难以想象的声音。她用尽气力把李昊往医院里推，两个人一起摔倒在大理石台阶上。

人群围过来。几个护士和护工连拖带抬，把她送往观察室。她感到胳膊被冰凉的针扎了一下，一阵胀痛。很快，周身肌肉绵软下来，眼前的景物甜美地融化，坠入黑暗。妈，妈，我刚才做噩梦了，她在黑暗中呼唤母亲。母亲把她深深揽入怀中，哄她道，做了什么噩梦，说出来就好了。我说不出来，我连想都不敢想……她独自在梦里哭泣。

醒来之后，何玥为这件事羞惭不已。

不仅因为她疯狂的举动，还因为她终于发觉，她其实从来就没有接受过一个得了绝症的李昊，她接受的只是一个她天真地认为很快会康复的李昊。她从未真正相信过有一天，她会看着他死去。

事到如今，她第一次有了后悔的念头，不该跟李昊结婚，不该参与到这场残酷的考验中。她爱他，可是她不能承受这种失败的结局。她发现自己的爱并不如想象中那样纯粹，她的爱也一直是有条件的。

当她奔忙在医院、公司、菜场和厨房之间，当她以额叩地为他祈祷平安，当她甘愿与父母对立，她想的都是在经历完这些考验之后，他们两个可以从此幸福地生活在一起。她不是为了陪伴他死去而做这一切的。

　　李昊服了药暂时睡去了。她惶惶地从他们上南路的新居走出来。空旷的大街上，叶落枝空。她站在路口，却忘记了自己走出来是要去做什么。

　　她现在可以逃走吗，在这个时候？

　　可是又让她怎么回到他的身边，去接受这样一个结局？

　　不不不，她听见自己心里有个声音在叫喊，不能让他死！不是还可以治疗吗？医生并没有完全否定继续治疗的可能性不是吗？手术，化疗，可以重新再来一遍，只要还有希望。她已经走了这么远，他们曾经距离成功仅仅咫尺之遥！

　　那么就要让李昊再经受一遍、两遍、三遍此前的酷刑吗？是的！她觉得她已经疯狂了。

　　婚房的交割款也许还够做一次手术，两三个疗程的化疗，这远远不够。不过她不是还有父母替她保管的房子和存款吗？她可以卖掉房子，她愿意付出一切来延长自己依然抱有希望的日子。

　　她手指颤抖，在冷风中拨通了家里的电话，妈，妈，求求你……她还没说出恳求的话就已经哽咽得无法继续。她没有权力要求父母什么，她并不比他们高尚。她也把爱当作糖果，胁迫李昊改变内心的意愿，平白承受治疗之苦，全为了满足她自己的心理需要，而恐怕最后还是免不了一死。

　　她听见母亲在电话那头也哭了。母亲说，你这孩子要发昏到什么时候啊？爸爸妈妈和外人，你想想，你应该站在谁这边，究竟哪头更亲？

何玥想，她没有资格回答这个问题了。她已经忤逆了父母。刚才，她又想过要从垂死的丈夫身边逃走。她背叛了他们所有人。

母亲又说，你说爱他，爱他。爱情有什么用呀？能不能起死回生救活他呢？

她在电话这一头和母亲哭作一团。

她为自己的爱感到羞耻。

6

徐曼宁最近每夜失眠，想到女儿养了这么多年，忽然间就脱离了自己的掌控，她怒气难平。她一遍遍揣想女儿如今的处境，到后来，虽然不愿承认，可是她开始有些许后悔。她为什么没有及早地告诉女儿，人生就是个实际而平庸的过程？

徐曼宁回想起多年前，她和同学卫红相约去首都向领袖致敬。两个小女孩儿带着干粮和粮票从上海出发，步行一千多公里，走过大城小镇，足足走了两个多月才走到北京。后来为了响应号召，徐曼宁去江西插队，卫红去了黑龙江。不久就听说了卫红结婚的消息。村里有个年轻的社员为了保护羊群，在雪地里被冻掉了两只脚。卫红就嫁给了这个英雄。当时徐曼宁听得热血沸腾。多浪漫，多伟大，嫁给了一个没有脚的英雄。

卫红病退回上海的时候，徐曼宁也刚好千辛万苦办了个假病退。与卫红重逢，她差点儿没认出来。她看到的是一个满脸苦难的农村妇人，双眼浑浊，手和脸颊上满是裂纹，到哪里都必须先把她只剩半截身躯的丈夫抱上带轮子的木板，一路拖着走。

她的恋人刘向东也病退从安徽归来。她飞奔着去见他。在石库门朝阳的大房间里，格子门敞开着。刘向东穿着白衬衣，坐在八仙桌前低头写着什么。他听见她的脚步，抬头望向她。这一刻，徐曼宁意识到，刘向东的病退不是造假得来的。他的脸上蒙着重蜡一般的黄，脖颈是蜡黄的，手是蜡黄的，好像照片调错了颜色，连眼白都发黄。她倒退着，退出院子，退出大门，踉跄跑回家中。

那时候像她同样境况的年轻人蜂拥回到城里，一无所有，竞争激烈。她希望能有一个肩头靠一靠，至少她无力再负担一个病人。尽管当时她只有二十六岁，她已经深知，不切实际的追求足以毁掉人的一生。

几十年过去了，徐曼宁依然笃信当年的选择是正确的。只是每当她看见丈夫像一个白面团似的，温暾懦弱，胸无点墨，三句话中必有两句半是废话，还有半句根本不像话时，她的心中难免悲楚。

当听到何玥在电话里哭，徐曼宁也哭了。她还来得及告诉女儿人生的真相吗？她早该告诉女儿的，可是她非但没有，一直以来还刻意为女儿营造了一个处处赞许、事事如意的幻象。因为她希望女儿去替她尝试另一种危险的人生，去赢得那些她贪求却不敢再亲身攀摘的奇迹。说到底，是她利用了女儿，一手造就了今天的局面。

　　何玥走回上南路的居所，双眼红肿，脸色冻得发青。她看见小房间里已经站着另一个人，轮廓与李昊相似，多个啤酒肚和一头咖啡黄的时髦发色。他的风衣搁在李昊的床尾，行李箱上的托运标签还未及揭掉，脸上写满气恼。

　　他对李昊说，这么大的事情你瞒着我，结果还是你的岳母打电话来我才知道，你让我这个当爸的脸往哪里搁？我在欧洲度假，这个电话还是秘书查到我的酒店转达给我听的，也就是说，连秘书都知道得比我早！

　　何玥在一旁恨不得地上有缝让她钻进去。她未曾料想母亲会主动给李昊的父亲打电话。以往依着徐曼宁的性格，若是给亲家公打电话，就等于她认可了何玥与李昊自说自话登记结婚的这回事，她是放不下这个面子的。

　　何玥想起，月前她和李昊被房东勒令搬家，她第二次恳求母亲给她钥匙，徐曼宁给过她一个方案：只要她与李昊分手，搬回家里住，李昊出院以后的住处由她徐曼宁负责安排。何玥觉得应该就是在那个时候，母亲终于下定了给亲家公打电话的决心，谁家的病人谁来负担，这就是母亲所谓的由她来"负责安排"。

　　李昊看着父亲的怒气转瞬变作疲惫。他在何玥端来的椅子上坐下，双手抱胸，颓然垂着脑袋，忽然抬头问李昊，你故意不告诉我，是不是想要给我一个教训？幸好你现在还……要不然，我岂不是这辈子都没法心安了?

说这话的时候，父亲气焰全无，轻微地摇着头，目光里竟有畏惧。

李昊原本占据着绝对优势，冷冷靠在床上，观察他父亲的各种反应。听到这两句，他蓦然一惊，他问自己，李昊啊李昊，难道你真的是抱着这样的念头吗?

一直以来，他觉得委屈的只是他自己，既然父亲忙着新婚，既然父亲从来习惯于把这个儿子当作透明的，他也就干脆不给父亲添麻烦了。现在想来，他确实揣想过父亲追悔莫及的那一天。难道他竟然是为了这样的念头，把所有的压力都加在何玥一个人身上?他揪心地回想妻子的孤军奋战，她的辛劳，她的睡眠不足，她的拮据，不过是源于他这样任性可笑且卑劣的念头。

何玥想，既然李昊的父亲来了，他们血脉相连，由他接手他的死亡是最合适不过的。尽管对母亲的做法感到羞愧，何玥还是不得不承认，母亲的做法正是她眼下最需要的帮助。她感到庆幸，至少她终于不用独自面对李昊的衰竭和离去。

何玥发觉，李董对她这个儿媳的态度反倒比对亲生儿子亲热。他坚持要请她出去好好吃一顿，说是一直陪着李昊吃病号饭怎么行?席间，他对何玥说了一大堆安慰的话，嘱咐她不要太焦虑，最紧要是自己保重身体。回来当着李昊的面，李董塞给何玥十几沓现金，还有一大盒的虫草，说是用完再送来，管够。

等卢阿姨隔天匆匆赶到，几乎相同的程序又重复进行了一遍。然后何玥终于感觉不对劲儿了。怎么好像只有她是病人的家属，他们都是探病的客人？于是她只能退一步想，至少钱是不用再算着花了。

李昊旁观着这场亲情的嘉年华，心中苦笑。他自知，这个时候治疗已经毫无意义，除了徒增痛苦，但是如果他再次提出放弃治疗，无异于任由自己的死变作父亲终生的内疚。

手术是否还请赵婴年主任动刀？何玥心里怨愤，把李昊的复发归咎于前一次手术。于是在开手术单前，何玥问了赵主任许多问题。诸如，第一次手术时，究竟有没有看到其他地方的病变？为什么会复发？当初确定是切除了二十六个淋巴那么多吗？

赵婴年把手术单往桌上一丢，毫不客气地说，不相信我就不要找我开刀！这句话就是逐客令了。

何玥心里骂，从没见过这么没人性的医生。

其实是她已经没有勇气陪李昊再做一次手术了。

李昊的父亲从北京打电话来，建议不如到北京肿瘤医院做手术，他托了熟人。隔天他就又从北京飞过来，打算接他们两个走，说是什么都不用带。除了单人豪华病房，还在医院附近订了间酒店式公寓，连洗漱用品都备下了。

何玥找了个借口，苏菲的侄孙要准备钢琴考级，请她帮忙辅导，时间都约好了。李昊也坚持说，想让何玥在上海等他回来。事到如今，他觉得唯一能为何玥做的，就是能在活着的时候离开她，死在另一个城市，不必让她亲眼看见。

最后两个人还是一起上了飞机。何玥并不责怪李昊父亲的坚持，至少她已经身经百战，这个老人却毫无经验。这个时候他多半比她更加胆怯。

残胃复发，切掉了全部的胃。李昊从麻醉中醒来。单人病房的窗外，北京下了新年的第一场雪。天地缟素，有如冥界的边缘。何玥握着李昊的手。以往，只是牵着手，感觉彼此手心的温度，也能心意相通。到如今却只剩一种筋疲力尽的感觉。

化疗开始前，何玥提出想回上海。每天住着别人付费的酒店公寓，拿着别人的钱吃饭，全职照看病人。李昊的父亲和继母隔天过来客套一番。这算是怎么回事，高级护士吗？她觉得不习惯。

她想，她可以在上海等李昊回来，能回得来是最好。从收到那份胃癌第三期的报告起，她就为他急，为他许愿，为他流眼泪，为他心力交瘁。冷静下来，她意识到，与死亡角力是一件孤独的事情。没有谁能替他承受，也没有谁能使得上气力。

李昊对父亲说，他也希望何玥能待在她觉得自在的地方。

隐去不说的下一句是，何必看着他死？

李昊的父亲这一回没有过分坚持。数天后，他拿了三张机票来。他对何玥说，干脆让李昊也跟着你回去吧，上海的治疗环境并不比北京差。

他也算尽心，亲自送儿子和儿媳回到上南路的那套小房子里，还特意买了一张病床，可以调节坐卧角度的，遣人送来，摆在原先的床边。

临走，当着李昊的面，他又交给何玥十几沓钱，说这是化疗的费用。另外掏出一个鼓鼓囊囊的牛皮纸信封，说这是他卢阿姨给的。

大家都交了份子钱，算是有始有终地完成了心愿，心满意足地再次把李昊托付给何玥。

何玥笑了笑。她笑自己太天真，有谁会愿意从她手中接过李昊？

她在心里叹息说，好吧，好吧，那就由我来送走他吧。

7

化疗改在瑞金医院。李昊变得一天比一天沉默。他甚至拒绝回答医生的任何问题。好像在所有的针、药、管子和手术刀面前，他既然不能幸免于任何折磨，就干脆任人宰割，而将神经深深地埋藏起来。

他对何玥也变得漠然，不再像以前那样，再难受，在力所能及的片刻，都会努力说一两句温暖的话，或做出一个妥当的表情。他独自行走在通往死亡的甬道中，身畔空旷，只剩前方寂静黑暗的目的地。他诧异为什么死去的过程如此痛苦而漫长。

偶尔，他会很突然地对何玥说，算了吧，不要治了。

这往往是他几周的不言不语中仅有的一句话。说话的表情依然冷淡，叹息的语调中却听得出几分哀求的意味。

何玥固然听得出，又能怎样呢？还是好言好语地哄他再坚持一下，这些鼓励的话说到后来就如同公式一般，机械，虚伪，连何玥自己都觉出了其中的残忍。但是李昊的父亲一周一个电话追问化疗进展，若是她在这个时候同意放弃治疗，又算是怎么回事呢？

她只能亲吻着李昊湿漉漉的额头，亲吻着他扭结在一起的眉头，说，别闹了，乖，一切都会好起来的。

心里说的是，别闹了，乖，很快就结束了。

唯一轻松的片刻，是她去为苏菲的侄孙辅导钢琴。她怀疑苏菲这个请求的用意所在，不是为了那个男孩儿，而是为了她。她就像一只蛰居的鼠，蹒跚着钻出深洞，再度看见了地面上的世界。世界原来还是一样地阳光炽烈，映着雾霾弥漫，混乱而生机勃勃。现在的她几乎是用惊奇的眼睛来打量这一切了。

苏菲托付给何玥的是一个五岁的男孩儿，尖下颌，一双精灵般的大眼睛，一半调皮一半恋慕地看着何玥，两只脚悬空在琴凳上。琴键上遗落着点滴阳光。底楼，客厅五十平方米，院子里石榴花正在盛放。

何玥摸着男孩儿头顶的柔发，不知怎的，就想起了李昊。她回想他病中的坏脾气，就像想起一个孩子顽劣的丰功伟绩般，这时候，甚至觉得有几分可爱。随后她不由得想起了母亲，母亲当初带大她，也如她照看李昊般不易吧。

李昊化疗过半。何玥还抽空去了一次淮海路的恒仁地产大厦，苏菲约她吃饭叙旧。两个人在隔壁太平洋百货三楼的韩式料理店找了个座位，靠窗说话。何玥坚持要由她请客，可是苏菲动作利索，早在去吧台招呼服务员加茶水的时候就把单买了。

礼让客套的当口，何玥莫名地又想起了母亲。她想起自己曾拿父母与苏菲相比。后来在北京肿瘤医院陪护时，单人病房里提供报纸，她随手翻到过一篇副刊文章。作者写道，很多人觉得亲人倒不如陌生人更乐意提供帮助，这只是因为他们对亲人的期待过高，对陌生人则并无期待。不知怎的，这句话一直清晰地留在她的脑海里。

这个时候，何玥如果不是在与苏菲争着付账，她就会从窗口望见徐曼宁正沿着马路牙子缓步走近。自从听说何玥从北京回来之后，徐曼宁每隔三四天就会来附近转一圈。总是吃过早午饭出门，先是绕着恒仁地产大厦周边转一圈，看看橱窗，再走进大堂，在咖啡座边上站一会儿，装作等人的模样。然后没事人一样走出来，沿着淮海路散步回家。如此由夏入秋，已经小半年。

何玥离职的事情，何处长一直瞒着徐曼宁。

徐曼宁在这儿走着，走着，仿佛感觉女儿就在不远处。她一个人来，也瞒着何处长。

若是女儿又很久没有一个电话打回来，何处长请示徐曼宁，要不要主动打一个过去。

徐曼宁沉下脸说，不必！

上海近几年已经很少有这样的好天气。秋季的这一日，破例没有雾霾，天高云淡，空气清澈，梧桐叶萧萧飘落。徐曼宁走在淮海路上，恍惚间，回到十几年前一个相似的秋日，也是正午将尽，她在瑞金医院配了点儿药，拐进绍兴路，就看见迎面走来一个人。轮廓再熟悉不过了，只是中年稍有发福，添了一副眼镜。

刘向东！多少年没见了啊。她快步迎上去，未及开口，他已经与她擦身而过，依然大步向前。她愤怒了，叫他的名字。他停下来，前后左右地搜寻，目光掠过她，又狐疑地落回来。这一刻，她后悔自己的轻率，她羞愧得无地自容。

刘向东邀她到附近的维也纳咖啡厅坐了一会儿。阳光从透明天顶照进来，把他勾勒得棱角分明，面色红润，眼睛在镜片后面黑白分明，不像是得过肝病的样子。言笑得当，举止儒雅，与家中那位何处长真是两个品级。

她想起久远前的最后一面还是在刘向东的婚礼上，她与他分手的一年后。当时他的黄疸还未褪尽，比病退回来时更瘦，两颊都凹陷下去。新娘子相貌一般，听说是体育老师。娇小的个头，一直笑啊说啊，性格开朗得很，令刘向东脸上的笑意也比以往充沛许多。

刘向东就是依然带着那种笑意告诉徐曼宁，他妻子很好，儿子也念中学了。又说到当时婚后，他考进大学，念中文系，毕业后在出版社工作。现在担任社长。

她坐在咖啡桌对面，捏着纸巾，又是鼻涕，又是眼泪。她说，真不凑巧，感冒了，感冒了。她忍不住懊悔地假想，如果她当初发一次疯，嫁给那个周身蜡黄的少年，好好爱他，照顾他，如今坐在眼前的就是她的丈夫了，还有她作为女人的一世幸福。

然后仿佛是命运已经用矛刺中她的要害，还要继续拨弄她的痛处。当何玥决意陪伴在一个得了癌症的男人身边，徐曼宁被心里说不清楚的东西激怒了。

已经一年半，何玥始终没有回头，除了对女儿的牵念，还有另一种恐慌在她内心无限放大。若是有一天，女儿果真挽着已经完全康复的李昊幸福归来，她就又将目睹另一个刘向东，宛如重现她此生最不愿承认的可笑失误！为了逃过这场噩梦，她情愿女婿百病缠身，女儿早日变作寡妇。

她开始意识到，事实上她从未检审过自己对于女儿这个替身的另一种感情，是她对一个可以肆意追逐奇迹的完整生命的嫉妒。她从未希望女儿真的追到什么奇迹，因为如此便反证了自己人生抉择的荒唐。

她悲伤地想，也许女儿真的有可能是个天生的明星、钢琴家，或者别的什么。是自己的暗示让她不断惨败，终于堕入凡尘，退回到资质平平。

8

最后一次化疗结束了。李昊活着，一切指标正常。

三个月后，李昊依然活着，复查指标也完全在正常范围。李昊躺在床上，只觉得像做了一场很久的梦。这梦境是活着。他竟然还无赖地活着。

这一刻，何玥也有些茫然。

六个月过去了，李昊的各项指标依然没有任何异样。

跋涉在去往死亡的甬道里这么久，自我闭锁，宛如已死，到此时忽然发现前方的目标竟然是生。短暂的狂喜过后是惶恐，继而不知所措。他意识到，他意外抵达的这个地方早已不属于他，因为他幸存下来的身躯还不如一个稚童或耄耋老人。生命在他身躯中的感觉是钝痛和虚弱，是想要离开病床和药瓶一整天都不得的无助，也许比绝症更加磨人。

他不得不承认父亲为他买的这张病床真是好极了，按下床边的按钮，可以自动调节到十五度、三十度、四十五度、九十度。对他这样一个大部分时间必须躺坐着休养的人，这张床与他是如此熨帖，仿佛他的身体注定要与它互相契合，毕生相守。

何玥开始烦躁。她不能这样毫无目标地等下去。日复一日看护病人，没有工作，没有社交，没有与父母的正常往来，也没有自己的人生规划，这不是她想要的生活，所以她把这定义为"等"。

以前是等李昊康复，她心甘情愿。后来是等李昊死去，她别无选择。如今这两种目标都遥遥无期，只有她陷落在这种奇怪的境遇里。有如一个旅客拖着行李箱在机场夜以继日地守候，甚至没有一个人可以告诉她这个机场是否还有航班。

李昊看着何玥渐渐神志游离。

有时候，等着他喝完一碗汤，她坐在病床边，脸上挂着耐心，眼睛则一直望着窗外的世界，直至浑然忘记了收起空的汤碗拿回厨房。也只有这个时候，她不注意他的时候，李昊才会短暂地停止扮演对她的漠视，放任自己细细端详她的侧脸，端详她短发再次留长扎起后鬓角散落的碎发。

他发觉自己是多么爱她，在他去而复返的这个生之世界里，她是他仅存的财富，他唯一的生趣。可是他又没法克制对她的气恼。他没有忘记自己曾是亲人们还愿的偶人，还曾是一个被他们推来让去的炸药包。当时他只当自己快要死了，他不在乎了，他平心静气地尽量满足他们。如今他活过来，以一个活人的角度回想过往，他不仅在乎，简直是有些怨恨了。然后他意识到，其实他只是害怕，害怕爱是凉薄，何玥终有一天会弃他而去。

又过了两个月，这一年的晚夏。距离李昊患病休假两年零一个季度，苏菲打电话通知何玥，李昊的合同期满，公司终于甩掉了一个包袱，也多出一个名额。苏菲跟人力资源部要了这个名额给何玥。

何玥决定接受。约好时间去报到，前一天夜里定好闹钟。

就在翌日清晨，李昊忽然说背疼，从背部一直疼到骶骨。他瞪着天花板，牙根咬得咯咯作响。何玥毛骨悚然地问自己，难道是李昊的胃癌又复发了？难道是因为自己的愿心动摇，上天就此决定将李昊重新带回死地？

闹钟铃响，惊人地铿锵，两个人同时颤抖了一下。

苏菲开车过来，把李昊直接送到赵婴年那里。化验科，放射科，何玥在窗口手指冰凉地等报告。赵主任读完片利落地下了结论，恐怕是病人卧床太久，腰背疼，有条件多做做推拿就好了。

跟人力资源部约了新的报到时间。凌晨的光景，窗外还是漆黑一片。李昊忽然咳嗽得喘不过气来。喝水，按摩，用镇静药，什么都没用。怀疑癌症转移到了肺部，托请苏菲再次约到赵婴年，赶过去检查了所有指标，依然虚惊一场。

第三次约了去上班的日子，这天刚好是恒仁地产的一次重要路演，与苏菲说好了，办完人事手续就立刻去现场帮忙。又是闹钟铃响之前，李昊捂着肝区开始呻吟。

苏菲在电话里说得很直接，何玥，我说句不好听的话，你看李昊这个情况，到底是他身体上不舒服，还是他心里不愿意你上班？

何玥微信叫了出租车，扶他下床，帮他穿衣服。李昊忽然捉住她的手腕，他的脸离她只有几寸远。他咬牙切齿地对她说，我，宁愿就死在这里，也不去医院，让那帮孙子折腾我！如果这病再来一次，你给我记住，我绝对不会让那帮孙子再折腾我一次，我宁愿杀了你再自杀！

气话归气话，这肝区痛不能不去医院查个明白。何玥情急之下，就拿着李昊的病历本自己去了医院。没找到赵婴年，她站在他办公室门口死等。她在门口站了整整一个上午不敢走开。走廊里人来人往，面孔变得虚浮，晃得她想吐。钢窗外的阳光照进来，刺得两眼疼痛，耳朵嗡嗡作响，精神也在飘浮。忽然有人大声叫她，你！是你在等我吗？苏菲把我的电话打到爆，你跟我进来！

赵婴年翻了翻李昊的病历本，听何玥讲了两句，就不客气地打断道，病是不能谁代替谁来看的。谁病了，你就让谁自己来。

何玥还是一味地问，你看这到底像不像是复发了……

她夹在两个坏脾气的人中间，期期艾艾，妄想就这么从赵婴年嘴里得到答案。

有个护士进来说什么，赵婴年向何玥摆摆手，示意她走，她却执拗地就近坐下来等。

办公室不大，只有两把椅子，一个洗手槽和一个检查床。一把椅子上摆着一盆海棠花。何玥只能坐在检查床上。刚坐下一会儿，她就觉得眼皮打架。等她恢复知觉，发现自己居然侧卧在检查床上，围帘被拉上了，身上还盖着一条医院的被单。她挣扎着想起身，但是眼皮又落下来，四肢都像陷入云堆里。帘子外传来赵婴年模糊的说话声，和另一个男人，好像是在聊着对马航失联的猜想。

何玥蜷成一团，膝盖和额头顶着墙壁。墙凉而润，雪白的。床很窄，没有枕头，但是足够了。她躲在帘子里，躲在这张不相干的床上，暂时躲开她的生活。帘子外面是两个健康人，说着与病痛无关的话题，让她觉得安全。这一刹那，她又深深沉入了睡眠，完全没有知觉，没有梦境，从来没有这么困倦过。

等她醒来，赵婴年把一沓开好的化验单递给她，破例地，对她露出一丝和蔼的笑意。他在自己办公桌上摸了一遍，从角落里摸到一颗加应子，塞给何玥说，吃吧，吃吧。

何玥觉得好笑，这个一向面目冷酷的老者，居然用这种孩子气的方式来安慰她。扪心自问，这种地方摸出来的加应子，究竟有没有人敢吃？

回到上南路的房间里，李昊难得地把病床摇到九十度，正襟危坐地等她。他像个犯了错的孩子似的耷拉着眉毛，嘴唇抿成一条直线。何玥沉默地从手提包里拿出病历本和检查单，摆在桌上，用装蛋白粉的罐子压住，李昊的视线无声地跟随着她。终于，何玥听到李昊在背后清了两下嗓子，然后声音柔和地说，你走吧，回到你的爸妈身边去。

何玥手上的动作停下了。她回过身来，看见李昊神情自若，像是早已反复在心里演练过很多遍，他流利地说了下去。

玥玥，你年轻，健康，依然美丽，有大好前途，没必要死守着我这么一个病人浪费光阴。作为你的丈夫，我真心地希望你幸福快乐，不想看着你为我整天操劳，担惊受怕。反正我已经是废人一个，如果你遇到谁有能力好好照顾你，你就接受他，不要考虑我的存在。我们可以分开。我就算心里再难过，只要你能生活得无忧无虑，我也心甘情愿。我多么希望能照顾你一辈子的那个人是我，可是说到底，谁让我自己得了这样的病，连多活一天都不容易呢？

李昊一句一句把这番话说完，逻辑完整，胸有成竹。他知道自己这不是在劝何玥离开，而是在消毒，去除何玥心底深处哪怕一丝一毫想要放弃他的念头。

何玥听着李昊的宣言，一句跟着另一句，气息虚弱，语调一唱三叹，听上去更像是塞壬的诱惑。不知怎的，何玥忽然觉得此情此景何其熟悉，一如那年她高考失利，徐曼宁贴身坐在她的左侧，为她打着扇子，语调痛切地劝她随便选一所学校，切不可考虑复读重考，作为母亲，她无论如何也舍不得女儿再受一遍这种罪。最后她成功得到了何玥的"信誓旦旦"。

结婚前的二十六年里，徐曼宁与何玥之间所谓的母女连心，不外是这个模式。如今李昊端坐在病床上，苦口婆心，只差问徐曼宁借来那把题着"国破山河在，城春草木深"的旧折扇握在手中，为何玥扇风了。

何玥长吁一口气，心在往下沉，一直沉到无底的深处。

李昊依然在努力劝说，表情恳切，目光涣散。有一瞬间，何玥讥诮地想，她就是装作听不懂怎么样？她就这样顺水推舟地接受他高尚的建议，他又能怎么样？扪心自问，其实她等待一个离开他的恰当时机已经很久了。

她有些敌意地看着李昊眼神温柔地凑近她，伸出手，抚摸她的面颊，抚掉她满颊满腮的泪水。她是什么时候开始流眼泪的呢？她怎么自己都没有发觉。

她愿意相信以前的那个李昊依然存在，那个她深爱的李昊。

他还在人世间的某一个角落，也许是旅行去了远方，也许是沉睡在这个陌生身躯的深处。

以往同事们总爱揶揄她说，企划部的提案只要用何玥的名字交上去，公司高层会议一准能通过。因为自有青年才俊的设计总监替她出头。谁若是说半个不好，他就跟谁急。

有一回企划部派何玥去和重庆分部对接一个项目，财务制度有规定，何玥这个级别只能坐火车。李昊知道了，冲到苏菲办公室一通理论，说女孩子单独出差已经很不安全，坐火车更不安全，说苏菲是纳粹逻辑。最后他自己掏钱为何玥订了来回机票。

另一回准备路演布景，何玥划伤了手。李昊在市中心飞车八十迈送她去医院，缝针、挂针、配药。开车送她回家的路上，何玥拿着一瓶饮料想要打开。因为伤了一只手，她把瓶子夹在膝盖中间，用单手拧瓶盖。李昊看见就生气了，靠边停车，抢过瓶子拧开递给她说，小朋友，以后我再也不要看见你这么拧瓶盖，因为你必须记住，你还有我这双手！

她不是一直握着他的手掌吗，她没有一天松开过，可是他究竟去了哪里？

9

路演的这一天，徐曼宁再次途经恒仁地产大厦的附近。

最近大半年，她已经很少故意到淮海路这一带散步了。偶遇女儿的可能性实在太低。上楼去找，她又拉不下这张脸。再说年初，何处长也办妥了离休手续，他叨叨的废话立刻塞满了徐曼宁的白昼。

以前徐曼宁总是嫌丈夫胸无大志，贪污腐败没胆量，成天就喜欢琢磨占一些小便宜，像是到辖区的企业去顺几张公交卡什么的。现在他的这点儿小心思倒成了他们生活的最大乐趣。

小区门口有个推销员，说是可以免费带他们去看墓地，包车还包一顿午餐。何处长动员徐曼宁，权当是免费近郊游。一次去南汇，一次去奉贤，还有一次去了嘉兴。墓地都是松柏宜人，山幽水秀。他们两个晒着太阳，呼吸郊外空气，吃着免费的午餐，惬意得很。吃的时候，心里空洞的感觉全给填满了。

徐曼宁过着这样的日子，忙忙碌碌，偶尔有空回头想想，人的生活恐怕就是这么小，想要把另一个人完完整整控制在自己的愿望里，这愿心就像太大的家具，恐怕买回来也根本放不进房间里。

这又是一个难得清朗的秋日，恒仁地产大厦门前人头攒动，路演的音乐、气球和展台。徐曼宁心头一动，拨开人群，奋勇挤到第一排，在路演的工作人员之中细细寻找女儿的身形。就在此时，她看到一张熟悉的面孔。时隔三十年，又只是一面，因为她心里一直想着那个男人，所以竟然没有忘记他妻子的这张脸。添了岁月的痕迹，她也依然认得。

苏菲迎着徐曼宁的目光，怔了怔，满面笑容地主动走过来。她也依然记得她。知道这是丈夫的前女友，所以在当年婚礼的诸多宾客中唯独记住了她的脸。

苏菲听着徐曼宁寒暄，夸她精力旺盛，还战斗在事业的第一线，问她为何会驼了背，然后闪烁其词地问道，既然老刘事业有成，她何必一把年纪还在职场打拼？苏菲想，原来她还不知道刘向东去世的事情。

四年前，肝癌，她告诉徐曼宁。

一瞬间，徐曼宁觉得呼吸急促，冷汗浃背，急于想抓住什么坐下来。心里锐痛，百转千回，却痛得空空落落。她感觉到那个小个子女人使劲揽住她的肩膀，拍了拍，倒好像她才是需要被安慰的人。

徐曼宁就这样摇摇晃晃走回家里。已经很久没有像今天这样心情汹涌了，她有憋了一生羞于启齿的热情和悲哀想要诉说。她和丈夫都老了。过了这么多年，这个话题也不再是禁忌。她打算跟丈夫聊聊她逝去的青春情怀，她对往事的怅惘，对物是人非的感慨万千。何处长正陷在沙发里读报。徐曼宁也不管他心神在哪里，就冲着他大声宣布道，刘向东死啦。得了肝癌，四年前就死啦。

何处长从报纸里抬起头，没头没脑地应了一句，人死了，你这么高兴做什么？

徐曼宁正想骂丈夫胡说八道，蓦然意识到，刚才自己的声音真的带着愉快的音调，迫不及待，沾沾自喜。事实终于证明，自己三十年前的选择是对的。她耿耿于怀以为错失的生活，最终被证明，一文不值。这无疑是最振奋人心的消息！

可是转念一想，谁不会死？晚死就一定是比早死更好的结局吗？正如凑合了三十年的婚姻就一定比十年的情投意合更好吗？再说了，她有什么资格与刘向东的妻子比较呢？

对于人生，她从未慨然参战，又何言胜败？

沙发边的茶几上摆着墓地的宣传资料，还未及扔掉。徐曼宁看着这一沓花花绿绿的硬卡纸，在这已近花甲的年纪里，问自己，这一生她最大的遗憾是什么？

　　然后她终于愿意向自己承认，如果时光倒流，她只希望在刘向东患病的这几年中，她可以陪在他身边，陪伴着深爱的人一同走在生死边缘上。这将是一个人发鬓如霜时唯一值得拿出来擦拭的回忆，是我们原本空空如也的人生中难得真实的相依相偎。

10

　　何玥搬回怡景苑的那天，正是初夏的又一个周六。距离李昊查出胃癌，刚好整整三年。

　　建国路上依然车水马龙，小区里的两株椰榆树长高了许多，推开客厅的窗，树顶上的细叶就争相拥挤进来，勾勒着午后静谧的光影。

　　三年的时光，随身的衣物连一只拉杆箱都装不满，只需要一个手提袋。所以何玥这一趟不像搬家，倒像是多年前最平常的双休日的一天，吃过早午饭出门逛街购物，才三两小时就折返家中，带着几件不甚满意的战利品。

　　她推门走进自己的房间，陈设还跟三年前一样，床边的毛绒拖鞋，衣橱里过去的衣裳，写字台上的电脑，浴室里的彩色浴盐瓶子。这让她有一种从未离开过的错觉。

她倒是希望在公司里也能有这种错觉。

三天前，她终于重返恒仁地产，二十九岁，依然是个企划部的小文员，依然孑然一身。

苏菲已经告老，如今企划部的副总监是李娟，当年与何玥一同进公司的本科生。去年年底新婚，现在怀孕两个月，腰身还看不出来，却不自觉地挺着肚子，苹果般的粉红面颊上满是骄傲。

企划部还多了一个长期合作伙伴，是一家小型地产专业广告公司。老板是何玥的前同事，比何玥晚一年进公司的徐若兰，两年前辞职创业，小有成就。爱马仕手袋，香奈儿连衣裙，有模有样了。

每个人在这个社会上都有年龄坐标，一刻不敢松懈，唯恐一步踏错，终生不得翻身。

何玥洗完澡，拉开衣橱取衣裳，一个陌生的人影从眼角掠过。她一阵惊疑，觉得那人似曾相识。合上衣橱，那个人影又出现了。就在衣橱门的玻璃镜子中，她看见了一副瘦削的身体，瘦到贴身的睡衣穿着都有些宽大。齐肩中发湿漉漉的，还在滴水。一张做梦般的面孔，白皙忧愁。她拨弄了一下额前的头发，惊讶地发现这个身影就是她自己。

她看着自己，近三年来，她第一次有闲心这样面对面地看自己。她觉得她的脸好像与以前不一样了。脸变长了，原先是一张总是含羞带笑的苹果脸，两颊还有点儿婴儿肥。镜子中的她下巴坚硬，嘴唇紧闭，眼睛周围陷了进去，眉头微蹙着，眉间有一道波澜。

她惊奇地抬手触摸自己的眉间，不是沾染的尘灰，不是窗帘的阴影。她用手指按着试图展平它，它却已经生根在那里，成为这张脸的一部分。即便她努力微笑的时候，它依然在那里。

就在去恒仁地产报到的前一天，她向李昊提出分手。她以为她一辈子都不可能主动说出这样的话来，结果她还是说了。她准备着迎接一场灾难的到来，嘶哑的吼叫，扔东西，绝食，或是泪流满面的控诉，继而演化为两人抱头痛哭。最后恐怕还是少不了再次疼痛或咳嗽，手忙脚乱地送医。

她倒是并不惧怕这样的灾难，反正同样的情节，平日里也一直在重复着。她害怕的是李昊好声好气地应允她，劝她早日离开，另攀高枝。

可是什么都没有发生。房间里出奇地安静。

这些话离开何玥嘴唇的一瞬间，李昊忽然微笑了。

长久以来盘踞在他脸上的暴戾和漠然在这一刻完全褪去，他的眼神变得平静而忧伤，久违的眼神，让何玥几乎感到惊讶了。

他干瘦的脸不再僵硬扭结，努力地，做出一个最好的表情。他什么都没有说，也没有任何举动，只是静默地倚坐在病床上，遥远地，柔和地，长久地看着她，似乎他早就知道她会说出这番话，似乎他早就在等着这一刻，而此刻他想做的，只是把她最后的每一个细节努力留在他的视网膜上。

李昊的这种神情让何玥恍惚回到那个清晨，她准备送他回医院之前，他忽然用一种前所未有的安详态度对她说，你走吧，回到你的爸妈身边去。

当时他坐在窗边，戴着灰色的线帽，光秃的眉骨下，一张奇异而动人的笑脸。她却抱着他的双腿，哭得伤心欲绝。

晚餐已经摆好，在日光渐渐消隐的客厅里。元宝虾，虎皮青椒，上汤西洋菜，黄豆煲猪手，还有一盘六枚烤蛋挞。徐曼宁破例没有指手画脚地主持餐桌上的话题，这就让一顿饭吃得出奇地清静，三个人都埋头夹菜。

直到热菜吃尽，只剩甜点，徐曼宁终于忍不住开了口。

她先是对何玥说，你在莘庄的那套房子，我已经下了决心，一定要把它过户到你的名下。我昨天都特地去房产交易中心问过了，办过户手续，交契税和印花税什么的，七七八八加起来，估摸着要交给政府总房价的百分之二，也就是两万多元。

紧接着，徐曼宁又把脸转向何处长，像是自言自语般干笑着说，我们自己家的房子，倒要交给外人两万多元，你说这是不是太没道理了？这多不划算呀？

何玥听着母亲熟悉的说话方式，不知怎的，母亲那点儿小心思在她面前忽然变得简单，浅显，清晰可见。她已经不再需要像以前那样，神经紧绷地努力猜测母亲究竟用意何在，如临考试。看着母亲几乎有些拙劣的努力，她就像在欣赏一个孩子的表演，觉得好笑而可爱。

她想，这是因为她已经长大了吧。

与李昊最后相对凝视的那一刻，她终于认定她曾深爱的人依然存在于那个躯体里。只是直到三天以后她把房间重新清扫一新，拿起手提袋走出门去，听到背后门闩合拢的一声轻响，他也始终没有再叫她一回，小朋友。

她已经不再是他的"小朋友"，他也不再是她的病孩子。最后的时刻就仿佛他们共同的成人礼。接下来的路，他们要学会无依无凭地独自走下去。

徐曼宁把脸转向何玥继续说，房子过户的事情，你一定要自己好好想清楚了。交这笔冤枉钱给政府就当我自认吃亏也可以，但是以后能不能管好这套房子，就要靠你自己了。

这语气倒有点儿像是恐吓了。

何玥见母亲这么用力，满心不忍，于是安慰她说，妈，其实房子在谁的名下不一样呢？我们都是一家人，这笔冤枉钱也大可以省下来。

到最后，语气几乎像是在哄孩子。

可不是嘛！徐曼宁飞快地应和道，两只手掌不由自主拍出一声响。

她心里的石头终于落了地，溅起满满的欢喜，可是很快这感觉变了味道。她隐隐觉得怎么不像是她重新掌控了女儿，倒像是女儿居高临下看破了她，把这房子施舍给了她？这可不行，她这么做纯粹是一片公心，是为了女儿好。她得让何玥明白这一点，她得找出一个更重要的理由。

于是她赶紧扭头面向丈夫急切地补充道，当然啦，还有一个因素我们也必须考虑到。现在玥玥表面上是和李昊分手了，可是毕竟正式手续还没办。房子要是过户到玥玥名下，理论上就成了夫妻共同财产，将来等到他们办离婚的时候，难保玥玥不会受损失。今时不同往日了。那个时候是两个人爱得要死要活，我的便是你的，你的便是我的，就算一起去死都可以……

有什么火烫的东西在何玥嗓子里哽住了，手指无力，筷子上夹着的蛋挞落到碗里。

听见何处长少见地用责备的语调打断徐曼宁，你就不能歇口气吗？你不说话没人会把你当哑巴。

徐曼宁果然吞下了后面的话，因为她看见何玥忽然间低下头，红了眼圈。

静默了半晌，徐曼宁怯生生地问女儿，是不是蛋挞不好吃？

何玥努力对母亲扮出微笑，摇头说，没，就是噎住了，噎住了。

她就这么微笑着，捂着嘴，眼泪扑簌簌地滑落下来，弄湿了手掌心。

第二个故事

✝

赌城宠爱常胜客

人生最大的好运气，不是扔出了什么骰子，

拿了什么牌，是遇到了什么人。

1

第一次来到拉斯维加斯，我就遇到了大麻烦。

这就要说到半年前，公司为了笼络一批重要客户，订了一个赴美的旅行团，并决定由我陪同。同事们都羡慕我交了好运气，大学毕业进公司没几年，就轮到这样的美差。其实伺候这批肥头大耳的当权者，苦不堪言，当权当的却不是自己的钱，心理最变态。

老板也是知道的，所以上周出发前找我谈心，说，看准了我少年老成，不贪玩，处事理性周全，样貌喜人，英文又好，这才派我担此重任。

又说，若我遇到什么难处，就直接打电话给他，不必逐级汇报了。

三天前，旅行团离开圣迭戈，驱车前往拉斯维加斯。这是旅途的最后一站，我坐在车上，听着一干肥胖的中年男人打着呼噜，对于将要到达的赌城，竟然没有丝毫期许，只是想着早点儿回上海交差。

车外温度将近四十摄氏度，荒凉到极点的戈壁沙漠，同样的景象持续几个小时。忽然一片奇形怪状的瑰丽房屋，像海市蜃楼般，从地平线上浮现出来。

领队安排我们入住威尼斯人酒店，仿文艺复兴式的巨大建筑中央，一条人造运河穿流其间。原来的日程是，当天晚上到贝拉吉奥酒店观摩马戏演出，第二天上午购物，下午就离开，直接开回洛杉矶，搭乘返程的航班。

结果，没走成。

刘总看完马戏，就近在贝拉吉奥玩轮盘赌，先赢后输，一夜丢掉六千多美元。李主任玩老虎机，彻夜奋斗，被吃掉了几百张一美元与五美元的钞票。齐主任起初直接回酒店睡觉，到了夜半睡不着，下楼输掉了所有现金，又输掉了信用卡的透支额度，接下来他就再也没睡着过。张副总是最幸运的，他玩牌赢了五百多美元，忽然闹肚子，在洗手间来回跑了一夜，算是保存了胜利果实。

不论怎样，第二天一早，他们谁也不走了。输了的，眼红着急待翻本。赢了的，心痒难挨，想赢更多。领队手足无措。司机干等着。酒店续房。机票只能先挂起，等着改签。

我给老板打电话。

老板说："你是怎么办事的？昨天晚上怎么不跟紧他们？"

我委屈："他们看完演出就挥手赶我走，凶得很。我以为不妨碍他们就好，谁知道会出这种事情。"

"不要说了！我不是花钱雇你来跟我顶嘴的！"老板的声音把手机震得发颤，他喘了一口气，"这样……你跟他们去说，回来我安排他们打麻将，保证他们赌得过瘾，想赢多少赢多少。可是人得赶紧给我回来！"

我一个一个去找他们，一个一个跟他们说，没人听我的。一天，一夜，又一天，安排的三餐都没人来，战线无限期地拉长。

老板筋疲力尽地在电话里说："你去跟他们说，输了多少，我们公司全额报销。人现在就给我回来！"

说什么都没用，他们已经不是心疼钱。我在边上看得诧异，其实他们不完全在输钱，时赢时输，翻本又输掉，可是没人停手。这些人前半辈子被制度限制，从没下过赌场，现如今，他们完全疯魔了，沉溺于这种唯心主义力量主宰的沉浮，一脸的兴奋和迷惑，任谁都不能把他们拉下赌桌。

现在已经是第三天下午了，我坐在这些人面前，欲哭无泪。再这样下去，我的饭碗是铁定保不住了。经济危机的时候，我再去哪里找工作？

这悲哀的一刻，我想起以前某人说过，人是可怜的动物。我懊恼自己的坏运气，事实上，我也从不奢求好运气，所有那些高高在上、不可确定却又左右我们的东西，都会让我们这些渺小而可怜的人觉得恐惧，觉得恐惧之上的魅力无穷，就像恨不得追逐死亡之火的蛾子们的怪癖。我希望世界上最好没有运气这回事，一加一等于二。怕只怕人生，根本就是无数运气的总和。

贝拉吉奥的纸牌区，他们今天下午选了在这里赌，分坐三张桌前。女发牌员一律越南面孔，短裤制服，眉眼狡黠地拨弄着筹码，等着他们判断，要、双或不要。

刘总的眼睛开了小差，穿过女发牌员的手肘，看向隔排的后一桌，看了足足五分钟。

一个亚裔女人坐在那桌正中，挂着笑，下巴抬高到俯视的角度，垂着睫毛，等开牌。她锁骨突出，穿着低胸吊带裙，这是拉斯维加斯通行的女人穿着。裙子是橙色的，皮肤是小麦色的，鬈发披在肩上，单眼皮，颧骨有点儿高，尖得出奇的下巴，中间有道浅凹。

"你看她，她一直在赢。"

黑杰克的巨幅广告正在她背后，一张爱思（A），加一张老人头（K），握在一只幸运的手中。筹码推向女人的面前，她的笑容并没有增加一点儿，拨了摆在手边。

"我也看见过她好几次，这些天。"

"她一直在赢，每个地方。"

刘总和李主任这么议论，引得张副总等也凑了过来。

女人又赢了两局，起身收拾筹码。发牌员有些丧气地说："怎么赢了就不玩了。"女人笑笑，扔给她几个筹码当小费，都是上百美元的黑筹码。然后，竟然向我们这边走来。

"我们认识吗？"女人用英文说，语调老练，笑得很有些挑战意味。

刘总眨巴着眼睛，李主任一脸茫然，他们没有人懂英文，推着我去应答。

我解释说，是他们几次看见你赢钱，很是崇拜。

"是吗？"她的表情没有显出什么得意，"瞪着人看，这样是很不礼貌的。人要不走运，瞪着别人看，也借不来运气。"

我连连道歉，心里郁闷得可以。他们赌钱，我丢工作。他们偷看女人，我来赔罪。

"他们都赌，你不赌吗？"她问我。

我说："我不但讨厌坏运气，也讨厌好运气。"

"噢，是吗？"她的语气柔和了，"你是中国人吗？"后半句，她改成了标准的普通话。

刘总他们终于听懂了这句，一窝蜂地从我身后拥过来，把我扒拉到后面，围住她，你一言，我一语。美国式社交顿时变成中国式的，在他们的热情面前，女人由尴尬变为无奈，他们毕竟头发花白，够做她大叔，还一脸阿谀。她不得不随和下来。

女人自己介绍，她叫简。

五分钟后，她指着那些人的鼻子，尖叫起来："原来你们都是上海来的？我就是上海人啊！长宁区天山路，原来我就住在那里。"笑容这才真正欢喜不已。

"你们都输了是不是？没关系，有我在，我来帮你们。"简改了上海话，依然带着美语利落的腔调，"其实赌博不是完全看运气的，或者说，每种赌博的运气都有规律，这种运气也是可以慢慢掌握的。"

中年男人们跟在她身后，亦步亦趋，听得目不转睛。

"我先来赌，你们看好。"简在每张桌子前看了一会儿。有一张桌子，庄家连得了两次黑杰克。简就坐下来。接下来她赢了一场，输了两场，又连赢三场。

接下来的五六个小时，简直精彩极了。

正在众人连声叫好时，她停下不赌，另换桌子。她选的总是庄家刚刚大赢过的桌子。她选哪张桌子，从坐下起，庄家必输多赢少，有如赌神驾到。

她先是自己下注，向我们演示，只用两个黑筹码，赢到两千美元。

后面，她就一直坐在刘总身边，替他捉刀下注。不止一个发牌员问："这是你的女朋友吗？"并暗示刘总说："男人应该自己做主赌钱。"庄家被简赢得面色难看，恨不得离间他们两个。刘总听不懂英文，哼哼哈哈，这三天来，脸上第一回扬眉吐气。

简赢了就走，绝不恋战，从纸牌、轮盘赌、老虎机，一种一种赌过来。地点也不断更换。她说这是必需的。从贝拉吉奥酒店出来，一路去了恺撒宫、威尼斯人、金字塔，好像还到过纽约纽约酒店。走到哪里，似乎运气就跟她到哪里。我们一行乖乖跟在后面，看得已经入神，途中室外气温灼人，或是腿脚酸痛，全然不觉得。

回想起来，她也不是完全不输，只是每输，她必提早放弃，损失不大。而且她总是抬着下颌，挂着笑，胜利地俯视别人。她不露败，别人也不觉得她输，下一局，反倒又输给了她。

她一边手在赌桌上翻飞，一边用上海话谈笑着，解释她做的每个选择道理何在。上海话在这里，真是一种绝妙的秘密语言。我们尽管交谈提问，旁人都不知所谓。

她讲解的要义是，命运在任何地方都无从揣摩，只有在赌场上，它变得最容易理解。它有七成是概率。所以她喜欢赌场，对人生而言，这其实是最安全的地方。只要发牌员不出千，任何赌局都可以计算输面和赢面，然后下注。

这几乎可以成为一项收入稳定的职业。一个受过训练的人，在赌场每夜劳作八小时，根据概率，都能算出他的月薪和年薪。如果，没有特别邪门的好运或坏运。

刘总开始摇头："简小姐，今天真是多谢你。不过，我这把年纪，看来是学不会这些了。"

"不早了，我们差不多都回去休息吧。"李主任说。

齐主任加了一句："明天我们还要回洛杉矶呢。"

我以为自己听错了。

张副总背后拍了拍我的肩："你跟司机说一声，明天我们一早走。"

我大喜过望。

一群臃肿的身影摇晃着离开。我依稀听到他们说：

"没意思，想不到原来赌钱是这回事。"

"学不会，你就是输。学会了，这跟上班又有啥差别？还挺辛苦。"

他们一辈子都在做一加一等于二的职业，确实不需要再多一桩。这些钱，他们问谁索要，都比这么赚省力。

我说："简，你真是我的贵人！"

简笑眯眯地看着我："你真的不赌？要不要我来帮你？"

这是我在拉斯维加斯的最后一夜，我忽然有些心动。

"你是第一次到这里吧？我劝你赌。"她依然用上海话在说，"根据概率，第一次到拉斯维加斯来的人，总能赢一点儿钱回去的，只要你赢了以后就收手。"

"你担心什么呢？赢了钱，兑换到现金，你完全能太太平平带回去。这里很多人都带了大把美元回去，没有电影里那种黑社会来拦着你什么的。

"难道你就没有什么愿望，特别想实现的那种？想想看，如果今晚鸿运高照，天上掉下来一大笔钱，一夜之间，你朝思暮想了好些年的生活，忽然就不成问题了，十全十美，什么都有了。"

我心跳加速，口干舌燥，脑海里闪过无数美丽的画面，莫名的恐惧也越发强烈。

"放心，我会一直坐在你边上，你就按我说的做。你还担心什么？"

我犹豫得想撞墙。

"瞧你这副没用的样子！"简仰面大笑，伸手拉住我的胳膊，手上握力十足，"走，先陪我去喝一杯，好久没有一个上海人陪我说话了。"就近的一间酒吧，窗外还是室内，看上去却是蓝天白云，恒久白昼，偶尔还有阴云飘过，打雷闪电，人造的。在手表指着夜半的时候，尤显诡异。她点了马提尼，我点了威士忌。

"这样，我来给你讲个故事。等故事讲完，你再不决定要不要我帮忙，我可就走了。"

简讲的是她自己的故事，这是我没有料到的。

2

简，是我大学英文课起的名字。我就是那时候认识陈悦辉的，我念历史系，他念社会学系，学校把这两个系安排在一起上英语公选课。

说起来真是惨淡，二流大学，又是两个非主流的系，课堂里每个人各怀心事，教授老太太也讲得有气无力。我们这一届已经是扩招之后，大家都能看到四年后的景象，失业，学也没用。

四级预测的分数出来那天，老太太勃然大怒，拿了改好的考卷，一张一张扔到不及格的学生头上。考卷碰到我额头，我立时翻脸，挥手把卷子打落在地上，动作太大，一桌的书本文具哗啦啦全被扫落。

我把郁积的怨愤一股脑儿发泄出来，指着她骂："你这个老巫婆，你要能包我们找工作买房子，你尽管威风，你什么用也没有，威风什么？你还是我们交学费养着的呢！"

教室哗然。

老太太气得甩手就走，继而众人陆续散去。

一片混乱中，陈悦辉没急着站起来，他坐着，弯腰捡起我的鸭蛋考卷——正好飘到了他脚下。朝另一边看，又捡起我的笔和一本书。看了看另一本，太远，没捡。他不紧不慢地整理自己的东西，走出教室时，把这些顺便捡起的，放在我桌子边。冷冷淡淡的样子。

那时候我们还没说过话。两个月后，我们在校园里牵手走。

他性格中有某种东西，正好熄灭我心里的暴躁和焦虑。他高高瘦瘦，非常沉静，内心有主张，把我七零八碎的生活捡起来，随手归整一下，就妥了大半。他话很少，有什么要说的，顶多是眼睛看着你，看一会儿又不说了。这副模样很让女人心动。

恋爱以后，我也抱怨过他缺乏热情，每件事情，他都做得理性平稳。包括当初捡起我的书本，他说，真的只是顺便而已。

我吵吵嚷嚷，他欲语还休。我们俩的性格真是够互补。我爸妈很是喜欢他，态度却很犹豫。现在幼儿园交朋友，都要看家境。我和他家境差不多，上海工薪人家，父母没多少积蓄，房子车子要靠自己奋斗，这就是零分了。于是每次爸说"很好"，妈就反对。妈说"可以考虑"，爸就说"不行"。

其实我早决定了，毕业就和他分手。

我焦躁得很。每个人生下来，意识到自己是一个独立的个人，都不会甘愿成为蚁群中的一个黑点，都希望自己有比别人好的人生。小学、中学，我满怀美梦，到了大学，忽然看清，前面就是做一只蚂蚁的命，而且还未必能做得成一只丰衣足食的蚂蚁。

我家有远方亲戚在旧金山。陈悦辉耐心辅导我英文。我申请了几次美国大学的奖学金都失败，干脆决定拿了这里的大学文凭再走，没钱交学费，出去了再说。只有这一条路，似乎还有点石成金的希望。

我问陈悦辉："你干吗这么卖力教我学英文？巴不得我离开你啊？"

他答："教不教，反正你一样要走。"

他就是这么个人。

毕业后，我们租了房子一起住。反正总要分开，能相守的时候就相守。两个相爱的人朝夕相处，快乐就不用提了。美国的入学通知书寄来了，我锁进抽屉里，没告诉他。后来过了期。

陈悦辉在某政府机关工作，他是很讨长辈们喜欢的类型，加上大三大四一直在那儿白干，所以顺利得了美差。稳定，可惜薪水很低。

一对情侣租房子，没法住廉价的合租房，条件已经很差，房租还低不下来。两下一相减，剩下的买菜做饭都紧巴巴。

我想自己也得干些什么。历史系，勉强找了个文秘的工作，薪水比陈悦辉更可怜。

早出，晚归，加班，受气。在菜场，买条鱼都要考虑一下。走过报刊亭，看着那些个时尚杂志犹豫很久，到底是二十元一本。

有一次连着加班两周，严重睡眠不足，早晨拼命爬起来，痛苦不堪。只想躺下。躺下五分钟，恐惧从四面八方涌来，塞满心中。想到一停下来，下个月开销马上紧张。又想到一辈子就得这样，不能停下来，辛辛苦苦几十年，能买一套自己的房子就阿弥陀佛。一只可怜的蚂蚁，一对可怜的蚂蚁，连自己是谁都来不及想。

明知这样下去，明天赚的也不会比昨天多，无望地拖宕着。发烧请病假的某天，中午陈悦辉不在，一个人摇摇晃晃去吃面，掏出十元钱的时候都恐惧。今天没有赚钱，怎么就花钱出去了。

自始至终，陈悦辉都说："累了就休息一阵。喜欢什么就买来。不要省，有我呢。"

明知道他也累得要命，做整个科室的事，还时常陪饭局，陪酒。捧着饭碗战战兢兢，打算熬到头发花白，平安退休。他不是王公富豪，我没法把做他太太当成生计。

偶尔我发痴，路过地铁广告时，指着明星身上的香奈儿裙子说："老公，我也要这条裙子，我穿了一定比她好看。"或者指着杂志旅游版的图片说："老公，我们也去巴厘岛度假吧？"说梦话也过瘾。他了解的，我就是说说，不说话我会疯。

有一天他晚回来。我已经躺在床上看电视。他解着领带，走进卧室，对我说："我给你买了东西，放在沙发上。你出去看看。"轻描淡写的。

我从床上爬起来，出去到客厅，老大不情愿。

看见一只系着缎带的大盒子，打开来，里面是那条裙子，珍珠饰领，复古旗袍下摆，月色丝绸。我尖叫起来，做梦一样，比在身上，赤脚在房间里跑来跑去。

忽然我的脑袋轰的一下，急忙去找标价牌，裙子上没有，我在盒子里衬布里摸来摸去，手抖得像树叶。两千九百五十元，发票飘下来，一把锤子把我的脑壳敲漏了，念头流了一地，空了，冰凉的风灌在里面，像是小时候发现自己闯下大祸。一条没用的裙子，相当于两个人的月薪，屋不租了，饭不吃了，日子不过了吗？欠在他的信用卡里，还清，不知需要几个月。

"你去给我退掉。你去给我退掉！你去给我退掉——"我对着他大喊大叫。

他说："喜欢就穿吧，我有办法的。"平静得可恨。

"你这是故意气我！你捉弄我！你嫌我说话刺激你，你这是报复我！你神经病，你变态，你是个穷光蛋！"我骂他，用各种难听的词，每骂一句我就自己哭。其实是我内疚得要命。

我拼命敲打沙发。我踢墙壁。我把盒子和裙子扒拉到一边。我威胁说，他再不收起来拿走，我就开窗扔下楼。最后，我抱着膝盖在墙角坐下来，浑身大汗，嗓子哑了，只是流眼泪。他也靠着墙坐下来，坐在地上，松开衬衣领子。

"宝宝，都是我不好。"等一切平息，他这么下结论的时候，眼神认真，只有宽慰我的意思。我几乎又要哭了。

忘记告诉你一个细节，他始终称我"宝宝"，再亲密，他仍然不叫我"老婆"。

夜里，我抱紧他，抱紧他，把身体蜷成一团，想躲进他的身体里。

几周后，我做了一个梦。我梦见陈悦辉把我带到一个酒店。打开房间的门，里面是四十米见方的客厅，大理石地面闪着奇异的光，水晶吊灯，四十二英寸的液晶电视屏，豪华音响，遥控窗帘。敞开的卧室，羊毛地毯，按摩浴缸就在卧室另一头。另有两个浴室，巨大的化妆台和金色圆镜，配着又一个液晶电视。可以在里面踱步的衣帽间，灯光匀净。卧室的落地窗外，碧蓝的湖水，喷泉刻意贴着玻璃造景，七彩的虹光。

陈悦辉一盏一盏打开灯，一路带我走进去。

在梦里，我猜想那是巴厘岛。结果不是的。你相信梦可以预知将来吗？这是我今天在贝拉吉奥住的房间，一模一样。

当时在梦里面，陈悦辉还是不动声色，我却紧张得要崩溃。他哪儿来这么多钱？我知道他想对我好。可是他这么做，就好像他切下自己的手指，给我当零食嚼。我难受得想要呕吐。我惊叫着从梦里醒来，周身冷汗，啜泣不止。这种过了今天没有明天的绝望。

我忽然想起，我们俩本来就是没有明天的。留恋也没用，能留住多久？这样下去，我会害死他。我会越来越歇斯底里。他终会因此讨厌我。

不久我到了美国。

旧金山的唐人街低矮逼仄，比不了上海。商铺的门窄得要侧身进。菜市场挂着牌子，偷塑料袋者，一个罚一美元。妓院上方，硕大的招贴画，女人躺着，举起双腿，一双高跟鞋之间写着英文：你见识过天堂吗？

父母为我凑了一点儿学费。我不是读书的料，几个月后就彻底跟不上了。权且到亲戚在唐人街上的杂货铺打工。满街是身体干缩的老人，走来走去，身体越缩越小。

那段时间，烦躁，失望，感觉眼前一切灰暗无光，换我以前的个性，不知会做出怎样的事情来。我却还算平和地活着。因为陈悦辉。

这是我一直羞于提起的事情。

我非常频繁地想念他。我时常发呆。在转不过身的柜台里，翻检着零碎，从干枯的手里接过硬币，看着一天终了，光的橘色在转角熄灭。旁人不知道的，某一刻，我早已不在这里。就像躲在背人处，偷偷打开一个盒子，端详着过去的他。

我微笑，叹息，或者只是安静下来，心随流水打着圈远去。

想起他为我做的，以及不为我做的。想着他的若无其事，究竟是用情太深，还是不愿在意呢。想着他眼睛看着我，等他说句什么，偏不说，恨死人了。我就这样靠发呆活下去。

请不要误会，我和陈悦辉不联系已经一年多了。

我也没有打算再跟他在一起。

这个盒子里存着已死的东西。它们没有风化，减少，消失。恰恰相反，昨天的时间与空间不断延展。我培育它们，纵容它们肆意繁殖，膨胀，侵占一切盒子外的世界。我发现它们虽然短促，其实无穷无尽，也许足够滋养我的一生。

我品尝逝去的恋情，没有伤感，我甚至比恋爱时更心宁神泰。它们现在完完全全属于我了，一笔可观的私有，安全的，不会再有变数。

唐人街的蛛网，闽南话，散发着霉味的门板。几十年后，幸运的话，能平安地老在这里，每天打烊之后，蹒跚着干缩的身体，去菜场，数着硬币讨价还价，捎带偷拿几个塑料袋回家。好歹别人听来，也算是生活在美国了。

我已开始相信，人就是蚂蚁。

六月将要结束的时候，我收到陈悦辉的电子邮件。邮件里说，希望我还在用这个邮箱。又说，他下个月来美国出差，顺道看望我。

车停在杂货铺门口，旧福特。他从驾驶座下来，阳光照得他眯缝起眼睛，难得的局促不安。他说："你请两天假，我开车带你去附近走走。"

我说："陈悦辉，别以为你这样就可以来看我笑话！我要上班，哪里都不去！"

我说："你已经看见我了，现在可以走了。"

我大叫："你装什么好心，你浑蛋！"

路人都停下来看，我的表情和声音够惊人。

陈悦辉来看我，其实并不易，本来这次开会轮不到他。是因为他总是包揽所有苦力，领导偏爱他，知道他女友在旧金山，有意犒劳。领导也暗示他，会议不用天天到，抽空探望一下想见的人。陈悦辉想得更周到，美国出租车少，他办了租车，自己开过来。

他说，这两年攒了一点儿钱，来之前换了两千美元。不为别的，就为我们开开心心在一起几天，驾车到郊区踏青，吃几回大餐。这样，也算是圆满地分手了。

收拾行李走出杂货店，几个月没离开这间小屋子了，站直了，看见街上人来车往，竟然觉得胆怯。亲戚自然是不快。我说，出去几天就回来。得回一个冷哼。

管不了这么多了。

我们去了花街。绣球花丛中，帮我们合影的老人长得像马龙·白兰度。渔人码头，慵懒的海狮一群群睡在甲板上，碎金散落在浪花尖。海风的咸味，吹着阳光，温暖抚摸肌肤。晚上，我不想去他开会的酒店，我们驶去郊区，在公路边的乡间旅店住下。

说实话，到美国这么久，除了学校和唐人街，我还没去过任何地方。

第二天，我说很想再走远一些。他研究了地图，回租车公司续了押金。我们就沿着一号公路往南，沿途是悬崖与大海，一直一直都是碧蓝的海。

我坐在副驾，象征性地替他看地图。他的手在方向盘上，苍白而镇定，每个关节和褶皱我都熟悉，我看着忍不住发呆。他的额发还和以前一样，总是落到眼睛上，脖颈后面有一颗痣。我以前总是气恼他，说爱我，却冷淡平静，难有任何热烈的表示。这一回他为我走了这么远的路，我已满足极了。

记得一晚住在卡梅尔，另一晚在圣巴巴拉。

我们像以前一样做爱，疯狂地，比以前更好。反正是为了圆满地分手。他返程的日子还有几天。我们还有几天。

我们随意停车，在途经的小镇里散步，坐在鲜花盛开的街道上，看人们修剪草坪，遛狗，推着婴儿车。或者停在沙滩边，望不到头的白沙滩。女人们骑单车经过，美丽的胸脯像蝴蝶一样颤动。老人在晒太阳，孩子和狗跟浪花嬉戏。冲浪的少年黑得闪闪发亮。

我们都开玩笑说，这里的小镇最适合私奔。非常安静的生活，极少的人，童话般的独栋平房，大片的草场与海洋。而且社区商店和超市什么都有，相当便宜。牛排和三文鱼，十几美元够吃好几天。T恤衫、裙装和鞋，几元到几十元都有，各种尺码，连童装也齐全。

要是有一笔钱，逃亡在这里，做点儿小生意，一辈子不出镇子也没关系。

他的手指在地图上划来划去。我瞟到了一个地名："我们去拉斯维加斯吧，去碰碰运气，没准儿我们就有钱私奔了！"

他了解我的个性，总是突发奇想。拉斯维加斯不在返程的直线上，有点儿绕路，换了以前，他早就冷静地否决了。结果他纵容了我。

反正是最后一次了，反正我们还有几天。

车窗外是无止境的沙漠，四十几摄氏度的空气，伶仃的仙人掌。开了七八个小时，天暗下来，去处还是一道荒漠的地平线。我们反复研究地图，怀疑世上究竟有没有这个城市。

车还在前行。横亘的金色夕阳，勾勒出堆砌的黑云，美，却恐怖，因为天已经快要完全黑了。忽然间，天地交界处浮现几点金色的灯光，随着车子加速向前，很快变作成千上万点，非常广阔的一整片，像金光闪闪的大海，无边无际，比夕阳更壮观。

我还记得当时奇异的心情，我大叫："老公你看，前面！"

陈悦辉没说话，金色的光芒映照着他的脸，明灭不定。

第一夜住在拉斯维加斯城郊，酒店才二十九美元。第二天一早，我们开车到城中心游览。自由女神，狮身人面像，人造绿洲和运河，光怪陆离的建筑都是各酒店的噱头。赌场里昼夜不明，人声鼎沸。

陈悦辉自己没打算赌，他说："宝宝，你去换两百美元筹码玩一下，输光我们就回去。"

红筹码，蓝筹码，白筹码。我学着别人玩老虎机，筹码投进去，按下，图案飞快滚动，有时候连成一道，闪动不停。过一会儿又开始滚动。然后游戏结束了。一个筹码也没吐出来。后来我才知道，当时自己那么傻，赢了的时候，居然不懂得按兑现的键，白白让钱又进入下一轮，输掉为止。

我玩了十几次都输，跺着脚，硬要陈悦辉帮我。陈悦辉拗不过我，坐上来，也输了几局。他凡事脑子清明，渐渐就明白了该怎么玩。再往下，有输有赢，而且运气不坏，老虎机里也吐出了几十美元。

我欢呼雀跃，拉着陈悦辉再去玩纸牌。当然是逼他出马，我在边上胡闹助威，就像以前，我有什么事情做不好，也总是他替我搞定。

发牌员斜着眼笑，看出我们是第一次到这里，十足菜鸟样。陈悦辉并不理，板着脸凝神思考。几局之后，发牌员的手开始迟疑，陈悦辉往椅背上靠，笑笑。我将身子贴上去依偎他，他拍拍我的腰，又专注到牌局。一上午，两百变成了五百。

我们在丹尼斯快餐吃午饭。我兴致勃勃地说："下午接着干，我们很快就要发财了！"

他皱眉："不是说好就赌这两百的吗？"

"是呀，可是说好的是输光就回去，现在两百变成五百了呀，要输光这五百才算数！"

他低头吃薯条，不跟我理论了。

吃完饭，他跟我去赌场，他提议去轮盘赌。我知道他一定在想，输掉五百，轮盘赌最快了。一到三十六个沟道，加上两个零位，他说，就押一个号码吧。操作这个台子的越南女人垂着眼皮，拨弄手指。

他说："宝宝，你选个号码。"

我闭上眼睛，睁开，说："我第一次见你是十九岁，我要十九。"

他推过去两百美元的筹码。小球在轮盘里转动，最后，停下来。

越南女人的眼睛瞪大了，像是不相信发生了什么。她拍着自己的脑门，一大堆筹码被送到我们面前。她礼节性地想要笑，飞快地眨着眼睛，嘴角牵起来，又沮丧地掉下去。

足足七千美元，一赔三十五。

陈悦辉收毕筹码，拉起我就走。我听到两个台子的操作员在议论，另一个越南女人问刚才那个，发生了什么？回答说，居然中了，太不可思议了！懊恼而高声。她们指指点点，都来探着头看我，说，就是她选的号码，那个女孩儿！

我们一直跑到看不见她们的地方。

陈悦辉说："我们回去吧。"

数了一遍筹码，他看着我。我知道他犹豫了。七千美元，能做什么呢？既不够我们俩回上海买一套房子，也不够私奔到滨海小镇开家店。它毫无用处。它甚至不能让他在美国跟我多待几天，一起用完它。

我们很快又返回去，继续赌。一起得到了这笔钱，又没有可能再一起花掉这笔钱了。我们都不言不语，恨不得顷刻输掉它。

事与愿违，轮盘赌押四角赢了两次，押竖行赢了三次。纸牌拿了十七之后，再要，都能刚好二十一点。运气超乎想象。到了傍晚，财产增加到三万美元。

好像有什么，正从我们前两天的梦话里面，一点点现出轮廓，变成真实的画面。

他说晚饭时间到了，强拉我去餐厅。面对面坐下来。我口干舌燥，不是因为需要加冰的可乐。他餐盘里的牛排一口没动。我们对看了五分钟，扔下一桌食物，手拉手一起跑进另一个赌场。

穿过拉斯维加斯最大的温室花园，就到了据说最有格调的赌场，贝拉吉奥的大额赌博区。坐下来一个半小时，陈悦辉又赢了两万美元。他说要起来休息一下，冷静一下。

我们手拉手穿过光芒耀眼的橱窗，博柏利，路易威登，爱马仕。我轻呼一声，目光停住了，一双爱马仕的橙色高跟鞋，真是美极了。还在打折，才六百美元。陈悦辉拉着我大步走进去。三分钟不到，我们就买下了这双鞋。我踢掉脚上的旧鞋，踏进新鞋，女王一样走出来。

我们又去了纽约纽约酒店的赌场，苦战了四个小时，赢了一万。

陈悦辉说，必须早点儿睡了，太疲劳，头脑会不清楚。睡醒了明天再赢钱。

当晚，我们就从原来的旅店退房，搬进了纽约纽约酒店。当时，贝拉吉奥的普通房就要三百五十美元，威尼斯人两百美元，这里算是便宜，七十五美元，也非常不错了。巨大的客厅和卧室相连，地毯，按摩浴缸在大床边。

两个人一起泡在浴缸里，什么都没有做。空调开了关，关了又开。

我说，我们真的有钱可以私奔了！他在床上翻来覆去。

去美国某个偏僻的小镇，或者回到上海，买间够住三口之家的二手房，开家小店，有份固定的营收。愿意工作也好，不做也好。总之自由自在，不再受别人的气，也不用担心一旦失业，背脊下的床会被搬走。

到了后半夜，我们已经把将来的事情都计划好了。

我说："我要生七个孩子，像童话里的七个小矮人。"

他说："罚款不得了，多生一个孩子据说十几万呢。"

"如果生七胞胎不就好了，一次生的，谁也不能罚我们，只能气得干瞪眼。"

"你有这么大本事？"

"这好像应该看男方的家族遗传吧！"

"我们家可没一次生七胎的，你当我是猪啊。"

陈悦辉在黑暗中核算了半晌，说，赢到十万，就应该够了。

十万美元，是我们俩以前十六年的薪水。还得不吃不喝，否则正好是十六年的生活费。有了这笔钱，虽说不能从此游手好闲，至少有了安定的基础。现在已经有了六万，还差四万。

"老婆，我们可以做到的。"他说。

听到"老婆"两个字，我的眼泪流下来，还好他看不见。我把头埋进枕头里，拭去泪水，想着将来我和他的一切美丽画面，不知不觉睡去。

第二天，我们赌得更加有经验。他开始算牌，算概率，尝试各种技巧，当然也赌得更谨慎。他的脸色越来越苍白，手不再安静，下意识地敲打着桌面。每次赢了钱，他的手飞快地伸出去，抚摸推来的筹码。每次输了，筹码被收去，他的手指会莫名地伸缩一下，仿佛想要把钱夺回来，却清醒地克制了。

我在一旁连呼吸都忘了。这丝毫不夸张。有时候一局结束，憋得不行，赶紧深吸一口气。我靠在他身上，感觉他的身体像块木头，每块肌肉都是僵硬的。

输输赢赢，整整十几个小时，算下来才多了一万两千美元。

"老婆，我们可以的，我们还在赢。"他松开领子，靠在沙发上，后脑挨着靠枕。

我在房间里不停地走来走去。

我说："我讨厌这样！坐在赌桌上，不知道下一分钟会发生什么。我受不了了！"

我说："我怕极了，每一分钟我都怕极了！那些好运气和坏运气，完全不随我们的心意而来，好像不是我们在赌，而是有什么拿我们在做骰子。我很怕前一分钟，我还是世界上最幸福的女人，下一分钟，就什么都没有了。我甚至还来不及惋惜地尖叫一声。"

我问他："老公，我们就在拉斯维加斯登记结婚好吗？就明天？"

他说："其实七万美元也差不多了，买二手房是够了。还差一点儿开店的本钱。我们可以去借。老婆，你说呢？"

天亮的时候，我们整理好行李，打算吃完早点就退房，离开。

时间尚早，自助餐厅非常冷清。我倒了牛奶泡麦圈，放进微波炉。他在冲咖啡。一个金发胖女人快步走进来，足有两百斤，一阵风掀到我们背上。后面跟着她伶仃的女伴。

"噢，整整二十五万美元啊！昨天一晚上！"胖女人用夹子拿甜点，盘子高高堆起来，"谁让你这么早去睡觉的，要不你可以亲眼看见我赢钱，要不，你没准儿也能赢上五六万……"

女伴往盘子里夹了一块蛋糕，小心翼翼地，不停地眨巴眼睛。

"我已经想好了，"胖女人拉开椅子坐下，惊天动地地，"那个我早想买下的农场，回去我就写支票。我要对老汤姆说，你这狗娘养的，别老是借口买一罐啤酒，就站在超市收银台这边半天不走，趁我转身就拧我的屁股。我不在超市干了！我都站着干了十六年了，我的上帝！"

她很快吃完了整个盘子的东西，站起来有点儿摇晃。我猜想她也许有糖尿病什么的。女伴扶住她，轻轻摇头："贝琪亲爱的，这确实是一大笔钱没错。可是那个农场……"

　　"我只要再赌一上午，再赢上那么一丁点儿就够了！噢宝贝，为了钱，我都低声下气了半辈子了，谁都有追求自己好日子的权利！来吧！"胖女人用另一只手做了个手势，像是斯巴达的首领召唤他的勇士们那样。

　　女伴笑着跟她走出去，转眼间消失在赌场闪动的灯光中。陈悦辉把头扭回来，捏了捏随身的现金挎包，又望向赌场的方向。

　　"还有点儿时间。"他小声说。

　　行李已经打包，现在离退房还有几小时，我们有理由再试一小会儿，不是吗？我们又在纸牌区坐下来。"幸运的先生，你打算押多少？"女发牌员问，在漂亮地洗了一遍牌后，眯缝起她的黑眼睛。

　　我们输了第一局，第二局，第三局。

　　换了一个桌子，又输了两局。筹码不多了，我拿着钱包去换。等我回来，他坐在另一张桌子上，停着，等我。先前换的一万美元筹码已经输光。

　　轮盘赌，重新押了三次"十九"，都谬之千里。好像魔法忽然消失了。

　　十一点三刻的时候，我们总共换了四次筹码，每次一万美元，如今只剩下两千在挎包里。还有三万美元的纸币。

"怎么办？"我在他的脸上找答案，"怎么办，老公，我们还走不走？"

他半晌没说话。躲开我的眼睛，侧过脖子，低头看着大理石地面上的可乐污迹。

一把拖把几乎碰到他的脚。黑人弯着腰，穿着他特大号的制服，头发花白，左胸的口袋里有别人塞的小费。看见我们满脸晦气，站在赌场边面面相觑，他只是翻了翻眼睛，匀速拖过去，就好像我们根本不存在一样。

陈悦辉拉着我躲开，皱起眉。他拍了拍我的腰说："去，帮我再换点儿筹码来。"

我跑得像一匹好马那样快。我不知道自己能做什么，只有尽力快地跑过去，再跑回来。

晚上九点半，人们拥到外面，到遍布拉斯维加斯的宽大回廊与阳台上，等待城市中央的火山爆发。虚假的声光造就了城市毁灭的假象，夜夜如此。轰鸣声震耳，浓烈的火焰舔着天空，碎石像流星一样四处喷溅。

这时候，我们已输掉最后一个筹码，所有的七万美元。

沿着走廊走回房间。世界毁灭的造景没有让我眨一下眼睛，我恨不得这是真的。

房间里摆着两个人的行李。我听到自己喋喋不休地在说话："如果我们一早走了就好了……一定是有人盯上我们了，老公，你说是不是我们赢得太多，赌场的人开始跟我们作对？他们都串通好了，要让我们输掉所有的钱。"

我走过去，跪坐在陈悦辉的脚边，枕着他的膝盖。我说："求求你，求求你跟我说句话吧！你这样一声不吭，我可真的要疯了！"

他靠在沙发里，手支着前额，整个人都佝偻起来。屋子里的灯只打开了半边。

我摇晃他。他抬起脸，难以置信的神情，好像我真的疯了一样。过了一会儿，他问："要我说什么？"声音嘶哑得几乎听不见。

"我们怎么办？老公。明天留下来，还是退房回去？"

"回去？"他无意识地重复着最后一个词，思绪不知在哪里。我听得鼻子发酸，回去，难怪他没法决定，我们能回去哪里？我们已经计划好了二十年的生活，已经说好要生七个小孩，已经在前几天，一起经历了前半生中最快乐的时光，我们还回得去吗？

我跳起来，从行李里翻出我的钱包，倒扣在桌上。一些硬币飞蹦着滚到地上去。

一路上，他都没有允许我花我的钱。他说他有。我昏乱地数了一下纸币，大约有一千二三百美元。我说："我们还有钱，还可以再赌，我们一定会赢的！之前不是才两百就赢了七万吗？"

他看也没有看这些钱一眼。他轻声说："我累了，我只想安静想一想。"

我说："好吧，好吧，好吧。"我拉开窗帘，整个赌城光芒耀眼，触手可及。可怜的十几张钞票散落在桌上，我匆忙抓起几张，好像是五六百的样子，背上装着护照的挎包。我说："无论如何，我都不相信这个世界会这么对我们！我们还没有输，没有！"

我对陈悦辉说："老公，你等着我，我一定会带着十万美元回来！"

直到我关上门，他还躬身在沙发上，头埋在两手间，一动不动地沉思默想。也许已经睡着了也说不定。

世界在轰鸣，我仿佛听见闪烁的灯光都在轰鸣。漆黑的天幕，门廊喷着水雾，驱散灼热的空气。人们露天饮酒，谈笑，闲逛，拥进一个个赌场。

我忽然后悔一个人跑出来。一天之间，我对这世界已经充满了恐惧。它怎么可以许诺给我这么好的东西，又顷刻间拿走？以前我只觉得它冷漠无情，现在才知道它喜怒无常。不！我根本没法知道它！这才最让我害怕。

我大口喘气，攥着口袋里的几张纸币。拐进威尼斯人。穿过老虎机的方阵。

一个红发老人坐在角落里，抱着手袋，木然地按键。输了，赢了，她都没有离开的意思，只是不停地填银币进去，让屏幕继续滚动着。桌边的冰可乐，流下来的水淌了一地。

褐发的女孩儿站在现金柜台前，笑，举着一张老虎机的打印单，也许只有五美元。镁光一闪。瘦高个儿的男孩儿长得有点儿像休·格兰特，他按下快门，快步跑回来亲吻女孩儿。

我走上一架自动扶梯，走过许多关闭的商场。忽然间，我已经站在一片巨大的回廊之间，四周是幽静的餐厅，头顶晴空万里，天蓝云淡。美丽的情侣露天而坐，彼此轻声谈笑，啜着酒，晒着太阳。

怎么回事，难道一切都是我在做梦？之前是梦，还是现在？

"你是中国人吗？"有人用普通话在提问，不是英语。

我飞快地转过身。一个亚裔老头站在我背后。矮个子，腿特别短，光头，有些驼背，大约有五六十岁。"都是人造的。"他指了指天上，动作有些滑稽，又指了指我，"我知道你是中国人，你别怕，我不是坏人。你是中国哪里的？"

"嗬，太巧了，我也是上海的！"他很响地拍了一下手，改了上海话，"老西门，你知道吧？现在那里已经动迁掉了。你是哪个区的？"

他皮肤黑黄，纵横的皱纹更黑，给人肮脏的错觉。模样也很古怪。眼睛眯缝着，像在笑。冗长的法令纹和下垂的嘴角，却有一种悲哀的表情。

他对我说："你是第一次来这里吗？今晚随便看看还是打算赌钱？这样吧，我带你去赌！根据概率，刚到这里的人总能赢一些钱的。只要你不贪心，赢了以后就收手。"

他说："你怕什么呢？赢了钱，兑换了现金，你完全可以太太平平带回家去。这里每天都有许多人带着大钱回去。"

我转身要走，他竟然伸手一把抓住我的胳膊。

我愤怒地大喊一声。左近的人都扭头过来看我们。

"嘘，别走，别走。"他松开手，把两只手举起来，讨好地笑。他眨眨眼，一只手指竖在唇边，另一只手伸进自己的裤兜里。我注意到，他穿的是很旧款式的宽松西裤，还是含混不清的颜色。他掏了什么出来，在我眼前一晃，又飞快收回去。

是很大的一卷美元大钞，用橡皮筋箍着，估计有一两万。他握着那个东西，手在裤兜里转来转去，压低声音说："我刚才赢的。"

我冷笑了两声。我赢过比这多得多的钱。

"我知道有人比我赢得多，可是偶尔一次，有什么用呢？他们能保证自己每次都赢吗？我能！我已经在这里赌了二十年了，在后来的十五年，我每年只来一个月，每晚只赢这些，也一定能赢到这些……我也可以教你，教会你！"

这个饶舌的小丑，他看出我心动了。

"唔，我饿了，你陪我吃点儿东西吧。"他把两只手都插进裤兜里，背过身东张西望，他知道我会跟上去，"妹妹，我琢磨赢钱的方法，足足用了五年，不过我可以在几小时里全部教给你，你立刻可以赢钱，立刻。"

"妹妹"是上海话对小女孩儿的昵称，无关辈分，我爸这一代常这么说。可是由这个丑老头说来一点儿不觉得亲切，反而肉麻。

"你要吃什么？"我深吸一口气，努力让自己的声音变得柔和。

"你要吃什么呢？"他迅速扭过头，显然知道我一定会开口。他对我挤着眼笑。

"唔……汉堡吧。"我不想欠他太多情，也不想浪费时间。

汉堡是我自己从柜台拿过来的。雪碧他稍后替我端来，他说，喝啊，喝啊。其实我渴极了，面包裹在嘴里都嚼不开。我嘴唇在吸管上，其实一口没喝到嘴里。趁他去洗手间，我顺手在垃圾箱里倒空了。

这儿谁都不认识我。如果被他下了迷药，他扶我走了，没人会拦。

他说，他是一九八四年从上海出来的，亲戚在美国，给办了出来。原先他还是上海民族乐团的长笛手。反正随便他说了。

"你特别像我以前的老婆，真的特别像！我第一眼看到你的时候，简直就傻了。皮肤白白的，苹果一样的圆脸，笑起来甜得很，还有这个尖下巴。"他的眼睛在皱纹里滚来滚去，带着混浊的烟黄，和一点儿血丝。"她是唱女高音的，以前。"他使劲儿盯着我看。

如果有选择，我一定当场给他一个大耳光，踢翻桌子走人。

"我们离婚了……唉，就是前些年。她吸毒。我实在没办法了。只能给她一大笔钱，一拍两散。"他的光头摇得厉害。

我把吃完的盒子推到一边："你说教我，让我立刻赢钱，现在可以了吗？"

"好好，待会儿我就坐在你边上，我让你怎么做，你就怎么做，一定赢的。"他迈着短腿走在我前面，满面春光。

这个丑怪的老头，他只以为我贪小。他不知道今晚我多么需要赢到一笔钱！说实话，我一点儿也不相信他。要是想赢就赢，他还会是这种邋遢相？可是我没的选，只能赌一赌，也许他是个怪癖的天才也说不定。

午夜之前，我赢了五千美元。他确实有一套。

我坚持用自己的本金。

我尽量表现得不在乎，心却快乐得几乎要跳出来。有希望了！想到几个小时以后，我怀揣大把现金回去给陈悦辉看。想着他如释重负的表情。想着大海、白沙滩、鲜花、小镇，还有我们将来的好日子。

"与人生其他的事情相比，赌钱没多少运气可言，概率，概率而已。输赢好猜，人心难测。人生最大的好运气，不是扔出了什么骰子，拿了什么牌，是遇到了什么人。人生最背的运气也是如此。"听着他唠叨，我诺诺点头，心里只想着怎么赢得快一点儿。

在接下来的两个小时，我们走了大约有十家赌场。他说，一个人想一次赢得多，概率一定不会在一张桌子和一个赌场里。

就像下午我教你们那样，他当时跟我讲了很多原理和技巧。可是，怎么可能在几小时学会呢？所以我基本就是一个木偶，他说什么，我做什么。到后来，我已经完全信赖他的判断，连脑子也不过。

筹码在持续增加，有些念头开始啃噬我。到底是越来越大的一笔钱。哪儿有一个人无条件帮别人赢钱的？他有什么打算，会不会中途提出过分的要求？或者，他早计划好了。我也许根本没机会带着这笔钱，再回到陈悦辉面前了。

我的财产到达了四万。

"今晚差不多了。"他摸了摸光脑门，打了个哈欠。

"不能再赌一会儿吗？"我想着陈悦辉的话，十万，应该就够了。

老头扬了扬眉毛："妹妹，不是我不帮你，一个人一夜的运气是有限的。"

他说去喝一杯，休息一下。我只有跟上。

可乐送上来，他两只手在脸上使劲儿搓了搓，说："去年有人在上海给我介绍了一个女人，要跟我结婚。很漂亮，就跟你差不多年纪，也是你们长宁区的！"

他举起一根手指，要我引起重视的姿势。然后从裤兜里掏出一个手机，按了一串号码，从对面伸过手来放在我耳边。我什么都没听见。

他又收回去，重新拨了一次。等着。好像接通了，他对着电话里说："盈盈，你说句上海话给我听。"又把电话伸到我耳边。听见里面有个女人的声音，骂了声："神经病！"

他飞快收回去，对着电话讲："盈盈，我很想你，你想我吗？"那头的声浪不是想念的口吻，隐约像是声讨。他一边哼哼哈哈，一边挤着眼睛对着我做口型，是在说，你听到了吗？就是她了！

"最近在家里做什么了？你说你多潇洒，也不上班，也不出门。我让你去学学跳舞，你到底学了没有？以后你来了美国，打算怎么帮我去打理马戏团啊？"他放沉声调，提起眉毛，攒足一口气要摆出威严。同时又在对我做口型，大约是说，这个女人就是懒，没得救了。

我沉下脸，也用口型告诉他，到底还赌不赌？

"她喜欢我，喜欢得要命，可是我不怎么中意她。"挂了电话，他还盘桓在这个话题上，边说边上下看我，暗示什么似的。

我装作无意地问："马戏团怎么回事？"

"噢，一个朋友有个马戏团，想让我去帮手……"说着就不说了。

左右都没有人。黑洞洞的酒吧，就我们两个。他的目光像水蛭一样紧附在我身上。

凌晨两点。我忽然想起网上流传的一个故事。据说有个女人在试衣间失踪，几年后，亲戚在观摩一个马戏团演出时，看见了她，手脚都没有了，被关在笼子里当怪物展出。

他摸牌的手这么快，会不会在我的可乐里放了什么？他有没有同伙？我故作镇定，其实心里面害怕得想立刻跑出去。这个时候，我就想立刻回到陈悦辉身边，四万就四万了。等我待会儿回到房间里，就一分钟也不再跟他分开了，这辈子都不分开了。

"你不赌，那我自己去赌了。"我站起来往外走。有这个借口脱身也很好。

老头一溜烟儿又跟了过来。

这回是我在前面走，他跟在后面。我走得很快，他迈动短腿，居然跟得毫不费力。我回到纽约纽约酒店，从二楼回廊走进去，又是赌场。

他说："嗯，这儿看起来不错，应该还有赢的空间。"

我又动心了。我相信自己这辈子只赌这一夜。攒够日后的生活基础。我想为陈悦辉做到十全十美。而且这里人多，离我楼上的房间又近，我不怎么害怕了。

接下来的战果令我惊讶。

一个小时，我就赢了五万。老头也意外地咂着嘴："运气到了，妹妹，你的运气到了！"大把筹码推过来，他俯身上去，用两只黑乎乎的手又揉又捏，小眼睛里闪闪发亮。然后，意识到失态，坐直，两只手相互搓来搓去。很快，我又赢了五万。

"妹妹，我去给你买饮料来。还是雪碧加冰吧？"他匆匆忙忙地走了。好像看不得这么多筹码，要回避一下。

我有想过趁他走开的时候，收起筹码，偷偷溜掉。不过他回来得太快了。

他举起一个还滴着水珠的大杯递给我，自己手里还握了另一个。喝吧，喝吧，他说。自己已经喝起来。我当着他的面，把筹码收拾起来放进挎包，然后笑眯眯地拿起雪碧的大杯说："谢谢你啊，还给我买饮料。我要先去一下洗手间，马上回来。"

"我也去。"他还是紧跟在后面。

看我进了女厕，他也进了男厕。

我慢吞吞地在厕所里待了一会儿，盼着他自己走掉。我也知道这不可能，他一定在门口等着。我打开大杯子的塑料盖，把可疑的雪碧倒进洗手池。杯底还剩不少冰块，走到洗手池的尽头，靠门的地方，有个扔擦手纸的垃圾箱，全倒在那里。然后俯身在水龙头上，我真的渴极了，手捧着，水冰凉沁人，一连喝了十几口。

等我湿着半张脸抬起头，忽然看见镜子里有一双眼睛。

他站在门外等，正好能看见这个角度。垃圾桶，洗手池的这一头，还有摆在台盆边，打开了塑料盖的空杯子。我本来打算灌上和雪碧一样颜色的自来水再出去。

他的眼睛满是震惊和茫然，法令纹更深了，垂下的嘴角写满了悲哀。

我湿着脸就跑出来。站在他面前，不知道说什么。

他转身就走。走出没多远，他又走回来，仰起头对我说："妹妹，我们以后再不会见了。你不想遇见一个人，就永远不会再遇见的。祝你一直有好运气。"然后他真的走了，朝大厅的另一个方向，走得很快，步子有点儿踉跄，背很驼。

我站在原地，拂去脸上的水珠，心里像被又脏又湿的纸巾堵满了。

想起竟然不知道他的名字。

站了好一会儿。有个年轻女人撞了我，风风火火冲进厕所，头发是蓝的，黑背心，左右肩胛上各刺着"鸿""运"两个字，也是蓝的。忽然回到现实，想起包里十四万美元的筹码。想起陈悦辉还在楼上等我。想起唾手可得的幸福。我这辈子一直期望却从来没有得到的，真正无忧无虑的幸福，现在已经握在了手中。

我奔跑起来，向着现金兑换柜台跑去。我觉得所有的笑容，都难以表达此刻的快乐和心满意足。陈悦辉，我在心里叫着他的名字。

现金柜台的职员说，祝贺祝贺，了不起的好运气！他们找来摄影师，给我现场拍了一张照。每个赢了大钱的幸运者，他们都会拍照，然后贴在大堂里的"光荣榜"上，留作纪念。我一直在笑。任何人看上去都这么可亲。我拥抱他们每一个。我匆忙跟他们道别。我说，我得赶紧走了，还有人在等我。他一定等急了。

我抱着满是现金的挎包，跑到电梯间。

背后一扇门正好打开，走出一个一百九十厘米高的男人，褐色络腮胡，拖着沉重的箱子。他冷冷看了我一眼。我冲进电梯，按下二十二楼。我兀自在里面蹦蹦跳跳。门开了，我正要冲出去，外面进来一个灰发男人，额头凸出，眼睛蓝得像大海。早安，他说。我这才发现还没到。他不再说话，把头顶在金属墙壁上，从反光偷看我。我抱紧了挎包。

电梯继续上升。到了。我一个箭步冲出去。

我气喘吁吁冲到房间门口。刚想按门铃，我真笨，不要吵醒他。挎包里挤满了钱，摸索出房卡。门锁的绿灯亮了。我推开门。

房间里漆黑，窗帘被他拉上了。我好像能听见他平缓的呼吸，睡得很安静。我在黑暗里偷偷地笑。我轻手轻脚摸到客厅的落地灯，小心地扭出一点儿光亮。沙发上没有他。嗯，一定在床上。我向床边走去，打算把钱全部堆在他枕头边，等他醒来一眼就能看见。

我摸到窗帘，小心地拉开一点儿。窗外整个城市的灯光正暗淡下去，天在亮起来，晨光从地平线上一点点涌现，世界如此崭新。我欣喜地回过头去。借着窗外的亮光，我看见，床上也是空的。

老公？我叫了一声，我只听见自己的声音。我一下拉开窗帘。

屋里是空的。我打包好的行李还在原地。他的，已经不见了。桌上的钱也没有了，几个硬币还散落在地上。没有字条。

我看了一下手表上的日历。今天是最后一天。

今天傍晚，他参加的会议闭幕。参会人员乘坐的飞机将从旧金山起飞。

3

故事讲完了。简这么说。

有一刹那，她的表情有点儿不自然，像是电影散场，灯亮起来，观众从位置上站起来的时候。才几秒钟，她忽然又挂起了笑容，仰着尖下巴，比我更笃定地看着我。

"刚才我说的都是瞎编的，你可别信。"她拿起马提尼一饮而尽，挥手买单。

那天晚上，我干了一件很八卦的事情。我去了纽约纽约酒店。

黑暗的大厅刻意设计成纽约街区的感觉。音乐嘈杂。埃及法老、玫瑰花之类的图像不停滚动，无数人在老虎机前奋战。在通往电梯间的墙上，我毫不费力地找到了类似"光荣榜"的区域，不下二十张照片，都是赢了大钱的幸运儿。

苏珊，金发胖妇人，高举粗壮的双臂，像个拳击得胜的运动员。介绍上写着，四十二岁，来自内华达州，社区卖场店员，赢了五十四万多美元，注明的数字精确到个位数。

阿多尼斯，鼻梁杰出的美男子，侧脸对着镜头，腼腆，还有些惶恐不安。三十三岁，来自希腊，二十七万多美元……

最左侧由下倒数第二排，简，二十六岁，来自中国，十万多美元。

照片上的她，笑得，怎么说呢，真是会令所有人停下脚步。她当时就站在兑换现金的栏杆前，穿着学生气的恤衫，垂着长发，一只手放在心口上，另一只举在发鬓边，让人猜度她是要捂住喜极而泣的脸，还是开心得不知放在哪里好。她当时的脸很甜美，两颊婴儿肥，笑起来像花瓣似的绽开，徒留一个尖得出奇的下巴，中间有道浅凹。

她变了很多，但是一定不会错，就是她。这样的下巴很少见。

在快门按下去的一刻，她恰巧闭着眼。这样效果倒是更好。浓密的睫毛垂在两片红晕上，任谁都会联想起"幸福"二字。

这张照片，真是做赌场的招牌也好，做拉斯维加斯婚姻登记处的广告也好。酒店估计也是懂得它的出彩，照片都发黄了，还没摘下来。

已经午夜，两个醉汉撞了我。我赶紧回到威尼斯人，锁上门，睡觉。

第二天一早，领队就来敲我们的门，急不可耐。他终于可以回到中国交班。车和司机也在楼下等。偏偏这个时候，齐主任说，他还有些从纽约纽约赢来的筹码，忘了换。

为了防止再生变故，我陪他走一趟。

他去现金柜台，我就站在电梯间边上等，正好又抬头看照片。最左侧由下往上数第二排，没有了，她的照片，取而代之的是一个红发的老妇人。再找，整面墙上都没有。难道是我昨晚看花了眼，还是酒店今早凑巧换掉了？

"早安。"有人在背后对我说话。我飞快地回过头。一个灰发的年轻男人，眼睛蓝得像海水。他指着那些照片说："真是些幸运的家伙呢！那个，好像长得跟你很像，是你吗？"

"我吗？"浏览了一遍，哪张像我。

"你不打算试试运气吗？"我再次回头，背后换成了一个黄皮肤的小老头，笑眯眯的眼睛，嘴角却耷拉着，看上去有种奇异的悲哀。

"祝你好运！"他对我摆了摆手，走开了。

之后，我们一行终于坐上车，顺利从拉斯维加斯出发。

在车上，齐主任忽然说："我原先有个部下，本来公务员做得好好的。几年前，他说要到旧金山去看他女朋友。这女朋友我以前还见过，人挺漂亮。结果，他这一走就没再回来，你们说怪不怪？也不知道两个人现在去了哪里。"

我忍不住问："齐主任，昨天下午的那个女人，您以前见过她吗？"

"哪个女人？哪儿有什么女人？"他惊讶地看着我，好像我是个疯子。

我闭上嘴。

过了一会儿，我打开手机看记事本。

想着回到上海以后，要先写一份报告，重点强调自己的危机处理能力。当然是写给主管，不再有权力直接向老板汇报。想着又要赶地铁，打卡，从早忙到晚，周而复始。想着中午糟糕的盒饭，盼着换一家。这家饭太硬，菜太咸，肉丸里面粉掺得太离谱。

几个小时后，中年男人的呼噜声此起彼伏。车一直飞驰在公路上，四周只有荒漠，一成不变的荒漠。就好像那个城市，从来没有存在过。

第三个故事

✝

点　火

他经历了一次失败的婚姻，从北京调任上海。

她经历了两次失败的同居，一个人住了两年。

1

周二，他离开办公室的时候，下班高峰已经过去。五个内部会议，两个国际电话，加上跟三个不得力的下属谈话，这些垃圾在他脑袋里晃荡。他的车钥匙在丰田的仪表盘前晃荡。他的胃在空空如也的腹腔里晃荡。

从恒隆回虹桥，遍地是餐厅的霓虹灯，他庆幸可以漠视它们的喧哗，肚子是空的，脑袋里却实在装不下更多东西了。他开进地下停车场，熄了火。在电梯里他听到胃响了一声，很清晰。他抻了一下西装的前襟，略微抬起下巴，然后他扭过头，尽量不看镜子里的自己。

他让自己想那些饺子。她在厨房煮的时候，他有时候会偷偷走进去看。速冻饺子扔进开水里，每个都会引起小小的巨响，她扔一个就缩一下手。这让他想起儿时过春节，点小鞭炮，每扔出一个，就飞快往后躲。也许今晚还有番茄炒蛋，他记得昨晚下楼拿啤酒，看见冰箱里除了新买的牛奶，还有两只番茄，包在贴着价签的保鲜膜里。

推开门，复式公寓。底楼厨房的灯亮着，客厅却暗着，电视也没有开。她躺在沙发上睡着了，套装别扭地裹在身上，手提包和她挤在一起。

她睁开眼，有些惊恐地辨认他。很快彻底醒了，坐起来，揉着头发说："煤气灶坏了。"

"怎么坏的？"他把肩上的皮包扔在地上，自己也坐到沙发上。

"回来就这样了，光点火，就是烧不起来。"

"怎么坏的……"他皱起眉毛，只是皱起眉毛而已。

她推了他一把："你去看看呀。"

他慢吞吞站起来，左右看了一下，迷失方向一样。她拉着他往厨房走，走到煤气灶边，她往后退，倚在微波炉边看着他。他伸出手指，犹豫地捏住旋钮，没扭动。

"按下去再转，对，就是像这样。"她看着他。

旋钮在他手里发出清脆的一响，火星闪了，又灭了，围着圈的蓝色火苗没有蹿起来。又试了一遍。第三遍时，他用了一点儿力。还是只有火星。

"哪里出了问题？"她问他。

他忽然有些恼火，为什么要问他？"我怎么知道！"他硬邦邦地说。他还站在煤气灶前，上下打量，沉思了一番。他克制自己没有再试，他觉得在她面前怎么也点不上火，是件丢脸的事情。

他走出厨房，打开客厅的灯，顺着墙在找什么。她跟在他背后。他摸到楼梯下的一个门把手，用力，矮门开了，一股铁锈和灰尘混合的气味。是个储藏柜。柜子里横着煤气开关，紧贴管道，下方是一只新秀丽中号行李箱，墨绿色，顶部都是开关落下的锈屑。他骂骂咧咧，抓起箱子的把手，单手拉出来，面朝下扔在地上。

她忽然觉得，是她被他提起头发，拉出来，扔出门去。而且完全不顾她摔得很难看。

怎么会忘了有这个柜子呢？她问自己，真是件奇怪的事情，何况那还是她的箱子，她自己放进去的。搬来这里的前两个月，这只箱子放在楼上的衣帽间，那里足够大。后来不知怎的就找到这个柜子，放进这里。然后她就忘了，连同这个柜子。她每周还打扫整套公寓来着。

扔出箱子，他有足够的空间可以扳动开关了。两手抓住红色圆环，憋足一口气，往左。开关松动了。

"愣着干什么？还不赶紧去厨房试！"他喊她。

她板着脸走去厨房。

他往左拧到不能再动的位置，说："好了，点吧。"

"还是不行。"她的声音传过来。

他向右拧到不能再动的位置，说："再试一下？"

"点不着！"

"好吧。"他在腿上擦了擦手，意识到这是西装裤，低骂一声，往卫生间走去。

"看来不是总开关的问题。"他自言自语。本来就不可能是总开关的问题，她总不见得每天半夜起床关上那个吧？他只是想显得自己在做什么。

等她从厨房出来，看见柜子的门依然开着，箱子还躺在地上。他从卫生间出来，拿着毛巾擦手。看见她，他耸耸肩说："我真的没办法了。"

她说："总得想办法修好吧？"

"我没办法了。"他把脱下的西装外套扔在沙发座椅上，呼出一口气，重重坐下，占了沙发的另一侧。

她饿了，下班前就饿了。靠在沙发上睡着前，她就是打算在厨房弄些什么吃的，结果点不上火，好像这套公寓不再回应她的需要。现在她更强烈地感觉到这一点。她抱着胳膊，又开两条腿站在他面前，裙子勒着她的大腿，套装外套勒着她的背。她提高嗓门说："你坐在我的手提包上了。"

他抬了抬眼皮，用一只手把靠在背后的手提包拽出来，没有收起西装，没有给她留出并排坐下的地方。她打算就这么站着，在他给她留出地方之前，她不会替他收拾起西装，主动坐在他身边。

"我们得把煤气灶修好！"她这么宣布，站着没动。他拿起遥控器，信号也许是穿过了她的胳肢窝，或者大腿中间，总之，电视在她背后亮起来了。

她又站得离他近了一步："你听见没有，我们得把煤气灶修好！"

她感觉到电视频道在她背后飞快地转换。随着她在他面前移动，他的脖子向左、向右，绕开她的遮挡，只有这些细小的动作证明她不是透明的。

"你不打算修了是不是？让它这么坏着？永远这么坏着？"她觉得脑袋里有个螺丝卡住了，齿轮转不过去，正在一次次撞，朝一个方向撞。

"我说，给我做点儿吃的好吗？我快饿死了。"他终于说话了。他语气温和而恳切，假装刚才什么都没有发生。

"怎么做？煤气灶坏了！"齿轮还卡在那个地方。

"也许，可以用微波炉什么的？"

"我没这个本事。"

他叹了口气。她看到他叹了口气，抢着说："所以要把煤气灶修好呀！"

他说："不谈这个了，我们出去吃吧。我饿得血糖都低了。"

他是个离过婚的男人，知道跟女人讨论问题，就等于跟自己过不去。他关上电视，飞快地站起来，穿上西装，从皮包里拿出钱包和钥匙。他看见她还站着不动，两手从背后揽住她僵硬的肩膀，推着她走。

关上客厅的吊灯之前，她指着那盏灯说："吊灯也坏了，跟你说了不知多少次了，你就是不管。"是一盏花瓣形状的古铜色吊灯，六片花瓣里镶着六个灯泡，两个灯泡不再亮了。

"让它去吧，反正坏了也没什么影响。"

他关上灯，打开房门前，她又抢先说："门链也坏了。"从几个月前，他们就不用先打开门链，再开房门了。她曾经很喜欢这条黄铜门链，像古老的旅店那样。

"我说过了。让它去，反正没什么影响。"他有些不耐烦。

他让她走在前面，自己走在后面，以免她又生出什么枝节来。在之前很长一段日子里，都是他走在前面，她跟在后面，典型中国式的老夫老妻。今天这么一来，她感觉好像他正在送她出门，像两个礼貌而生疏的人。

2

车绕过公寓门前，开上另一条岔路。没等她开口，就选定了一家餐厅，停车。

这是一家新开没多久的餐厅。门口的花篮凋谢了大半。水族箱里没几条鱼。簇新的领位台，四个穿着高领旗袍的年轻女人，开衩到腿根，互相说笑嬉闹着。

他翻了翻菜单，递给她。当班经理马上转到她身边，手上拿着点菜卡纸，问："今晚想吃点儿什么，姐？"

她被这甜腻的男声叫得有点儿难受，手在菜单上翻不动了。经理是个小巧的男人，头发乱蓬蓬的，白衬衣的领子里露出微凸的锁骨。细眉小眼，眼睛不安地左顾右盼，看见她侧过脸来，他刻意摆出一脸热忱。

"你们做的是什么菜式？"她问。

"姐，我们这儿是正宗的本邦菜，不过您爱吃湘菜、川菜、杭州菜、东北菜什么的，我们这儿也都能做。"他的脖子随着说话左右扭动，好像每说一句都是用了真正的力气。

她只能故意不看他，低头看菜单："太晚了，我们就吃一点儿点心。"她把菜单翻到最后一页，"菜肉大馄饨……"

"馄饨，今天已经卖完了。"

"雪菜肉丝面……"

"面也没有了，姐，您看要不要来一斤虾？"

她有点儿恨这个经理，奸诈都写在脸上。她宁愿面对冰冻的饺子，出了办公室，她不再想跟任何人用脑子。她喜欢煤气灶上蓝色火苗招之即来，当然这是今天以前的事情。她喜欢饺子扔进开水里那一声热烈的响。她喜欢他埋头吃饺子的样子，她喂饱了他，他满意甚至有点儿感激地推开盘子，陷进沙发看电视。

他坐在对面打断了他们。"算了，我来点吧。"她看着他把菜单拿过去，经理立刻转到对面去，弯腰弓背地，做好记录的姿势。

他指着菜单一个个往下点："糟黄鱼、南瓜百合、糖糯莲藕、鸭舌头。"

他停顿了一下。"四个凉菜啊，先生。"经理扭头瞟了她一眼，眉毛动了动。她觉得这是示威的表现。

"红烧肉、油焖笋……"

"我们吃得了那么多吗？"这次是她打断了他。她瞪着他，指甲在桌布上划来划去。

他抬起眼睛，完全不理解她为什么生气。他很温和地对她说："平时每天饺子饺子的，今天正好有机会吃得好一点儿。我可是真的饿坏了。"

"你们要不要来条鱼？活的鱼？"

"你刚才说你们还有虾？"他合拢两只手掌，居然也很温和地对经理说话。

"是……当然。"

"可是我看不出来这儿哪里养着虾呀？"他从鼻孔里笑了一声。

"您放心，只要您想吃虾，我们就能办妥，一定是最新鲜的。"

"那好吧，油爆虾，半斤就够了。快点儿。"

经理走了，桌上忽然静下来。他低头看着自己的手指，把手指交叉起来，捏紧，又松开。几分钟后，他站起身朝门口走去。她看着他。他从报架上挑了两份报纸走回来，坐下翻看。她也站起来，朝报架走去，上下打量。小格里插着很多广告明信片，她咬着指甲，随手抽了五六张，走回位置。

她把其中一张一直推到他眼睛下，盖住他正看的某张报纸。明信片上印着四季酒店的标志。

"你看，我要不要去上个厨艺班？"她问，她觉得自己的语调听上去像是在挖苦他。

他没抬头，喉咙里发出两个音节："不用。"

"你刚才不是说，每天饺子饺子的，想吃得好一点儿？"她压低了声音，弓起背，手指敲了敲他面前的报纸，"你不喜欢吃，完全可以早说！"

"我没说。"他抬起头，目光有点儿茫然，随即改口说，"是的，可以吃得好一点儿。你不用自己做，可以请个保姆嘛。"

"保姆？"她瞪着他，他又把脑袋沉到报纸里。

"嘿！"她说，"你请还是我请？挑一个合适的保姆有多麻烦，管理一个人有多麻烦，尤其是没文化的，你知道吗？"

他知道，可是他说："有什么麻烦的？你在公司不是管着十几号人吗，你学的又是工商管理，把这套用在保姆身上还不是绰绰有余？"

"买菜你也让她去吗？"

"挺好的。"

"她买了不干净的原料，或者乱算钱呢？"

"你就让她去嘛。"

"保姆什么时候来？我们下班都没个准儿，至少，谁给她开门？"

"你把钥匙交给她嘛。"他依然在看报，声音轻飘飘的，像梦话。

"把钥匙交给陌生人，你能放心吗？"

"我无所谓。"

她觉得有什么噎在喉咙里，说不出话来。她深吸一口气，他没有注意到他们的谈话中止了，或许他根本忘了她坐在对面。她又深吸了一口气，用指关节敲了敲桌子，像在办公室跟下属开会时那样：

"我想过了。我不喜欢保姆。我不喜欢公寓里有另外一个不相干的人。我不喜欢下班了还要跟保姆斗智斗勇。我不喜欢把钥匙交给一个陌生人。"

他没有反应。

"再说，我们怎么请保姆呢？我们的煤气灶是坏的。"

他依然无动于衷。

"你听见没有！我们得先把煤气灶修好！"她觉得那个齿轮在太阳穴上来回敲击，就是转不过去。

"你不要再烦我了好不好！"他猛地一挥手。刚才有什么碰在手背上，他猜想是她拿着明信片敲他的手背，其实只是一份报纸的边角被风吹起来。他的手碰倒了茶水。她抱着手提包跳起来。他也迅速地站起来，拎着湿淋淋的报纸。

这时候，菜上来了。传菜员端着托盘站在一边。经理忙乱地擦着桌椅上的水，敏捷而滑稽。拖把碰到了她的丝袜，她没有生气，还有什么可以让她生气呢。

冷盆看上去像蜡块一样，吃到嘴里，她才明白自己饿了。过一会儿，热腾腾的红烧肉和油焖笋也上来了。他夹给她。他们就埋头吃着，很久都没有说一句话。

他经历了一次失败的婚姻，从北京调任上海。她经历了两次失败的同居，一个人住了两年。他们讨厌每天透过霓虹灯和玻璃，判断哪家餐厅美味公道。他们讨厌在饥肠辘辘的时候找车位停车。还有，他们讨厌一个人坐在偌大的餐桌前，接受服务生刻意亲切的眼神。他们也讨厌参加附近办公楼的"饭搭子团",陌生人,还总得相互说些应酬的话。然而两者他们必选其一。那时候他们还没认识。

"饭搭子团"聚得快,散得更快,人人都找到了一起吃饭的人,最后就剩下他们两个。他上班在恒隆。她在梅龙镇广场。

他们在下班前约好时间一起吃饭,去过锦亭、彩蝶轩、新元素,试过大食代里几乎每家的味道,去过江宁路附近的永和豆浆、桂林米粉、佳比馒头、老鸭粉丝,还在吴江路美食街上排队买过生煎馒头。吃得饱到不担心半夜饿,最后各付各的,分头开车回家。

后来她的办公室搬到了瑞安广场。他不想换人一起吃饭。她也不想。淮海路与南京路之间实在太堵,他建议说,可以到他和她家中间的什么地方吃饭。他住虹桥。她住南丹路。其实不远。

他们在味千拉面固定出入几个月之久。某天她收到一个邮件,她说可以把图片发给他看,太恶心了。她说,总之再也不去那个地方了。他们有过更满意的据点,是一家广式茶餐厅。他们一直吃到它关门歇业的那天。他们有一阵每天到同一家湘菜馆去吃烤鱼。之后不知道是他说吃多了致癌,还是她说衣柜里所有的衣服都有那种味道了。他们热爱过本帮菜的红烧肉,入夏的一个阶段,两个人都发现各自夏装的裤腰变紧了。有家川菜馆搞了三个月的特价,麻辣鱼片三十八元一大盆。他们连吃了两个月,口舌生疮才作罢。他们很偶然地试过一家火锅店,正好是买一百送五十的活动,他们得了五十元券。又得了五十元,每次去都为了前一个五十元。终于他们放弃了第六次获得的券。

他们经常跟服务生和经理什么的吵架。有一次，肥牛锅仔里的金针菇比话梅还酸。有一次，他们眼睁睁看着上错了菜，松仁玉米那桌都吃了两筷子了，服务生又给端过来。有一次，清蒸的鲫鱼自己改了红烧，而且咸极了，隐隐有变质的气味。每次总是一个人脾气火暴，另一个反常地温和，不是她，就是他。

她嫌他总是点菜过量。眼睛大，肚子小。晚上吃得太多没好处，影响睡眠。桌上的吃不完，她又觉得浪费，还是吃得过量。除了某一回，他们去一家泰国餐厅。他点了一份美极大虾，五十八元，结果上来一个大盘子，里面孤零零六只开片油炸的基围虾。

他嫌她吃饭太挑剔。对着灯光看骨瓷碗碟，像个鉴赏家，看到一点儿颜色不均匀和斑点就要求换。她从不吃起酥的点心和甜品，说是有反式脂肪酸。她总是对服务生反复地强调，你跟厨师说，不要放味精，千万不要放，我吃了以后晚上就一直想喝水，怎么喝都渴。还有，要是有服务生惹她讨厌了，这辈子都别想劝她再进这家餐厅。

现在他们又一起坐在餐厅里吃饭。在稍许谦让之后，他们依然吃得沉默而迅速，暗自较劲，就像以前。以前的规则是，饭钱平摊，饱饿勿论，谁让谁吃亏。

她忽然有一种错觉，吃完饭以后，他们将各自打开钱包，分摊这餐的费用，然后互道晚安。他开他的丰田回去，她开她的尼桑回去，回到不同的地方。唯一不同的是，这次她得抽两个小时的时间，把公寓里属于她的东西塞进那只中号箱子，再打开后车盖，放进去。这设想起来并不比煮一包速冻饺子更难。这个想法让她害怕。

"真是的，我们应该尽快把煤气灶修好。"她自言自语。

"唔。"他含着一嘴食物，居然抬头应了一声。

她忘记了，以前他是好声好气跟她说话的，对一位陌生的、堪称吃饭伴侣的女士。

她放下筷子，手从耳朵后面滑过去，直到她的后脑完全支撑在手臂上。她靠了一会儿，觉得累坏了。"你可不可以想想办法，想想怎么修好它？"她听见自己的声音吓了一跳，又细又弱，带着哭腔似的。

他放下筷子，打了个哈欠，两只手的大拇指揉着太阳穴。他说："我都快睡着了，天哪，非得今天讨论吗？"

她点点头，又郑重地点点头。她问："怎么办呢？你说怎么办呢？"

他们之前最后一次在外面吃饭，是在一家东北餐厅。他那天到郊区跑了个来回，累得吃不下东西。他说，吃饺子吧，快一点儿。她说，好，正好也想早点儿回去睡。

她的位置在厨房边上，扭头能看见门背后下饺子的锅。她推了推他，说，饺子不是他们自家包的，是超市里买来速冻的。饺子端上来，四五个是破的。她说，她要是自己下，肯定比这强。

他说，听说速冻饺子是所有速冻食品中最不像"尸体"的。他吃了一个，觉得味道不错。她也觉得还行。他说，不如下次你到我家下饺子得了。饺子我来买。

她到他家煮了饺子。两个人吃得又饱又安宁。她喜欢煮饺子的过程，简单有序，一切尽在掌握，虽然她有点儿畏惧饺子扔进开水的一刹那。她喜欢那个煤气灶，全进口的西式煤气灶，点火轻巧，架子纤细高挑，灶眼舒展，像是女人中的芭蕾舞演员。

她还喜欢他这套公寓，复式的单身公寓，楼下是厨房、客卫、高敞的客厅、液晶电视和一个靠窗的电脑桌，楼上是安逸的卧室、带浴缸的主卫和宽大明亮的衣帽间。家具、家电、窗帘的每个细节都设计得非常别致，甚至包括客卫的一个毛巾架、一只装洗漱用具的分类盒。她曾经想，她幸亏有这样的机会看见他的内心世界。这个男人竟然是很有品位的，内心静谧深沉，对生活又懂得细心咀嚼。他原来并不像平时看起来那么蠢。

那个晚上，她还看见了他皱巴巴的床单、团在一起扔到衣帽间凳子下的脏衬衣、主卫地砖上的泥脚印。她忽然很心疼他，看起来他近来有些颓废，他需要有个人来关心才是。

他们的饭搭地点从此转入他的公寓。尽管两个都是收入五位数的家伙，每天晚上吃一包二十四元的饺子，这听上去有点儿蠢。

她下饺子，他们天亮才分手。她赶回自己公寓换装，然后才去公司。双休日除外。他们从来不在双休日一起吃饭，这是延续了以前办公室附近"饭搭子团"的习惯。直到有一个周六下午，他打电话来说："我刚去了一趟家乐福，买了十四盒饺子，塞满了冰箱……你就住到我这儿来下饺子吧。"

"见鬼的煤气灶。"她又咬着指甲。

"你可以找一下煤气灶的保修厂家，上网查一查，很容易的。"他放下筷子，打了个饱嗝。他想尽快地完成什么，然后回去睡觉。

她很高兴他开始讨论这个问题，她说："这个煤气灶恐怕很难找到保修单位了，就算在国外的网站上找到了，他们也没法过来修。"

"怎么会这样的……"他皱起眉毛，手指有节奏地敲打着桌子，看上去不是焦虑，只是无聊。

"这是一只全进口的煤气灶。"她解释说。

"啊，真糟糕。要不你找物业看看？"

"物业不知道有我这个人存在，先生。"

"物业也不知道有我存在，我上班太早，下班太晚。"他笑笑岔开话题。

"那现在怎么办呢？"她觉得自己已经没力气再问下去。

"我们还是在外面吃吧。"他摸了摸下巴。

事实上他不喜欢自己这个建议。很长一段日子了，他们再也没有换过地点，客厅里的饺子是他们吃过的最久的东西。这段日子匀实平坦，像一条无止境的路，如果没有什么原因让他们踩下刹车，也许会永远开下去也说不定。

"煤气灶会不会永远也修不好了？"她叹了口气。

他忽然有些辛酸，他想安慰她。

"也许……我可以问一下房东。可是，"可是他想起来了，"这套公寓是公司替我租的，我不认识房东。而且这里可能再过两个月就要到期了，然后公司会给我安排其他公寓。你知道，我太忙了，这些都是他们替我安排的。我自己没法办妥这么多麻烦事。"

说完这些以后，他觉得气喘吁吁。他觉得他活得气喘吁吁，像个傻子。

传菜员端着托盘过来了，走得畏畏缩缩。经理张着嘴，做着让她快点儿上前来的手势。"先生，你们的菜齐了。"经理小心翼翼在桌子中间摆下一个盘子，对右侧的他笑，对左侧的她笑，笑得一张小脸都皱起来了。

盘子里金灿灿的，是干煎带鱼。

"我点的不是油爆虾吗？"他猛地拍了一下桌子，盘子在上面嗡嗡作响。

"是这样的，我们的采购员看见带鱼更新鲜，就替你们买了这种。带鱼的营养不比虾差，而且这道菜是我们餐厅的特色。你们喜欢油爆虾，可以明天再过来品尝，就是要稍微早一些来，否则菜场都关门了。"经理流利地说了一大堆，脖子扭动得厉害，他说完之后，脖子还惯性地扭了几下。然后闭上嘴，眨巴着眼睛。

他站起来，没说一句话，抬手掀翻了桌子。桌布和着金灿灿的、洁白的、绛红的什么，一瞬间变成一团废墟。

3

回到公寓，黄铜门链还是断的，客厅吊灯的六分之二还是暗着的。反正两个月以后，他们就要离开这里。也许她会更早些。

他坐在沙发上按着遥控器，电视频道飞快地切换，比镜头本身还快。

她问："你要不要我去参加厨艺班？"

他的喉咙里发出几个奇怪的音节，然后从她身边站起来，到厨房倒水喝。他想走到书架那里，不小心绊到了她的箱子，发出沉闷的声响，然后膝盖又撞到了打开的柜门上。她听见他又使劲儿踢了什么一脚，闷响一声之后，发出畅快的喘息。

他从书架上找到了安眠药的瓶子，吞了两颗，咕咚咕咚地喝了大半杯冰水。他走回沙发前，放下杯子，含糊地说了声"先睡了"，就跌跌撞撞地上楼去。电视也没有关。

她坐在电视机前，酸痛的肩颈陷在沙发里，看着偶尔停下的频道。

一只大鸟在给窝里的小鸟们喂食。

两只松鼠面对面嚼着果子。

几个丛林里的族人在用树枝搭建房屋，用凿子建造水渠。

他们堆起柴火，点燃，随后围坐祈祷。

她站起身，往厨房里去。她站在黑暗里握住煤气灶的旋钮，按下去，轻轻一扭，一圈蓝色的火苗亮了起来，像节日夜空的烟花。她又一扭，火光灭了。

她沿着墙来到柜子门前，双手握住红色的圆环开关。她向左拧，感觉到开关松动了。她用尽全身力气向右，直到拧到了底，直到拧得不能再拧。再拧紧一点儿也没关系，反正不需要再打开了。

第四个故事

✟

跟踪者

她时常这样问自己，
这一辈子走在彩色云朵里的时光。

剩下的只有发霉的、遍地灰土的岁月，
一直可以望见鸡皮鹤发的尽头。

1

婚礼定在明天中午举行，包了杭州郊区的一个山庄。新娘是从英国留学回来的，西式的田园婚礼，百桌婚宴，据说七七八八花了一百万。采购商的董事长嫁女儿，他这个供货商的老板是一定要出席的，除了出席，还要封一个足够与业务量相提并论的红包。

这是公事，尹先生本来打算只和公司的人一起去。司机驾驶。出纳小刘保管现金。车子从上海开到杭州，休息一个晚上，第二天早上再开到山庄。

结果临走了，尹太太一定要跟去，这就还得带上十三岁的独生女儿珍妮。

尹太太理由很充分。一，她喜欢婚礼的美好气氛；二，尹先生走了，她和年幼的女儿单独在家，不安全。

她一边拖着箱子下楼，一边忧心忡忡地叙说近来的古怪。卧室阳台的对面，总有一个光点晃着眼睛。她确信是对面高层某个窗户里，有个男人拿着高倍望远镜在偷窥。她陪着珍妮去上钢琴课的路上，也总觉得有人在后面跟着。她一回头，满是让她不安的脸，又不能确定是谁。

尹先生反复只回应一句："怎么会呢，你别吓着珍妮。"低着头，皱着眉毛，两只手插在裤兜里，也不知为什么在生闷气。他的个子比一般人高，有些驼背，说话又慢又低，一副好好先生的样子，就算生气，看上去也像是发愁。

珍妮高高地提着一袭礼服，很乖地跟在后面。

这辆银色的雷克萨斯眼看是坐不下了。尹先生打发走司机，自己弯着腰坐进驾驶座。他勾着头，摸索到座位下的调节钮，两脚支着地，背顶着座位使劲儿往后挪了挪，这下总算把长腿伸直了。座椅卡进位置时，咔嗒一声轻轻的震动，副驾上尹太太的肩头随之一震。出纳小刘想，她的神经还真是敏感。

小刘和珍妮并排坐在后座，这个位置，正好可以看着这对夫妇的后颈。尹先生个子高，平时不怎么显得出年纪。现在这个角度，却能看见他后颈上臃肿的纹路，像一张恹恹欲睡的脸。尹太太后颈笔直，直得有些不自然，很用力的样子。一丝不乱的长发，下巴矜持地保持着一个角度，上了睫毛膏的睫毛频繁地忽闪着。小刘思忖着，不得不承认，她这个年纪，居然还是很有仪态和姿色的。

尹先生试了试脚下离合器和油门的位置，调整好上方的反光镜。万事俱备，他叫尹太太的名字："李素秋，李素秋。"用手指了指右边。

尹太太肩头又震了一下，如梦初醒的模样，前后左右打量自己。她穿得素净周正，西装款的白色小外套，衬着杏色缎子抹胸。抹胸里露出两片鹅黄色的蕾丝，就像两扇蝴蝶的翅膀，是这一身唯一亮眼的细小地方。尹太太低头整了整胸前的蕾丝，迷惑不解地看着尹先生，随即脸微微一红："哎呀，都老夫老妻的了，你这样看着人家做什么？"尹太太的声音比外貌年轻很多，柔柔软软，字正腔圆。

尹先生叹了一口气，又指了指右边，低声说："你把这个拿下来好不好？"

尹太太这边车窗的拉手上挂着一个衣架，衣架上是一袭浅玫瑰色的礼服裙，把车窗遮得严严实实。

"哎呀。"尹太太的脸又红了，这一次是懊恼。她怯生生地问尹先生："我挂在这儿不碍事的吧？"又转过头来求助般对小刘说："我挂在这儿，你看着不介意的吧？"睫毛扇动着，一只手按着锁骨。

尹先生说："车窗遮住了，我没法看右面的反光镜，开车很危险的。"他拾起耐心，就像对小孩子在解说一件事情。

"可是，可是这是我参加婚礼时候要穿的呀，这怎么办呢？"

"你就不能放在箱子里吗？出去住一个晚上就带这么大一个箱子，一件这么薄的衣裳，怎么放也放得下。"尹先生的声音越来越低，说不动的样子。

"不行的，不行的，这压坏了就不好看了。"像是怕尹先生要强行把礼服塞进箱子里一样，尹太太急忙取下衣架，无助地前后环顾。小刘识相地接过衣架，刚要挂在自己这边的拉手上。尹先生阻止了尹太太："你的裙子挂在人家头上，这不妥当吧？"

尹太太又从小刘手里拿过衣架，交给珍妮。

礼服裙是香奈儿的，丝质面料，简练低调的款式，裙摆及膝，腰部有手工钉的珍珠装饰和玫瑰状的褶皱。裙子里裹着什么，一起挂在衣架上。就刚才拿在手里的一会儿工夫，小刘隐约看见，好像是一套深玫瑰色的内衣。低胸的 BRA 闪着银色的绣线，铺张的蕾丝。肩带上还绕着一条丁字裤。小刘的脸也红了一下。

珍妮一声不吭地把衣架接过来，挂在自己头顶上，裙摆垂在她的身边。她齐耳短发，睁大着睫毛稀疏的眼睛，脸上的肌肉很僵硬。小刘对她笑笑，她茫然地低下头，把大嘴猴挎包上的带子绕在手指上，再松开。小刘想，她们母女俩的神态还真像。

车趔趄了一下，飞快地加速，盘旋开出别墅区。五月的阳光在大路上倾斜而下。珍妮的眼睛亮了一亮，嘴角露出一丝难得放松的笑容。她按下车窗，明媚的风吹进来，拨乱她的短发。礼服裙也飞舞起来，像一片浅玫瑰色的云彩，忽然间，裙摆呼啦啦地飞到了窗外，欢快地甩着尾巴。

"珍妮！"尹太太扭头惊叫了一声，按住了心口。

珍妮立刻把裙子拉回来，关上车窗，脸上又恢复了先前僵硬的线条。

尹先生忽然恼怒地哼了一声："你明天别把这条裙子穿出来现世，

又不是你结婚!"

尹太太捂住脸,半晌没作声。过了一会儿,她从手袋里拿出一包纸巾,拈出一张,展平了,在一双眼睛上各自印了印,吸了吸鼻子。

2

这时候,一辆白色的丰田越野跟了上来。小刘是从反光镜里发现的,这辆车从刚才上高速公路开始,就跟在他们后面,已经好一阵了。尹先生超了前面好几辆车,丰田一直贴身跟着。显然是冲着他们来的。

小刘转过身,透过后窗看去。丰田里坐着两个人。开车的是个女人,副驾上是个戴眼镜的男人,他指着他们的车,焦急地在对女人说什么,女人点点头,又加把劲儿跟了上来。

尹太太看着小刘,挑起眉毛,做了个疑问的表情。小刘摇摇头,表示没什么事。

尹太太正在讲她过去的故事。她曾经是空中小姐,这是尹先生公司人人都知道的故事。尽管是二十年前的事了,尹太太还是会时刻把这个挂在嘴上,好像她的每一步,依然走在蓝天白云上。

要知道,二十年前,她和尹先生结婚那会儿,空中小姐可是个和模特儿、明星差不多的职业,是所有男人的梦中情人。她刚才从别墅大门口走出来,披着长发,腰板笔直,拖着箱子。小刘还真是远远地被镇住了。

"每次飞国际航班，一到美国，航空公司就专门有大巴接送我们去梅西百货。那时候，我才知道，原来有些日用品，也是可以做到这么美，这么好的。就像一个女人的生活有没有恋爱差别那么大。有恋爱，每个脚步都像踏在彩色的云朵里，在天上飞。没有恋爱，这日子就像发霉了，暗沉沉的，像地上的灰土一样，是不是？"尹太太说一会儿，就吃力地扭过头来，礼貌地跟小刘做一个目光的交流。

小刘连忙点点头，回一个微笑。她觉得，她们两个在这里谈论有没有恋爱的生活，这可真是一件古怪的事情。

"那些美好的日用品啊，你知道我最钟爱哪一样？我最爱一个内衣的品牌，我做国际航线的第一年，在梅西百货爱上的。公主一样的蕾丝，糖果一样的颜色，广告海报上的金发女郎就穿着这样一身内衣，背后是一对巨大的白色羽毛翅膀，像天使一样。我当时就想，哎呀，原来衬底的衣裳也可以是这样的，比穿在外面的还美。

"那个时候，上海的店里还在卖白色的布头文胸呢。你这个年纪怕是已经没见过了。就是几层布钉在一起，像在膝盖打补丁那样，钉成两个锥形的硬壳子，就算是文胸了。带子全是厚布头的，没有一点儿弹性，就这么绷在胸口，多难受。最要紧是难看，胸口戴两块补丁，自己想想都觉得丑陋。"尹太太现在却觉得胸口绷得发慌。

尹先生握着方向盘，耸着肩，两肘向外打开。眼光故意不朝她的方向看，就连反光镜，也是尽量看他那侧的。嘴抿得紧紧的，两道法令纹像打了个大叉。她熟悉他这副表情。看上去似乎温和得有些唯唯诺诺，其实所有的细节都在警告她，别烦我，千万别烦我！他这样子的沉默，总是让她觉得透不过气来。

所以她得找上小刘说话，她得让自己说个不停，以免心里不安的感觉又涌上来，像一只粗布文胸绷在她的胸口。

"你有没有试着搭配过外衣和BRA？比如说，穿一件白色的雪纺连衣裙，戴一个蓝色或粉红色的光面BRA，让颜色从里面透出来，会非常别致。穿一件浅玫瑰色的礼服，配上深玫瑰色的BRA，让蕾丝从礼服低胸的地方露出来，像一朵花盛开时里外深浅不同的花瓣。"尹太太说着，一边下意识地按了按胸前的两片鹅黄色蕾丝。

小刘忽然意识到，那两扇鹅黄色的蝴蝶翅膀，原来竟然是BRA的一部分。她的脸颊再次热了起来。她不知道为什么外表素净保守的尹太太，竟然跟她谈起这样的话题。是她根本不是她看上去的那样矜持？还是她自己太土，完全不懂得国际潮流？

尹太太瞟了一眼尹先生。他的神情纹丝未变，根本不像听到她说了些什么。她揉着心口，叹气说："我不能老是这样回过头来说话，我都觉得晕车了。"

小刘早就抓紧了拉手。车速太快，刹车与加速又莽撞。她从不知道尹先生开车这样猛，简直可以用野蛮来形容。再看容易受惊的尹太太，她的肩膀没有一丝震动。珍妮也若无其事。小刘想，到底是一家人，她们以前一定坐惯了他的车。

白色丰田依然令人生疑地紧跟着。可是尹先生莽撞的车技着实让他们吃了苦头。

尹先生已经超了十几辆车。每当超车前，他的习惯动作是先踩一下刹车。有好几次，眼看他要超车，丰田急急跟上，怕被甩掉。结果他忽然减速，丰田险些就跟雷克萨斯的车尾亲了嘴。

现在尹先生终于意识到这辆丰田在故意跟踪。他心想，还以为尹太太神经过敏，难道结婚二十年了，竟然真的还有男人想要骚扰她？他试图把自己变成一个陌生男人，客观地审视她的吸引力。这个时候，他忽然发觉，他几乎想不起她的容貌了。

他的心里一片茫然，他意识到自己早就没有了发言权。她美丽也罢，优雅也罢，在男人面前有不可抗拒的魅力也罢，在他这里完全是免疫的了。他甚至不觉得她是一个异性，只是家里一件让他心烦又习惯的家具，因为他长久地视而不见，已变得面目不清。

他回想十几年前。他面对她穿着蕾丝内衣的身体，第一次召唤不到荷尔蒙，他也曾惊慌过。他怀疑是自己出了什么问题。

她曾经是唯一能召唤他荷尔蒙的女人，像个呼风唤雨的女巫。令他呼吸急促地坐在机舱里，像一条发情的狗那样，远远闻到她的气味，就难以自持。他曾经是那么文静害羞的一个人，却为她差点儿变成一个流氓，还竟然为她动手打人。她不仅让他的荷尔蒙决了堤，还召唤出了他身体里的另一个野蛮人。可是后来……

万幸的是，他后来试了一次又一次，在其他女人面前，他依然荷尔蒙正常。

丰田车显然厌倦了这样被动跟随的地位，在后面打起了大光灯，一闪一闪的，引起雷克萨斯的注意。

"后面的在搞什么呢？"尹先生低声嘟哝了一句。

"长庚，发生什么了？"尹太太很高兴尹先生又说话了。

"没什么的，你别大惊小怪。"尹先生不乐意地解释了一声，狠狠踩下油门。车猛地加速向前。尹先生斜眼看到尹太太挺直的脊背被摔回座椅里，心里偷笑一声。

丰田再次被远远抛在后面。很快，它又不屈不挠地追了上来，车速飞快，打亮了左边的超车灯。尹先生想，干脆就让它开到前面去吧，免得在后面鬼鬼祟祟的。雷克萨斯放慢车速，甚至在右边的车道上还让了让。丰田果然换了左侧的车道，赶了上来。没想到，它并不一超而过，开到前方去，而是保持车速与雷克萨斯并肩而行。

小刘这下更清楚地看到了副驾上的男人。他三十岁左右，穿着很体面的白衬衣，戴着轮廓清晰的眼镜，面貌斯文，脸色有些苍白。开车的女人看上去比他年长些，盘着头发，穿着黑色的高领针织衫。就在她打量他们的时候，男人调下车窗，对着他们指手画脚地说着什么，皱着眉头，很着急的样子。

这一下，连尹太太也发觉了。"哎呀，他这是要干什么呀！"尹太太探过头看了一眼，又飞快地缩了回去，"长庚，你帮我问问他，他到底想干什么？"尹太太把脑袋躲在尹先生的阴影里，被风吹得闭上了眼睛，紧紧拉住尹先生的袖子。

"你干什么! 我在开车呢! "尹先生大吼一声, 不是对着丰田上的男人, 而是扭头对着尹太太, "你拉我的袖子, 这个时候, 你知道多危险?"他升起车窗, 踩下油门。雷克萨斯再次一头冲向前方。

小刘回身看后窗, 丰田还跟在后面。驾驶室里的一男一女也争吵起来, 男人拍了一下仪表盘, 把手举过头顶。然后, 丰田渐渐拉开距离, 消失在视野中。

这时候, 前面传来了一声啜泣: "你骂我, 你只会对我凶。你怎么不对外人凶呢? 你忘了, 你以前对我说过的, 只要有别的男人欺负我, 你一定会把他打得躺在地上, 爬不起来。"尹太太的声调变成了呜咽, 一声接一声, 像一根又冷又细的绳子盘绕在窄小的空间里。

珍妮眼睛慌乱地眨巴着, 东张西望, 两手扭绞着。小刘第二次对她笑了笑, 表示友好。哭声还在继续。小刘轻轻把手放在珍妮肩上。珍妮抬起头, 羞愧地看了她一眼。

尹先生埋头开车, 表盘上的速度到了一百六十迈。

哭了一会儿, 没人来哄。尹太太疲惫地靠在座位上, 昏昏欲睡起来。她想起了骚扰过她的男人们, 从十六岁开始, 数不清的, 讨厌的, 以及可爱的追求者们。他们有的横蛮, 有的谦恭, 有的殷勤, 有的羞涩, 有的目光缠绵, 有的动手动脚。她确实厌烦过这一切。

她想起二十年前的尹长庚。他总是挑靠走廊的 F 座。她每次走过那儿附近, 就觉得有什么拉住她的丝袜, 一扯, 脚步迈动了, 丝袜也开线了，凉丝丝的感觉一直升到大腿根。有一回，她总算发现了，是他在动手脚。故意把电脑包垫在手提电脑下面，膝盖向外倾斜。她一走过，能钩住丝袜的尼龙垫子就从电脑包底下伸出来。

她被这种小孩子的伎俩气坏了。她把他叫到机舱后面。她说，如果他再敢这么做，她就报警，让他变成流氓蹲监狱。他吓得嚅嗫着，瘦长的脸都发青了。他看上去一副没用的样子，个子很高，有点儿驼背。她想，他这辈子可能连大声说话的胆子都没有。

后来，局面陡转。有个乘客趁着她发毯子的时候，摸了她的手，也许只是偶尔碰到的也说不定。尹长庚竟然呼地跳起来，像一头豹子那样呼啸着，把他撂倒在地上，疯狂地一拳接一拳，谁都拉不住。打得那个乘客连连讨饶，鼻血流了一脸。

她恐惧。她感激。更糟糕的是，她心里产生了一种强烈的依赖感。她认定这个蛮横过人的男人，应该可以安全地呵护她过一辈子。

于是，别人争着嫁国际航班，她挑了国内航班。别人选头等舱，她嫁了经济舱。结婚以后，在很长的一段时间里，她颇有一种降尊迁贵的感觉。他说，这是他毕生最辉煌的成就。娶她的时候，他是个小工程师。他说，他本来打算低声下气做一辈子，就像他胆小怕事地做了前半辈子的人。

她说："谁信呢，胆小怕事，就你打人的样子！"

他说："那还不都是因为你。"

她半嗔半笑说："你就是个野蛮人。"

她这么说，是有充分依据的。他要她的时候总是像一头呼啸的豹子，看也不及看一眼，就手忙脚乱地脱掉她的内衣。他几乎天天都要，她笑着又逃又讨饶，他满屋子追，有一次还被吊柜撞到了额头。

他辞掉了工程师的工作，胆大包天地做起了当时的"个体户"，倒卖他熟悉的电子配件。他在业内渐渐有名，是出名的外表斯文，手段很野。他买了第一辆轿车，红色桑塔纳，载着她出去兜风。这是他们最好的日子。他在那时候学成的车技，延续着丰盛的荷尔蒙。

他总是说，他以前不是这样的，他心里的野蛮人是被她召唤出来的，从她嫁给他这个大吉大利的成就起步的。她还是不信，心里听着却甜蜜得很。他于是就简化地说："你是个有帮夫运的女人。"

她不用工作，不愁没钱消遣，每天的事情就是购物、打扮、驻颜，等他回来。后来有了珍妮，每天有了更多各种名堂的大小事情，不忙，也不至于清闲。

直到有一天，她发觉一切颠倒过来了。她就像寄生在机舱里的一个幸存者，永远生活在三万英尺的高空。飞机从来不为她起落停站。舷窗外蓝天灿烂，白云如雪，年复一年，她只有机舱里几十米的走廊可以来回踱步。这个狭小的空间里，来来去去只有两名乘客，尹先生和珍妮。没有了他们，她甚至会忘记怎么微笑，怎么说话。

也就是差不多那个时候，尹先生忽然不再有兴趣脱她的内衣了。任她满身蕾丝在他眼前转来转去，肌肤毕露，他权当是看见了空气。

颠倒过来的，还不止这一些呢。

前些年的一天，珍妮上钢琴课，她等在教室外面。一个西装革履的男人朝她走过来。她知道他是个钢琴推销员，可是她依然愿意跟他说说话。因为他长得不坏，眉宽脸方，胡子刮得很干净。她猜他走过来，一半也是被她的美丽所吸引，是男人就不会例外。果然，推销完毕后，他对她说了两句心里话："你一看就是个好心人，姐，你就帮帮我吧。我再做不出指标，就要被开除了。"

　　她觉得这个时代很奇怪，和以前完全不同了。以前男人遇见女人都叫"妹妹"，恨不得呵护她。现在可好，流行叫"姐"了，还恨不得她来呵护他们。

　　她请了个健身教练。每当他在她面前演示标准动作，背心下肌肉雄伟，她总禁不住脸红心跳。他对她意味深长地笑，看着她笨拙地摆弄那些器械，替她数一、二、三、四。耐心地握着她的手腕，或是扶着她的肩膀，帮她矫正姿势。

　　忽然间，一个年轻女孩儿的声音在那边喊："喂，那个是教练吗？你来帮我看看，这个东西怎么用？"他一个箭步就蹿过去了。她看到他的脸上闪出真正开怀的笑容。她想，等他回来，她得提醒他，他是她的私人教练，不是她的。这个小时，她是每分钟都付足钱的。

　　她今年四十六岁。比起结婚时的二十六岁，她自觉没多大变化。她每年都会试一下以前的制服，她甚至还瘦了一点儿，制服的肩肘和大腿部位空空荡荡的。她确信自己的脸上没什么皱纹，只有下巴和脖颈的交界处有点儿鼓出来，注意不低头就好了。头发倒是明显变得细软，这没什么，有人天生就是这种发质。她不明白，她看上去到底和二十六岁时有什么差别？

3

丰田没有再跟上来。后方，一辆蓝色的别克商务车打亮了超车灯，尹先生放慢车速，打算让它过去。虽然他很诧异，他开着这么快的车速，居然还有人想超车？

等别克沿着左侧的车道加速，超过雷克萨斯的一刹那，那辆车上右侧所有的窗户同时降了下来。至少有六个人探出头来，对着这边指指点点。都是些年轻人，他们不知道在笑什么。有个穿红色绒衣的男人做了个飞吻的手势，别克就呼啦一声蹿到前面去了。

尹太太的肩膀惊跳了一下，瞪着窗外的混乱场面。今天发生的一切正在超出她的预计。

"疯了，全疯了！"尹先生气恼不堪地喃喃自语。

尹太太想要伸手抓住尹先生的衬衣，却又怯怯地收回来。她涨红了脸，小声问："长庚，我们怎么办？我们现在怎么办呢？"

尹先生不得不又耐着性子，轻声慢语地说："不要紧张，你这么紧张，让我怎么安心开车呢？我不能好好开车，不是更加危险？"

尹先生觉得很奇怪，他已经越来越忍耐不住对她的厌恶。他每次跟她说话，都会感到自己的耳朵嗡嗡作响。可是，和这个女人最好的日子，他从来没有忘记过。从哪天开始，一切变成这样了呢？

他带着太太和女儿出去应酬，别人都恭维他说："尹董事长，您有一个大女儿和一个小女儿。"他知道，这不仅是形容尹太太驻颜有术，也是因为她一刻不能离开他安抚的模样，像一个永远装不满的袋子。他看着她一道一道地擦面霜，敷上面膜，眼睛空洞地坐在电视机前，等着面膜变干。有时候他觉得，在她的皮肤和肌肉松弛之前，她的身体里早就空了，像个只会嘤嘤作响的偶人。他这么想的时候，就禁不住觉得背脊发凉。

以前那个在三万英尺的高空恐吓他的女人去哪里了？那个曾经纵横天空，神勇无比，后来又麻利地把他的蜗居装修成一个粉红小窝的女人去哪里了？那个他说什么，她都说"不信"，还笑话他是"野蛮人"的女人去哪里了？

最近十年里，他记得很清楚，四次，他已经郑重地向她提出离婚四次了。

第一次她哭得昏天黑地，她跪下来求他，抱住他的膝盖，一身蕾丝睡衣贴在地上，哀哀地哭，死也不松手。他作罢了。情人熬不得没身份的日子，不久也分手了。

第二次、第三次，分别隔了两年，为了另外两个不同的女人。她剪掉了他所有的西装和衬衣。她冲到他的公司，说要当众宣布他陈世美的劣迹。她打开了家里的煤气。她威胁说要先掐死珍妮，再自杀。

最近一次提出离婚是在一年前。她这一次的反应很特别。不论他说什么，说多少遍，她只当听不见，只当什么也没有发生。她照样娇嗔满面地跟他唠叨个没完，照样穿着颜色甜美的 BRA 在他面前转来转去。她眼睛亮晶晶地望着他，好像几分钟前，他跟她说的不是关于离婚的建议，而是什么肉麻的甜言蜜语。她无动于衷得让他心里发毛。他想，她该不会是真的疯了吧？

"爸爸，我害怕。"珍妮细声细气的声音从后面传来。

尹先生的心怀一阵柔软，他大声说："宝贝儿，不怕的，有爸爸在呢。"

"那些车上的人，他们是强盗吗？"珍妮掀开礼服裙的一角，眼睛偷偷往外看，脸还藏在里面。这裙子倒是刚刚好，成了她避难的屏障。

尹先生刚要回答，尹太太婉转的声音又插了进来："他们都是些坏男人。他们是冲着你妈咪来的。妈咪更害怕，妈咪害怕却没人安慰，你说妈咪多可怜？长庚，你说是不是？"

这时候，一辆黑色的雪佛莱在后面又打亮了超车灯。

还没有等尹先生做好准备，雪佛莱就旋风似的超了上来。雪佛莱驾驶座里的两个男人回头看他。驾驶座的人一回头间，雪佛莱的车头也向右侧偏了偏。逼得尹先生一个急刹车，险些直接撞了上去。雪佛莱扬长而去。留下雷克萨斯摇摇晃晃，尹先生猛砸方向盘，喇叭凄厉地响起来。

尹太太终于失去了镇静，歇斯底里地尖叫起来："他们是商量好的！

他们都是一伙的！"

　　话音刚落，白色丰田再次出现。这辆主使的车，跟了他们从上海到杭州一路的车。它不知什么时候追上来了，正从左边徐徐开过雷克萨斯的身边。戴眼镜的男人依然坐在副驾里，透过车窗冷冷看着这辆车里惊恐的人们。

　　这一刻，尹太太也正聚精会神地看着那张脸。他们两人的目光几乎是直视而过的。尹太太本来是惊恐和愤怒极了，这一刻，看着那个男人的脸，她的心里却禁不住波浪翻腾。四十六岁，这也许是她这一生最后的机会了。也许以后再没有别的男人为她这么疯狂了。

　　她想起她二十六岁的时候，从一个城市飞行到另一个城市，在不同肤色的男人爱慕的目光里，跟这个星球上巡行着的白天和黑夜捉迷藏。在她离开每个城市空港的短暂时刻，几个小时的异国风光仅仅是向她昭示了精彩世界的一个引言，就像魔术师掀开他斗篷的一角。她曾经想过，将来有一天要坐着而不是站着周游世界。她梦想过流浪的日子，走遍异国的每一个角落，追逐最炽热的爱情。

　　上个月，邻居王太太和罗太太跟团去欧洲购物。本来是叫上她一起的。临到出发前，她忽然开始失眠。她用了七天时间，把行李放进箱子，加加减减。环顾房间，总觉得有太多东西没有带上。翻检箱子，又担心去这么远，半箱子也未必提得动。她思忖着，王太太和罗太太终究不是知根知底的朋友，跟她们走，未必是靠得住的照应。她又怕自己英语早已生疏，如果被扔下在异国他乡，连求救都成问题。最后，她发现，自己每天用惯的十七瓶护肤品，就凭十七只旅行装的小瓶子，有可能用到半路就不够了，可是把原包装带上又实在太重。

思前想后，她终于决定不去了。她宁愿跟着尹先生跑杭州，至少在他身边，她觉得安全。这是她该待着的位置，不是吗？她想，也许她真的老了。

以前她一直以为，他厌烦她，是因为她老了。她每天查看脸上的皱纹，就像一个星象学家查看宇宙中最细小的关于世界毁灭的预兆。又过了十几年，她终于明白，她变老，不是在他不碰她之前，是之后，是后面漫长极了的岁月。没有了亲密，没有了交谈，她在空洞的机舱里茫然不知所措。生活就像外衣底下的 BRA，只有你自己才知道穿了什么。她是一个在外人面前肩膀僵硬的女人，她戴着没法见人的粗布文胸。

此刻，就在车子后面的箱子里，有整整半箱的美丽内衣。蕾丝与飘带、糖果的颜色、羽毛般轻盈的触觉。这么多年来，它们只有她一个观众。那些好得不能再好的日子，她也曾有过。就这样结束了吗？她时常这样问自己，这一辈子走在彩色云朵里的时光。剩下的只有发霉的、遍地灰土的岁月，一直可以望见鸡皮鹤发的尽头。不不，她不甘心！

她飞快地做了一个决定。如果下一刻，尹先生不为她出头，她就拉开车门跳下去，乘上丰田。她被自己的想法吓坏了，耳垂发热，一只手按着剧烈起伏的胸口。

眼看着丰田就优哉游哉地开到前面去了。尹先生气得手在方向盘上微微发抖。这个浑蛋，他能由着它一路戏弄他吗？他猛踩油门跟上去，还没打超车灯，就从左侧越过了丰田。然后，他嘴角露出一个阴险的笑容，迅速地把方向盘往右打了半圈。这实在是拿全车人性命冒险的一个动作。不过这时候，他的脑子已经完全空白了。他恶狠狠地扳动方向盘，咬牙切齿。刚才的雪佛莱不也是这么对他的吗？

他看到了丰田驾驶座上的女人惊惶的表情。刹那间，丰田的车头向右歪去，一头撞上了隔离栏。车身擦着隔离栏，蹦蹦跳跳地向前滑动了一段，熄火不动了。戴眼镜的男人跳下车，朝他们的方向猛追了几步，然后甩着两只手，在原地懊恼地走来走去。抱住头，蹲了下去。

车和人越来越小，消失在反光镜中。

尹先生奔驰在公路上，他发现自己居然哼起了一个调子，《在希望的田野上》。他从反光镜里笑吟吟地查看小刘和珍妮，她们都好好的。

尹太太一手托着腮，有点儿不相信发生了什么。随后，她突然绽开了花一样的笑容，一把抱住了尹先生的脖子："长庚，你这个野蛮人，我就知道你一直最爱我了！"

恰似一盆冷水浇在头上，尹先生这才发现他干了一件天大的蠢事。

"拿开，把手拿开。"他低声说。

"噢，好吧。"尹太太乖巧地把手拿开了。她庆幸刚才发生的一切。否则，她也不知道该怎么向自己交代。她还有勇气私奔吗？真是笑话。二十年过去了，尹太太想，有些东西也许是败局已定，也许因此更加牢固也说不定。

尹先生手握方向盘，却能感到身边的女人传来一个又一个眼波。他又想起了他们永远谈不妥的离婚。每当她精神恍惚，她装疯卖傻，他在绝望之余，心里总会升起另一种痛苦的自豪。二十年的婚姻中，他已经成了她唯一的电池，她所有的哀怨、唠叨、躁动，都是为了引起他的注意。她是因为他才变成今天这样的。

"长庚。"

"嗯？"

"你看我好看吗？"尹太太问。刚才的一切，还让她的耳垂热热的。

尹先生从反光镜里看了小刘一眼，她扬扬眉毛，勉强地笑了笑。

"你说呀，我好看吗？"尹太太的声音骄矜地提高了。

"好看。"尹先生看着前面高速公路的出口。

"你根本没看我，怎么说好看？"

4

车停在杭州的香格里拉大酒店。

尹先生在前台登记房间。尹太太提着浅玫瑰色的礼服裙，站在大堂里数落珍妮。挂在礼服里的那套内衣不见了。珍妮不停地擦眼泪。

尹太太忽然说："哎呀，我的箱子还在车子后面，忘了拿了！"她是对着小刘说的。

小刘笑笑说："我去吧。"

她拿了尹先生的车钥匙，来到花园停车场，找到银色的雷克萨斯。刚要打开后车盖，她停住了。车尾"沪 BA5858"的车牌上缠绕着一堆奇妙的东西。那是一只蕾丝和飘带层叠的 BRA。鲜艳的深玫瑰色，银线的繁复绣工闪闪发光。立体的性感造型，宛如一双高高凸起的乳峰。BRA 的蕾丝肩带上还挂着一条丁字裤，招摇地飘动着。

一定是珍妮打开窗，礼服裙摆飘出去的时候，内衣就这么飞到了车尾。然后借着五月忽南忽北的风，也许是尹先生每次超车前，踩一脚刹车的习惯动作，总之，这套内衣就奇妙地滑到这个位置，并且被死死钩在车牌上。

小刘呆呆地欣赏着车尾的奇观，心想，一定要让尹先生给她买一套这样的，正好当作赔罪。她记得尹太太说的那个美国牌子，叫什么，维多利亚的秘密。

她正想着，一双胳膊从后面用力抱住了她。

"就知道你在这儿呢，老婆。你没生我的气吧？"尹先生低头贴着她的耳垂，"今天我开车的技术怎么样？"

第五个故事

✝

疯人院

幸福。唯一糟糕的是，

一个过于正常的男人娶了一个过于神经的女人。

1

我第一次看见亚当，他正在小区的花园里模仿一只小鸟。那是一个深秋的下午，太阳很好，他张开双臂在草坪上跑着转圈，他显然已经这样"飞"了很久，四周的麻雀有的好奇地停下看他，有的也偶尔跟随他飞行一程。

记得那一天我正好旅行归来，还背着满是灰尘的大背包，我就这么站在草坪边上，腰酸背疼地看了一会儿，这个扮作小鸟的孩子让我回到上海的沮丧稍稍减轻了。

他是一个好看的男孩儿，看上去四五岁的模样，脑袋大身体小，穿着藏青色的毛衣，米奇图案的白色羽绒小外套，米色运动裤，一双带气垫的红色耐克鞋。每当回到上海的家中，我很习惯看见这样打扮的孩子们，这个年龄的男孩儿，要不就是踩着滑板在小区平整的道路上飞驰，抓住每个机会狠狠吓唬室外那些同样穿戴精致的小狗，要不就是在电梯里斯文地跟我点头问安，仿佛电梯是酒会的一角，而他们都是身着晚礼服的中年绅士。

所以当我看见亚当在"飞"，我有点儿惊讶，并且忍不住短暂地停下来欣赏这一幕，这样天真的姿态是我在如今的上海很少看见的。

室外很冷，外面路上的梧桐叶大半都落了，亚当脚下的草坪却有一半是鲜绿的，花匠正蹲在地上掘掉枯黄的草皮换上新的，他并不阻止这孩子践踏他的成果，反正这样的季节，为了保持草坪的绿，不出两周他还得重来一遍。

亚当就这么游戏在童话般的绿色中，当麻雀和他一起飞的时候，他笑了起来，转得更快了。他有一张圆圆的大脸盘，眼睛比一般孩子黑亮，睫毛长得像个玩具娃娃，他的头发有些天然的卷曲，因为跑得出了汗，有几缕贴在额上，他的脸庞红彤彤的，看上去很健康。忽然间，我看见他的裤子上有一摊污迹，我以为我看错了，那污迹在米色裤子前方越扩越大，非常明显，这时候我意识到，他尿在身上了。

背后传来说话声，一个始终站在花园外面的年轻男人指着自己的太阳穴，大声地对另一个看热闹的老妇人说："他的脑子有毛病的，唉，没办法……"两个人开始评头论足地指着亚当聊开了，却没人过去做什么。

我有些着急，走进楼里问门卫："那个孩子没有人陪着吗？大人呢？"

门卫殷勤地跟我问好说："周太太，你这一次出去了很久啊。"然后回答我的问题，"他有人陪，不会没有，一个司机两个保姆天天陪着。"他探头看了看，指着那个男人说，"司机不是在嘛，保姆不知道到哪里去瞎逛了。"

这显然不行的，我问："他们家大人呢？"

门卫答："他们做生意忙着呢，三十二层的，条件好着呢，只可惜这孩子脑子有问题。"

我在大堂放下背包说："这样不行的，孩子会着凉，我们一起去帮个忙吧？"我主要是看不得这样美丽的男孩儿被这种尴尬折辱。

门卫恭恭敬敬地拦住我："他们有大人在，我们去管他们会怪多事的，周太太你刚回来一定很累了，快上楼休息吧，我送你去坐电梯。"说着他帮我把背包提到电梯口，按下按钮。

我家住在二十七层，这个小区的房价是以楼层递增的，每高一层单价增加数千元。我想着门卫告诉我，亚当家住在三十二层，他这不是让我去找他们家大人，而是在告诉我没什么好担心的。

我打开房门，放下背包，觉得离开一个多月的房子有些陌生。我的先生还没下班回家，我很困倦，想睡一会儿，可是心神不宁，于是我又下楼去，想看看亚当是否还在，实在不行还能问一下门卫他们究竟是哪一户，也许上楼可以找到保姆或者别人。

等我再次来到花园前，草坪上已经空无一人了。

2

我知道这很难承认，但是，再次回到上海，这个我出生、长大、成家立业的城市，我就感到非常沮丧，我不得不承认我不再喜欢这里，抑或从来没有喜欢过这里。

自从辞掉了集团公司的职务后，我每年都有好几个月是在旅行中度过的，我几乎是努力在逃离这个城市，而每当我回到这里，我并不能感觉我是回家了，对这个所谓的故乡，我居然感觉不到任何温度，只有陌生。

下楼没有见到亚当，我的睡意也随之没有了，想着还是找点儿事情来忙会觉得平静些。

我第一个打电话给周斌，我们两口之家的家长，我的先生。他是个比瑞士表更准确，比银行账单更条理分明，比装了杀毒软件的计算机更理性的家伙。

比如说，我外出旅行的时候，他会固定每天给我打一个电话，时间准确维持在三分钟，我们各自汇报当日大事。比如没有必要不闲聊，与我也是一样。他喜欢叫我"小神经"，与他相比，我的人生简直完全浪费在情绪化的汪洋中了。

我照例是问周斌，在我离开上海的日子里，攒下了多少需要我处理的家务事，包括他生意应酬的杂事种种。然后第二个电话，我打给我的老板，我还在给我的旧老板打些零工，从管理工作转向写一些剧本，有个剧本我已经拖了很久没有开工了。

每次回来我都会尽快排好接下来繁忙的计划表，我将加班加点地干完这些，好像我停留在这个城市所有的目的，就是为了筹划下一次的逃离。

我实在受不了这个喧哗的城市。我的书房窗外是高楼大厦和百货商店，周斌的书房窗外也是，还有客厅阳台的落地窗外、厨房的窗外、两个洗手间的窗外，包括从贮藏室的阳台看去，无非这些。我打开窗，阳光和喧哗的车流人声一起涌进来，我关上每一扇窗，空气和风也被我关在外面了，这里就像是一个密封得无比精致的盒子，就像窗外数不胜数的商务楼和公寓的任何一间。

唯独卧室的阳台例外，站在阳台上俯身望下去，楼下原来是一片红瓦屋顶的老房子，在我们搬来没多久之后就被铲平了，貌似打算在这弹丸之地再兴建一座高层，可是后来也没有什么被建造起来，也许是这里的地价太贵，项目搁浅了没人接盘。

于是那片空地慢慢地变成了一片野草丛生的荒野，老房子之间没有被铲掉的几棵树越来越高，几乎长成了丛林，高低不一的植物在泥地上肆意蔓延，像海浪起伏。废弃的建筑材料深陷在半人高的野草之中，像是留在肌肉中的子弹，已经与身体合而为一。而当初推土机留下的一道宽阔的沟壑还没被草木淹没，变成了一道弯曲的可怕伤痕深深陷了下去，从我这样垂直的角度望去，正好是一个巨大的问号形状，落在这片闹市中心奇异的荒野中间。

说实话，那片荒地给了我极大的乐趣。这在城市里算得是一片很大的自然景观了，尤其是四周围着高高的建筑护板，人们几乎已经遗忘了有这么一个地方，数年下来就完全成了另外一个世界。

　　春天的时候树木绽放出灿烂的绿意，麻雀们从高树飞到灌木上，玩着俯冲的游戏，偶尔还有白色和灰色的鸽子在野草上盘旋。总共有五只野猫穿行在草丛中，三只黄色虎斑纹的，一只黑白相间，一只全黑，它们还太小，所以每次奔跑只能走完荒地的四分之一。

　　到了夏天的雷雨季节，那个巨大的问号里总是漫溢着积水，像一片形状稚拙的池塘，晴朗的夜晚，月亮就落到了荒地的中央，在问号里轻轻荡漾。令人惊讶的是，有一天我发现池塘里多了六只小鸭子，为了确认这个发现，我还特地买了一架望远镜。那些鸭子还是鹅黄色的孩子，跌跌撞撞地在岸边游着，不敢到池塘的中央去。

　　如今已是深秋，荒地上的树木变得金黄，令我惊诧地美丽。我试图找寻熟悉的朋友们，猫儿长大了，虽然没有找到全部，那只黑白相间的野猫正骁勇地绕着一棵树在跑。鸭子们居然还活着，我看见了三只，已经羽毛丰盈，悠闲地在将要干涸的积水边散步。

　　我想我喜欢这片荒野，不仅是因为那里还没有建起高楼，还因为那里原本是如此美丽的一片红瓦屋顶，仿佛曾经积聚着上海旧日阳光所有的温暖，所以我固执地相信，那片荒地里依然有些灵魂还没来得及离开，在它变成高楼的地基之前。

　　不知怎的，望着荒地上盘旋的鸟儿们，我又想起亚当了，一个模

仿小鸟飞翔的孩子，我其实还一直在为他担忧，却不知道自己在担忧
什么。

3

回来后的第三还是第四天，我又在小区里见到了亚当。

那天晚上有个饭局，周斌的客户请吃饭，要我作陪，我想趁着下午
去剪一次头发，免得荒长了四个月没有修剪的长发吓到了这些生意人。
我下楼的时候往草坪望了一眼，草坪上只有一大一小两条狗在被主人遛
着，儿童乐园的塑胶地上却跪坐着一个孩子，我从背后一眼就认出那是
亚当。

他的白色羽绒外套高高挂在滑梯顶上，好像一只飞鸟停在那里。他
却只穿着毛衣跪在地上，手上拿着一块石头，正一边画着什么，一边在
地上爬，仿佛他画着的是一幅非常巨大的图画。他画得非常专注，爬到
这里添上几笔，又爬到那边描描涂涂，但是其实地上什么都没有，一块
石头能在塑胶的地面上画出什么来呢？

我犹豫了一下，还是走了过去，在他身边蹲下。他的嘴唇泛着青
白，指甲都已经紫了，我想他是冻着了，自己却不觉得。

"嗨，我叫叶禾，你叫什么名字？"我跟他打招呼，他好像什么也没
有听见。

"让我看看你画了什么好吗？"我转到他面前，他依然不说话。

坐在一边长凳上的中年女人说话了："你跟他说话没用的，他脑子有毛病……"

我扭头看去，就见说话的女人脸上嬉笑着，穿着华丽却并不合身的大衣，满脸无聊地瞪着我，像是一肚子八卦的材料终于找到了对象。

那一霎我确认，她不是亚当的母亲，而是保姆之一。这里的保姆大多穿着主人几乎全新的过时衣裳，做着主人本该亲身做的事情，但是她不是亚当的母亲，即便她穿着他母亲的衣裳。

我沉下脸打断她说："你是怎么带孩子的，这么冷的天也不让他穿上外套？"

那个中年保姆一脸的尴尬，搓着手。我爬上滑梯把羽绒服取下来，对亚当说："你冷不冷？我们穿上这件衣裳好吗？"

亚当还是仿佛什么都没有听见。我把羽绒服披在他身上，他就像一块石头感觉不到任何外界的触摸，当他继续往前爬的时候，外套滑落在了地上。

于是保姆虚弱地解释说："我跟你说过了，他脑子有毛病，反正给他穿也穿不上的。"

我拾起外套，再次披在他身上，试图裹住他。那天的司机不知从哪里遛弯回来，远远地大声说："别理那孩子，他脑子有毛病的。"他兴致勃勃地用手在自己太阳穴上做着手势。

"不信我给你看。"这个年轻男人试图表现一下自己，他笑嘻嘻地走过来，拿过再次滑落的外套，粗暴地拉起亚当的一只手臂，把袖子套进去，然后又拉他另一只正在画画的手。亚当忽然身体剧烈地摇晃起来，嘴里发出含糊不清的叫声，他的叫声像警报声一样变得越来越尖厉，身体也前后晃动得越来越快。司机吓得后退着跌坐在地上，我试着抱住亚当，我感觉到他的脸和手都是冰冷的，一边咆哮着一边在发抖，我用身体暖着他。

过了一会儿，亚当安静下来。司机跌跌撞撞地从地上爬起来，大声干笑着说："嘿，瞧瞧！我说他脑子有毛病吧！"他说得不大连贯。

我叹了口气，离开这里赶着剪头发去了。

4

是日晚上的饭局之后，我又有好些天没有出门，终日在书房里构思我接的新剧本，在电脑前坐累的时候，就在房子里来回散步，顺便收拾一下，洗洗衣裳。我如今在上海的生活仅限于房间里，没有十分的必要我决不出门，事实上我无处可去。

有时候，我会在梦中听见很远的地方隐约传来低沉的轮船汽笛声，像过去的时光拖曳在梧桐的影子中，我知道那只是我儿时的记忆在作祟。

我会梦见冬季晒满衣裳的弄堂，毛茸茸的阳光铺洒在有粉笔图画的水泥墙上，新油漆好的小小木门亮闪闪的，很久都褪不去光泽。弄堂里的老房子都有红瓦的屋顶，尽管房子里面狭小而幽暗，因为窗户很小，可是外面的街道总是明晃晃的，偶尔有自行车滑过，留下一串铃声。

我还记得那扇镶着六块小方玻璃的窗，冬天的时候，我喜欢在上面呵上雾气，然后用手指画画，那些图画很快无影无踪，然后呵上气再画新的。我知道有人能看见我的画，每次我都会唤她："外婆，看。"她走得很慢，等她到来时，雾气一定早已散了，可是她总能在透明的玻璃上看见我的杰作。

那是我心中的上海吧，我的故土，可是如今我去哪儿能再见到一星半点儿呢？这样的地方我再也见不到了，即便我徒步踏过整个上海版图。红瓦屋顶在天际的轮廓早已消失不见，高楼大厦覆盖了过去的上海，纵横交错的高架、马路和地道淹没了曾容人漫步的十字街头，到处是堂皇到冰冷的生活，我到哪里再去找那扇曾经细小温暖的窗户呢？

5

随着剧本大纲在封闭的房间里渐渐成形，冰箱里的食物也渐渐消耗殆尽，我不得不再次下楼，于是我又见到了亚当。他依然在儿童乐园的塑胶地上画着没人能看见的画，他趴在那里慢慢挪动，像一只温和的白鸽。

我蹲下来与他打招呼说："我是叶禾，你还记得我吗？"他看看我，又低下头去。

　　我指着地面问："能告诉我你在画什么吗……天线宝宝？变形金刚？机器猫？"现在的孩子都是些橡皮人，他们每天在电视和电玩中生活，可惜他们喜欢的我确实知道得不多。

　　亚当没有理睬我，我都猜错了。

　　我闭上嘴在一边看着他的画，记着他手中石头经过的路线，我发现这其实不难，不过我着实是惊讶了："鸭子？"

　　亚当忽然笑了，使劲儿点了点头。

　　"有两只，它们叫什么名字？"

　　亚当终于说话了："唧唧、咕咕……"他指着它们说，他的声音有些嘶哑，像是干涩的齿轮刚刚开始转动。

　　我开心极了，又问："这第三只叫什么名字呢？"

　　"嘎嘎！"他大声地宣布。

　　我很奇怪，在这个城市里，他从哪里知道有鸭子这种动物的，还画得惟妙惟肖，这一定不是从餐桌上看到的。接下来我看见他手中的石头画笔画出一条漫长的弧线，像是一个巨大的问号。

　　"这是它们的小河？"我试探地问。

　　他更使劲儿地点头，然后爬起来，在他看不见的图画上张开手臂转圈跑了起来。我这次才注意到，他比别的孩子黑亮的眼睛其实特别有神采，像是能看见很多梦境中的美景。

我开始天天下楼，就是为了能看看他，跟他说几句话，我感觉他的心中跟我有着一样的秘密，我从一开始就爱着这个孩子。

　　有时候他会尿裤子，保姆经常不在，我就买了一打孩子的运动裤，带他到我家里去换洗，他也完全不怕生。"我猜你是我爹地和妈咪变的。"他这么说。

　　"是啊，我是美少女战士，会变身。"我摸着他的脑袋，他微卷的头发很柔软，像他的心。

　　有时候他会画很大的人，他画什么都和原来的尺寸一样大。

　　我问："这是爹地还是妈咪？"

　　"爹地，他今天早上到树林里来看我了，我在树枝上刚刚睡醒就看见他来了。妈咪也一起来的，还做了牛扒带来，给大黄、小黄、小白和小黑吃，所以我要把爹地和妈咪都画在这里。还有姐姐，她也来树林里弹琴给我们听，嘎嘎和咕咕、唧唧都一起跳舞……"

　　我认出来他在画猫："你画的猫儿怎么身体这么长？"

　　"因为大黄和小白总是在跑，小黑就乖一些，小黄最坏了，常常欺负小鸭子。"

　　有一天我发现他的羽绒服又扔在一边，我拿过衣裳说："外面风大，我们穿上外套好不好？"亚当默不作声地继续画着。

　　我想了想，蹲下来对他说："我们把羽毛披上吧，没有羽毛要怎么飞呢？"

　　他这回听见了，使劲儿点点头，自己接过外套很乖地穿上了。我叹了口气，原来他一直以为自己是一只小鸟。

"这是我，"他指着空白的地面一角，又指着这一角的下方说，"这是你，我知道你也会飞，我们一起比比谁飞得高好吗？"

我回到楼上，趴在阳台上往下面的荒地看，鸟儿正参差飞在树梢叶尖，即便是在这最寒冷的冬日，它们的歌声依然像天使的音乐般交替响起。高楼间的风吹得我很冷，而那片荒地有一种奇异的美，仿佛浓郁的树枝间依然深藏着我儿时的红瓦屋顶、细小温暖的房间，和窗户上透明的画。有很多次，我想要从这里跳下去，像一只鸟儿一样消失在这片深邃的荒原中，结果是我再一次出发旅行，逃离这个城市。

6

不久之后我见到了亚当的家人。

我在固定的时间下楼，就在楼门口的车道上，我看见一堆人在一辆商务车前拉拉扯扯，我听到了亚当熟悉的嗓音在叫："呀呀呀……"我走近几步，就看见亚当正死死拉着车门，两个保姆努力想把他弄上车去，可是他就是不松手。

坐在副驾上的是亚当的父亲，发胖而修饰得宜的中年男人，他不耐烦地催促着，司机已经开始发动车子了。

站在保姆身后的是亚当的母亲，一个丰腴粉嫩的中年女人，盛装鬓发，戴着闪闪发亮的耳钉和彩色宝石胸链，精致得像是一碰就坏的奶油蛋糕。她也确实把自己当成了奶油蛋糕，刻意离开着一段距离，唯恐这场挣扎弄坏了她的装扮。

这时候她看见了我，这个精致的中年女人，匆忙而尴尬地向我点头致意，随后迫不得已地上前亲手夹住亚当的两胁，把他弄上了车，好尽快在我面前结束这场丢脸的搏斗。我相信她弄痛了他。

亚当在关上的车门后面拼命敲打玻璃，这本是我们一起画画的时间，他的眼睛一直追望着我，直到车子消失在小区车道的转弯处。

7

直到这天我才知道，我原来是认识亚当的父亲和母亲的。就在我第二次看见亚当的那天，我赶着去剪头发，然后晚上与周斌一起去参加他的客户邀请的饭局，饭局的主人就是亚当的父母。

记得那天，我们在外滩三号的中餐厅落座，外面下着细雨，黄浦江笼罩在灰蒙蒙的夜色中，餐厅的观景玻璃窗倒映着用餐的人们自己的身影。这就是我记忆中的上海吗？我有些伤感，仅剩的巴洛克的立柱、维多利亚式的砖墙或者是弄堂里的红瓦屋顶，如今都成了饭店或咖啡吧的战利品，我们在欣赏它们之前，得先接过一张菜单或者酒单。对于上海，我们曾几何时都成了客人。

一尘不染的灯光下，周斌向我介绍面前的这对中年夫妇："这位是陈先生，这位是赵小姐。"我记得周斌事先提醒过我，陈太太喜欢别人依然叫她"赵小姐"。

　　赵小姐穿着一身水红色的套装，我不得不承认虽然颜色显嫩了一些，但是款式总算没有过度凸现出她已然臃肿的身形。她及肩的鬈发纹丝不乱，事实上在周斌向我介绍他们的短短几秒钟内，她已经整理了两回发梢，第一回是检查它们是否有一些落在领子里了，第二回是把它们拨到耳后，以便展示她耀眼硕大的钻石耳钉，那和她的胸针正好是一套的。

　　她特地站起来与我握手，她有一双白皙的肉手，冷而光滑，每个指甲上都描着水红色的亮片花纹。她看起来非常热情地把手伸到了我的近前，其实没有握我的手，只是轻轻碰了一下。

　　陈先生本来也是要站起来的，他的太太动作显然快过他很多，幅度也大过他很多，所以他乐得欠身之后，疲倦地往椅背上靠了靠，由着她去张罗。

　　周斌不失时机地对我说："赵小姐年轻漂亮，还非常干练，你以后要跟她多学学。"他显然不是讲给我听的。

　　赵小姐哈哈大笑起来，挥舞着她的胖手，不经意间把努力收紧的肚腩也映了出来："周先生你太会说话了啦，人又风趣啦，我们女生都抵挡不住的。"

　　我听着周斌字正腔圆地一声声称她"赵小姐"，只能努力忍住笑，据我短时间的观察，已经足以得出结论，"赵小姐"的衣着二十出头、说话的腔调三十出头、皮肤保持在四十出头，而实际年纪应该将近五十了。

赵小姐转而把夸张的热情投向了我："周太太，幸会啦！周先生在过去的一年里有帮到我们很多啦，而且人也非常 nice，我就一直一直跟他说，什么时候请你们全家出来吃个饭，让我们也见一下周太太，我们一起聊聊家常啦。"

然后她拿起菜单，一边摇头一边说："啧啧啧，都说这个年月好，结果真金白银每天都在贬值……"陈先生刚才还像在打瞌睡，这时轻轻咳了一声，赵小姐立即讪讪地问："周太太喜欢吃些什么，今天我们请啦，你点，你点！"说着菜单却没有离手。

她的香港口音让我一开始着实以为他们都是移居上海的香港人，直到她忽然指着菜单中间的一行，用上海话标准地念了出来："霉干菜焖肉——酒酿小圆子——"

"啊呀呀，"她拍手说，"真好，有情调，就是要在这样上海风情的地方，吃这样有童年回忆的东西，周太太你也是上海人吗？"

"我还以为你是……"我还没从诧异中回过神来。

周斌连忙补台说："赵小姐一向很国际化的。"

接下来赵小姐坚持要我点一两个菜，我明白她一惊一乍地指着菜单表演上海话，无非是为了躲过三头鲍和鱼翅海鲜的那几页，于是我说："不知道这里有没有肉丝黄芽菜，我小时候很爱吃的。"

赵小姐满意地吩咐下去，聒噪了大半晌之后，终于可以开饭了。

席间他们三个商议着第四季度的生意种种，当然也没有忘记这是一场彼此拉近关系的家庭聚会，最后说了些私人话题来收场。

"我最骄傲的不外是两间公司、三家工厂，嗯，包括今年新安置好厂房设备的是三家，还有两个孩子，"赵小姐炫耀说，"我们生女儿的时候比较早，现在她已经念初一了呲，这些年总觉得没有一个儿子不行，我就不得不又披挂上阵，这不果然给他们陈家传了香火啦。"

"噢，他多大了？"我问。

赵小姐一副慈母的样子："他叫亚当，一眨眼的工夫，也七岁了。"

"小学一年级？"

"呃……"赵小姐拍了拍手，干笑了两声说，"周太太，现在的孩子太贪玩了，做妈咪的总要宠他是不是？我想由着他在幼儿园多玩一年，明年把他送到香港去念小学。"她含糊地念出了一个学校的名字，"那边的贵族学校比这边品质要好，都是说英文的……"

我看她似乎并不喜欢谈论她的儿子，就问："你的女儿叫什么？"我很好奇，如果给儿子起名叫"亚当"，他们的女儿难不成叫"夏娃"？

"碧奇！她叫碧奇！"赵小姐果然恢复了兴致，"你知道这些年我有多忙多辛苦，和先生一起打拼，他总把麻烦事情交给我，他少了我不行。我忙呀忙呀，明明记得碧奇还是一个小女孩儿的，话也说不清楚，忽然间就成了窈窕的少女啦，我们走在一起，穿着一样的衣裳，旁人都说我们跟姐妹一样！"

我想象一个十四岁少女跟她看上去像姐妹一样，这是多可怕的事情，嘴里却还得说："赵小姐就是长得年轻，儿女双全真是有福气呢。"

陈先生一本正经地劝周斌说："你也差不多可以考虑了，你可以拖，你太太最好还是早些，不然她会抱怨你让她有了水桶腰。"

周斌笑笑答："我们不打算要孩子的。"

"这怎么行，"陈先生用过来人的口吻说，"车子、房子、票子、孩子，人这一辈子总都得要的。"

周斌答："我们都是懒人，现在的孩子从生下来到工作，总得为他准备几百万吧。我们是打算，没有孩子，就可以少奋斗二十年。"

"嘿，丁克！"赵小姐打断陈先生说，"你懂什么，现在的年轻人都流行丁克！"

可是她转而又对我说："周太太，不是我劝你，我也觉得孩子很拖累我们女人啦，本来我是那种水葱一样姣好的腰身，三十五岁生了碧奇之后，我游泳跳舞按摩，总归不如往日啦，结果我四十一岁的时候他还要添丁，有了亚当以后，我就彻底收不住了，不过……"

她又捋了两遍肩头的鬈发，炫耀地挺了挺胸，对我眨了眨眼睛说："你不知道孩子们有多可爱，碧奇和亚当小小年纪就鬼马得很，都不喜欢我们管，会一人一个地盘自己 high，就跟我一个模样！"

她说着使劲儿推了一把身边的陈先生："你说，我是不是还是你的小可爱？"

陈先生疲惫地点点头，不再说话。

于是赵小姐继续对我说："周太太，我劝你生一两个，你不喜欢小孩子的吗？"

我说："我很喜欢小孩子，可是我先生不想要。"

"Anyway（无论如何），你们也赚很多钱的，孩子的花销基本不成问题的！"

我说："问题不在这里，而在于我们的人生观。"

"嗯哼？"她像少女一样睁圆了眼睛瞪着我，现出了一额的抬头纹，我不得不继续说下去："简单地概括，我非常想生一个孩子，因为我迫切地想要让我的孩子有一个比我快乐的童年，而我的先生禁止我们有一个孩子，因为他不想让孩子再重复他不快乐的童年。"

这一回轮到周斌在旁边干咳了，我立时收声，好在最后一道甜点也已用毕。

外面的小雨继续下着，当大家终于结束了这场辛苦的谈话之后，我这才听见悠扬的蓝调爵士回荡在老房子的大厅里，跌宕闪烁，宛如黄浦江两岸的灯光折射在挂着雨丝的玻璃上。

我们各自把车开出停车线的时候，我听见了黑暗的远处传来低沉的轮船汽笛声，我忽然间就困倦了，缩在座位上很快睡着，隐约间我还听见周斌告诉我，他们碰巧是我们的邻居，以后我可以跟他们多往来云云。

8

看见亚当被父母强行带走的翌日下午，我又按时在儿童乐园见到了亚当，他看见我飞也似的跑了过来，一把抱住了我，我还没来得及蹲下来，他就把脑袋深深埋进我的衣摆里，他只有这么高。

我笑起来，逗他说："小鸟想我了吗？"

他使劲儿点头，不肯松开手。他竟然开始依赖我了，只是因为我近来每天固定时间下楼陪他，其实我并没有与他约定什么。

我有些伤感，细细看他，他确实看上去并没有七岁那么大，也许不是个头的问题，而是他的神情。总是惶恐而茫然地看着人，他深黑的大眼睛里是小动物般纯净懵懂的目光。他又不常说话，这与小区里早熟的同龄孩子相比，就显得年龄更小了，难怪他的母亲不愿提起他念书的事情。

"小鸟，我知道你的名字了，你叫亚当是吗？"我问他。

他跪坐在地上画画，侧过头看着我："我不喜欢叫亚当，我是小鸟。"

"好吧，小鸟，你想知道我的名字吗？"

"你是大鸟！"亚当说着咯咯笑了起来，用手指来摸我的鼻子。我躲着不让他摸到，他跳过来扑到我身上，我们在儿童乐园的地上打了个滚，他终于把冰凉的细小手指按到了我的鼻尖上，胜利地大笑。

亚当正在画我们气势磅礴的树林，从塑胶地面的这一头画到那一头。他画了一棵树冠很大的树，说："这是妈咪树。"又画了一棵很高很胖的树，说："这是爹地树。"还有一棵细长的树，我抢着说："这是姐姐树是吧？"他点点头，聚精会神画了一棵最高最大的树。

"这是什么树？"我问。

他指着我说："这是你。"

"我不是大鸟吗？"

"这是你和我的大树，我们两个的，"他站起来，走到那棵看不见的大树顶上，认真地对我说，"我会每天飞到这里等你，树叶掉光了也不会飞走。"

"噢。"我扬了扬眉毛，事实上是让眼眶里涌出的泪水流回去。

别了亚当，我回到二十七楼，趴在阳台上看楼下的荒地，那些高高的树上叶子已快要落尽，于是我又想起淹没在荒野里的红瓦屋顶了，小小的我和外婆一起宁静地住在里面，仿佛住了一个完整的世纪。我们偶尔会走出小小的屋子，外面是明晃晃的街道，自行车清脆地响着铃声滑过。外婆和我并排坐在路边晒太阳，冬季的阳光短暂而温暖，我抬起头，看见梧桐落尽的树干之上，冬日上海的天空琉璃般清澈。

门铃响了，我去到客厅开门，亚当站在门口，我又惊又喜，蹲下身子搂住他问："小鸟怎么飞上来了？"

亚当涨红了一张脸，站在门口不肯动弹。

"怎么了？"

他支支吾吾地说："我要尿尿……"

我低头看，以为他又尿在身上了，结果没有。他指了指我的房门里说："里面尿尿。"

我很高兴他的进步，连忙让他进来，他熟门熟路地去了洗手间。

等他出来，我把他抱到沙发上坐好，问他："小鸟，你要吃冰激凌还是酒酿小丸子？"

他咯咯笑着说："都要！"

我端着热腾腾的酒酿丸子从厨房出来的时候，他已经把小盒哈根达斯吃完了。我揉着他的肚子说："雪都化了吗？没有化之前不可以吃小丸子的。"他又咯咯笑作一团，怕痒地把身体扭来扭去。

我问了一个藏了很久的问题："告诉大鸟，为什么不上楼回家里去尿尿？"我想我这里毕竟不会是他长久栖身的地方。

他不笑了，低下头咬着嘴唇，半天答了一句："还没到时间！"

"什么叫还没到时间？"

他不说话，两只小脚丫晃荡着踢得沙发咚咚响。

我把酒酿丸子端给他吃，他埋头吃得呼噜噜的，我岔开话题说："告诉大鸟，小鸟最喜欢什么？"

他掰着手指算了算，最后又指着空碗说："大树、鸭子、猫猫……丸子！"然后他伸出手摸我的鼻子，大声说："还有大鸟！"

"那么小鸟最不喜欢什么？"

亚当大眼睛骨碌碌转了一下，答道："我最不喜欢听见妈咪这样叫我。"他忽然深吸一口气，拔高了嗓子高叫道，"亚当——"警报一样高亢拖长的尾音几乎把屋顶掀掉。

在这套颇大的房子里，我和周斌一直是轻声礼貌地彼此说话，这天真的大声吵嚷好像一瞬间打破了这里沉闷的结界一样，我忍不住跟亚当笑作一团。

9

我知道，从亚当的母亲在大楼前看见我的那天起，她就一定猜出我与亚当是认识的，然后只消她随便一问，不是快嘴的保姆就是莽撞的司机，都会把一切告诉她。她必定恼怒自己的秘密暴露了，亚当和我以后也许就不能再这么自由自在地相处下去了。

果然，周日的下午，我按时去儿童乐园里找亚当，司机和两个保姆破例都在场，更准确地说，他们是在列队等我。那个年轻的司机恭敬地对我说："太太，我们东家请你上楼去喝杯咖啡。"

我点头道："不要让亚当一个人留在这里，我们一起上去吧。"

电梯里，亚当的小手轻轻伸进了我的手掌，他握住我，不是害怕的那种，而是好像要传递勇气给我。我摸了摸他柔软的头发，真是个贴心的孩子。

32A，正好与我家是同一套型和朝向的房间，保姆引我走进去之后，赵小姐穿着粉红色的绣花丝绵晨衣，挂着她招牌般的热情笑容迎了上来："哎呀，周太太，稀客啊稀客，上次一起吃饭我们一见如故，而且这么有缘分，又是邻居啦，我早就想请你到寒舍来坐坐……"

亚当这时候忽然尿了。赵小姐的笑容僵硬在脸上，顺手就给了亚当一个巴掌："你怎么从来就不肯给我长点儿脸？"亚当居然没有哭，他的脑袋在巴掌下木然地歪了一下，我没有护住他，他扑过来要抱我，保姆拉住了他，我只能眼睁睁看着两个保姆七手八脚地带他去换裤子。

赵小姐坐在沙发上，恨恨地说："真是冤家，难得我休息一天在家，又搞得翻天覆地的，看看我，做人家的妈咪多不容易！"

她忽然高声叫道："碧奇！"

没有人应。

她声嘶力竭地又尖叫了一声："碧奇——"好像一声惊人的警报，我的耳朵嗡嗡作响。这时一扇门打开了，一个身材高挑的小女孩儿走了出来，剪着男孩儿模样的短发，穿着宽大的白色运动上衣和黑色滑板裤。

赵小姐指了指我对她说："叫安娣(aunty，阿姨)！"

女孩儿走近前来标准地叫了我一声"安娣"，然后回身往自己房间走去。

赵小姐又叫住了她："干什么，还没叫你走呢！弹钢琴给安娣听。"

女孩儿机械地坐到琴凳上，问："弹哪首？"

赵小姐说："哪首难弹哪首。"

一阵琴乐铺天盖地而来，我不得不承认那非常难，演奏技术紧凑得跟打仗一样。

"嗯，"赵小姐满意地点点头，恢复了她夸张的优越笑容，"我们家碧奇好争气的，亏得我从小就舍得花钱请最好的钢琴老师来教她，我们小时候哪有这样的条件，是不是？"

赵小姐说着话的时候，女孩儿又回到自己房间去了。于是赵小姐再次高叫了一声："碧奇——"女孩儿打开门。"拿你的成绩表来。"赵小姐吩咐道。

很快，女孩儿拿着一本中学的成绩册过来，放下，又往自己房间里走去。她脸上的表情不是服从，而是不愿多理论的漠然。

赵小姐又叫："碧奇——你怎么回事，不愿意多陪你妈咪坐一会儿吗？"

女孩儿这回出来，手里拿着一件外套和一个挎包，她说："下午同学约了我。"

赵小姐扬了扬眉毛，见我在场就没有发作，只摆出一副甜蜜的表情说："碧奇，你今天还没有叫过妈咪呢。"

女孩儿轻声而简短地叫："妈咪。"然后说，"我走了。"

"临走前不亲一下妈咪吗？"

女孩儿凑过来在她脸颊上飞快地一碰，紧随着我们听到大门关上的响声。

"你看看，现在的孩子都会一人一个地盘自己去 high 了，我们这些妈咪啊爹地啊算老几，养大了他们就忘恩负义了。"赵小姐一边感慨着，一边又扯开她惊人的喉咙，"亚当！亚当——"

换了裤子的亚当其实一直坐在客厅里，是保姆把他放在这里的，她们知道今天他是我们谈话的重点。亚当背过了小板凳对着墙角坐着，不动也不出声，听见母亲叫他，他的身体忽然前后猛烈地晃动起来，却没有扭过头回应的意思。

赵小姐又厉声叫起来："亚当——"

两个保姆连忙过去拉起亚当，亚当挣扎着，中年保姆结结巴巴地回头报告说："太太，他又尿了。"

赵小姐不耐烦地说："难得我在家里清静一个下午，"她看了看腕上的新款浪琴，"今天还没到时间，为什么就带他上来？"那个爱说话的中年保姆刚想说："是周太太……"她看了我一眼，把后半句生生咽了下去，转身帮另一个保姆带亚当再去换裤子。

等客厅里终于又剩下我们两个，赵小姐整理了一下头发和微笑，再度绘声绘色地跟我说起话来："孩子啊，就是前世的冤家啦，这辈子来讨债的，他脑子有毛病的……"她用手指在太阳穴上做了一个夸张的手势，这让我想起他们家司机类似的动作，"我这个妈咪真的很难做啦，你不知道我带他去看了多少医生……"

"医生怎么说？"我很关心这个问题。

赵小姐说："唉，弱智。"

"他的智商测试下来很低吗？"

"那倒也不是……后来我跟医生说，他这么大了还尿裤子，没有问题怎么可能？医生说那就算是弱智吧，他精神没问题，总不见得归入精神病。"

"我想这是能好的。"我想起亚当前些天来我家借用洗手间。

"他这辈子要能好，太阳就从西边出来啦。"她鼻子轻哼着下了定论。

我本想说，不用跟太阳较劲，只要别拿"还没到时间"吓住他不敢上楼去洗手间就好了，可是我忍住了没说。

这时陈先生腆着肚子从卧室出来，打着哈欠说："叫你四点钟叫我一声，怎么也不叫，我谈事要迟到了。"想来他早已很习惯妻子的警报嗓子，先前叫得这么响也没吵醒他。

他整理着西装一眼瞥见了我："噢，周太太啊，怎么过来玩也不事先告诉我一声，招待不周，失礼失礼，你看我这正要跟你先生开会去呢。"

赵小姐在一边说："周太太原来天天在陪我们家亚当一起玩，我刚刚知道，这不请她上来叙叙啦。"

陈先生表情一刹那有些僵硬，但是依然礼貌得体地说："我们家亚当给你添麻烦了，我今天赶着要出去，改天再陪周太太慢慢聊。"

赵小姐拍了拍胖手，叫道："哎呀，你走得正好，等卧室收拾好了，正好请周太太参观一下寒舍。"

她领着我绕来绕去地参观，重点自然是她丰盛的衣帽间、昂贵的珠宝和收藏级别的摆设，在离开亚当这个话题之后，她重又显得骁勇无比，百战百胜起来。

随后很糟糕地，我又说错了话。"这套房子和我们那套果然是完全一样的。"

"噢，是吗？"赵小姐几乎是狠狠瞪了我一眼。我们一对丁克住这样一套房子，他们一家四口也住一样大的房子，即便是高了五层，赵小姐必定觉得我是在羞辱他们。其实我只是终于确认了一件猜测很久的事情，亚当曾经和我在同一个角度看见了楼下美丽的荒地。

果然，当我们走进主卧室的时候，我远远看见亚当就在落地门外的阳台上，坐在栏杆前出神地往下望着。那一刻我涌上了莫名其妙的恐惧，我害怕他忽然纵身跳下去，我抢步跑过去把他抱进屋里来。亚当顺从地让我抱着，这又让赵小姐不愉快起来，她强做笑容哼哼哈哈地说："你看我们家亚当虽然什么都不懂，可是他很爱妈咪和爹地的，他从小就有自己的卧房，可是趁我们不在，他还是要跑到我们的卧房来……"

然后她再次扯起警报般的嗓子叫道："张嫂——李嫂——你们难道又忘记了，亚当练琴的时间到了！"

等不规则的琴声从客厅里传来，赵小姐依然气咻咻地说："现在的保姆脑子都有毛病，明明时间还没到，就把他领上来，明明时间到了，又想不到叫他去练琴！我忍很久了，不如换个菲佣算了，就贵一点儿啦，可是职业化得多啦，还能顺便让小孩子练练英语口语。"

我逗她说："你就不怕孩子有菲律宾口音？"

"现在不是更糟，你不觉得碧奇和亚当都有河南和安徽口音？平时也就保姆跟他们说话，想不传染都不行啦。"

10

晚上周斌应酬回来，特地跑到书房来问我："听说你跟陈先生家的儿子每天一起玩？"

我答："是啊，亚当很可爱。"

周斌迟疑了一下说："让你跟他们拉近关系是一回事，跟他们的孩子亲近是另一回事，做父母的未必希望自己的孩子跟别人更亲。"

我说："你不知道那一家人，做母亲的恨不得自己是家里唯一的女儿，独占所有的关注，做父亲的貌似筋疲力尽，除了赚钱干脆万事不理，两个孩子像是用来炫耀的摆设，又是一个典型的成功人士的家庭。"

周斌本来是他惯常的一本正经的样子，这时忍不住笑起来："你偶尔尖刻的样子挺有趣的。"

"我说的是事实，孩子又不是他们的布娃娃，孩子是人啊，他们也有心的。"

于是周斌又开始摆事实讲道理："你说他们不会做父母，可是人家好端端地有着一个女儿和一个儿子，养得也挺大了。你说他们待孩子不好，可是名牌衣裳从里穿到外，一日三餐加营养药片，每天司机、保姆伺候着，还有贵族学校和家庭教师，以前弄堂里的孩子哪里有这些？我看不出有哪点不好。"

我却想念以前的弄堂，红瓦屋顶下狭小的屋子，外婆的手温热干燥，握着我的小手，她总是展着一脸柔软的皱纹，耐心地听我说着孩提时不成句的话，我知道只有她能听懂，她絮絮回应我，细而糯的上海话带着一点儿老人嗓音中特有的沙哑。

她在过道里弓着腰，煤球炉的锅子里炖着肉丝黄芽菜，她间或用筷子搅拌一两回，因为悉心炖了很久，零星的肉丝和整锅的蔬菜鲜香柔软，成为一个牙牙学语的孩子容易消化的食物。这才是我记忆中的上海，我的故土。

我没有布娃娃，没有气球，唯一的游戏是用手指在窗玻璃的水汽上画画，我知道外婆能看见我在画些什么。我透过我在玻璃上的画看外面，阳光耀眼的街道从这里望去显得堂皇宽阔，但是我知道没有什么比屋里温暖的小小世界更好。

　　周斌不懂这些，跟他说是没有用的。他是个成功的商人，产销的是某种工业配件，念文科的我始终不能了解那是什么，如同他泾渭分明的逻辑永远无法了解我的心。我懒得再说什么，只笑笑问他："你没事不会跟我说这么多的，是不是陈先生今晚跟你说了什么？"

　　周斌说："总之，别人家的孩子，你少管就是了。"

　　我摇头："他会伤心的……我也会。"

　　周斌不得不重复他教育我多遍的话："你看你都几岁了，还总是神经兮兮的，你就不能学会像个正常人那样考虑问题？"说着，他烦躁地点了一支烟。

　　我说："我也想抽烟。"

　　周斌打开烟盒看了看："只剩我手里这支了。"

　　我们在我的书房里抽着同一支烟，明亮的吊灯下缓缓上升的烟雾成了这个房子里唯一生动的东西。我犹豫着开口："我们要个孩子吧。"

　　周斌不耐烦地答道："我们不是讨论过很多次了吗，要孩子有什么好的，我们现在这样不幸福吗？"

　　我叹了口气说："幸福。唯一糟糕的是，一个过于正常的男人娶了一个过于神经的女人。"

11

后来有一回，我在电梯里遇见了亚当的姐姐碧奇。我想起来，其实之前不止一次在电梯里见过她，她总是穿着黑黑白白的宽大运动服，像个男孩儿似的神情硬朗，跟性情柔弱的亚当恰好相反。

她看见我，主动地叫我："安娣。"

我说："碧奇，你在家话不多呀。"

她笑笑答："说话有什么好的，跟妈咪说话就是听她说话而已，爹地根本懒得说话。"

"你还可以跟亚当说的。"

她依然礼貌，这回却是认真地强调道："说话有什么好的，说来说去不过是浪费时间。"

我意识到，原来她是一个过于正常的孩子，我无言以对。

12

我依然每天下午去赴我与亚当的约会，他说过，他这只小鸟会每天飞到我们那棵最高最大的树上等大鸟，树叶掉光了也不会飞走，我没有理由伤他的心。

亚当也从不怀疑我会按时到达，每回当我刚走出大楼门口的时候，就看见他已经远远地向我挥手了。我会陪他整个下午，直到他"时间到了"，被保姆带上楼去练琴。

在他画画时，当他想尿尿，他会让我带他去我们家上洗手间，然后洗劫我的哈根达斯和酒酿小丸子。保姆们也很高兴终于省却了这些麻烦，那个话多的中年保姆甚至主动跟我热络起来，在一边说着闲话试图加入我们。

亚当和我看不见的广阔图画已经遍布了儿童乐园的每一寸塑胶地面，他偶尔会问我："妈咪和爹地会来看我们的图画吗？"

我答："当然的，他们没准儿已经偷偷来看过了。"

他眨巴眨巴着大眼睛看着我，我肯定地点点头说："他们一定也觉得你画得很棒。"

他相信了，开心地笑起来。

我想起在红瓦屋顶下，我和外婆度过了十二个年头，小房间的世界很完整，度过的时候快乐如一道闪电，回想的时候却隽永如一个世纪。即便如此，当时的我还是偶尔会觉得缺少了我生命中应该存在的人，因为每个孩子都有爸爸妈妈。

阳光灿烂的周日下午，我把鼻子贴在小小的玻璃上，外面明晃晃的街道上，间或有穿着鲜艳衣裳的孩子一手拉着爸爸，一手拉着妈妈，满脸骄傲地走过。我数着他们的脚步，一、二、三、四，我的爸爸妈妈却还没有来，雾气在玻璃上弥漫开来，又一次次散去，其实等到下午，基本已经是不可能了。他们也许太忙了，每周一次短短的两个小时都时常抽不出。

等到太阳的光芒从金色变成了酡红色，屋里弥漫起肉丝黄芽菜的香味，我虚弱地问外婆："爸爸妈妈这星期还会来看我吗？"

外婆答："当然的，他们没准儿已经偷偷来看过了。"

我眨巴眨巴着眼睛看着她，她展着满面微笑的皱纹，肯定地点头说："他们一定已经来看过你了！"

"在上午吗？"

"没错，你在玻璃上画画的时候，他们就站在外面看呢。"

稍大些，我就不再问这样的问题了，这种盼望毫无意义。别的孩子有爸爸妈妈，我却只有外婆，她每时每刻都在我身边，她能听见我无声的语句，看见我透明的画。我不再透过窗子眺望外面的街道，没有什么比屋里她和我的世界更好。我红瓦屋顶下的故土啊，而今的一片荒地。

我坐在塑胶地上，看着亚当描绘着我们的梦幻森林，他正着手在树林的背后画上一排火柴盒般大小的楼房做背景，它们像细碎的花边一样围绕着这片乐园般的荒地。

13

不知怎的，自从遇见亚当以后，我过去零星的记忆时常回来，喜欢与不喜欢的。尤其是与赵小姐对峙以来，每个晚上，不愿再度想起的往事纷至沓来。

我记起小学快要毕业的时候，我从外婆的红瓦屋顶下被带走，父母带着我一家三口搬进了新公房。母亲不止一遍地强调说，这是她工作出众，加上跟上级与方方面面争取才分到的房子。她说，我们都应该感激她为这个家做出的贡献，这样我们全家终于能够离开弄堂、煤球炉和马桶，住进人人羡慕的多层楼房。

她用指关节敲着我的脑袋说："你给我记记牢，在上海有一套房子多么不容易，而且还是卢湾区的好地段，我辛苦做了多少年！"

母亲虽然成功地分到了房子，但是当时毕竟资历还浅，所以争到了地段争不到楼层，我们的房子在顶层六楼，抑或是七楼也说不定，我记不清了。我只记得楼房没有电梯，年迈的外婆不再能上楼来看我。事实上后来我才知道，她也并不愿意见到我的父母。

很奇怪，关于在那房子里生活的一切，我基本都记不得了。我记不起任何一顿阖家团坐的晚餐，任何一次与父母细说家常，甚至不记得房子大致的格局，有几间房间，有没有阳台，门牌号码究竟是多少，房子是几○几。我也记不得自己几岁到几岁生活在那里，但是有一点是肯定的，我的整个中学时代不可能住在校园里，而十几岁的孩子对住在哪里的记忆这么模糊，这显然是不正常的。

以前在大学里念心理学课程时，老师说，人的记忆常常会刻意屏蔽不愉快的部分，这是一种自我保护。然而只有我自己知道，这一切依然留在我的身上了，我记忆里灰蒙蒙看不清的部分留下了一种毒，它们像冷而灰暗的什么东西沉淀在了我的血液里，让我在这么多年后，每天清晨醒来依然有一种莫名的焦灼。

我离家住进了大学宿舍，没有用。我出嫁搬进了二十七楼的这个大房子，没有用。我从此不喜欢看见楼房迭起，我无数次远离上海试图逃开什么，可是即便我从任何一个陌生的城镇醒来，它们仍如影随形地跟随着我。

如果努力地去回想，我还是能记起些什么的。我依稀记得母亲力图保持房子的体面整洁，她每个星期天都要大扫除，那时候我的灾难便到了。她必须把家里堆积的所有东西都摆得整整齐齐，就连每张报纸也要叠齐。她在做这些的时候，一定要我侍立在一旁，再把每件东西擦得一尘不染交给她。其实从效率来看，我们完全可以分担不同的家务，她不必要我目睹她的辛劳。

抹布整天冰冷地粘在我手上，她的抱怨也一整天劈头盖脸地落在我身上："你睁开眼睛看看，养大你多么不容易，多少事情要我做！你只会看！你会做吗？"

然后她必定能发现我疏漏了什么："闹钟要擦钟底的，你晓得吗？"

她皮鞋坚硬的鞋尖使劲儿踢向我的小腿腿骨，直到如今我紧张的时候还会小腿抽搐。

她拖地的时候情况就更糟，我仍必须站在一旁看，拿水桶换水，把拖把一次次绞干。"哼哼，"她冷笑道，"从来没看见过绞拖把还翘着兰花指的，你有多娇贵？绞都不会绞？留这么多水，我怎么拖？"

我越紧张就越绞不干，我不知道为什么怎么绞都绞不干，然后她的指关节会招呼到我脑袋上，她究竟攒了多少气要撒，我真的不知道。

　　也许她的骄矜不能容忍她为别人做什么，她的时间只能花在自己身上，所以她虽然不得已做着家务，却偏要另一个人用等量的时间和屈辱来陪绑。而我能做什么呢？我只能暗暗希望周一快点儿到来，她可以去上班，而我还有学校可躲。

　　好在母亲并不做饭，过了三十年以后，她依然不会做。我的父亲做饭，像很多上海的老式男人那样。

　　父亲年轻时做的任何食物都非常坚硬，整只鸡顽强地躺在鸡汤里，脚伸在外面，青菜炒好盛在盘子里，菜心往往还是生的，饭也是夹生的，就像他年轻时暴烈的性格。我已习惯每天听见他们争吵、摔东西，就听见父亲对着母亲喊："你眼睛里只有你自己，没有别人！"而母亲的滔滔不绝远胜于父亲的口才。

　　我的耳膜嗡嗡作响，觉得恐惧、耻辱、悲伤、绝望。我紧紧捂住耳朵，却不能阻止他们很快迁怒到我身上，我只希望我从没有出生过。

　　"不是为了你，我跟他早就离婚了！我根本不用这么过下去！"母亲转脸就会这么对我说。

　　是啊，我为什么要出生，我罪孽深重，我毁了我父亲和母亲的一辈子。那么我可以现在就死吗？趁一切还不太迟。我不记得六层或七层的房子有没有阳台，也不记得我是否总是独自躲在阳台发呆，思忖着要不要跳下去。

我是他们的布娃娃，我注定亏欠他们的，因他们是我的父母。

"你就像你爸爸那样没用！注定一辈子没出息！""你自私自利，你这副样子一出门就要被人打死的！"在家里母亲这样对我说，可是在外人面前，她总是满脸自豪地说："她就是这样的，从小就特别有主见！"我的"主见"每每是她的愿望，我必须假装开朗自信地认作我自己的，并且归功于她的教导有方。她又说："她做什么都能做得比别人好！"我确实努力了，即便丢掉我自己的所有愿望，我没有退路。

我是一个布娃娃，我的任何成绩她都会分发给她认识的人们。直到我工作之后依然如此，每次升职，我都会发现我的新名片又一次大幅度地自动减少，是她又拿去分发给我不认识的人了。

很多年过去了，他们也搬去了高层，我定期回去探望他们。

有一天我无意中发现父亲煮的食物变得柔软了，这些年越来越柔软，他的性格也因年老而变得越来越温和。他开始常对我说："你妈妈就是这么个人，眼睛里只有自己没有别人，不过她工作上做出了这么多成绩确实也不容易，她的性格你都了解，这么多年改不了了，你也就不要再跟她计较了。"

转眼我们三个人在一起的时候，母亲却当着我，对父亲反反复复地说："你看呀，她就是当我不存在！我辛辛苦苦把她养大，我养了一条狼！她一点儿良心也没有！我这么说话她故意当没听见，一点儿反应也没有！"我不知如何是好了，来之前酝酿了半天的宽慰她的话哽在了喉咙里。

我注定亏欠他们的，因他们是我的父母，我理应爱他们，如果我怎样努力也做不到，那怎么办？这个问题我已问了自己很多年，与很多年前一样，母亲要的依然只是我的内疚。

我站在渐渐衰老的父母面前，看着他们被彼此终于折磨白的头发，和也将步入中年的我自己，我们之间僵硬的空气，我无能为力。我总觉得，有什么我们已经错过了，在过去理应彼此依恋的时间里，永远地错过了。

14

新年前的一个中午，我刚吃完午饭，周斌打电话回来，说赵小姐正在小区会所隔壁的美容院等我，要请我一起做美甲。他补充道："你没有留电话给赵小姐，她拜托陈先生打电话给我，让我转告你。"

我说："我从不做指甲的，你又不是不知道。"

周斌说："你去就是了。"

我当然明白这算是邦交事务，可是我怕赶不及和亚当见面，于是说："我忙着，没时间。"

我听到周斌一边打着电话，一边在料理着什么事情，他简要地重复他的指令："你现在就去，人家等着呢，花不了多长时间……我要开会了，不说了。"

我挂下电话，两秒钟之后他又打过来："你待会儿见到赵小姐时，跟她交换一个电话，以后你们自己多联系。"说罢他就挂了。

　　走进美容院，我就看见赵小姐一身翠绿的紧身休闲装，身上盖着粉红色的薄毯，正支棱着两手两脚，四脚朝天般半躺在美容椅上。一个美容师侧坐在她身边，捧着她的一只手，正在描画她的手指甲，另一个美容师蹲在地上描她的脚指甲。

　　看见我，她像侍女环绕的女王坐在出巡的马车里那样，得意扬扬地对我招着剩下的一只手："啊呀呀，周太太，你终于来啦！"

　　她照例操着半吊子的港台口音，兴致勃勃地说话："我一早就来这里啦，先做精油开背和淋巴排毒，再做了一个脸，午饭都无暇吃啦，是这里的小妹外出去给我买了汉堡回来，趁我敷面膜的时候掰成小块一口一口喂我的。"

　　她夸张地把脸颊凑过来向我展示："这是纳米高科技做过的脸啦，怎样？比我前些日子看起来紧实多了吧？白生生像豆腐一样……平日里我亏待自己啊，一张卡一年也来不了几回，终日忙还操心，眉毛中间都有浅沟啦，周太太，你说我做人做得多辛苦……"

　　她的语气好像遭遇故知，恨不得倾心长谈一场，我却心里着急，忍不住打断她："赵小姐，你找我来什么事情？"

　　她抬起眉毛，愣了一下，随即立刻恢复了世界围着她转动的状态："哎呀，周太太，当然是很久不见找你聚聚，顺便请你同我一起做指甲，你看我的一张卡，年底不用完很快就要过期啦。"因为手脚都被人捧着，她勉强扭过她的胖脖颈，吆喝着："你们还愣在那里做什么，还不赶紧给周太太做起来！"

我早已被招待在她身边的美容椅上坐下，有人帮我脱下外套拿去哪里挂起来，然后给我盖上了和她一样的粉红毯子，有人给我倒了一杯玫瑰茶放在边桌的瓷盏中。这时候听见她的高嗓门，另外两个美容师捧着一大堆瓶瓶罐罐应声而出，我摆手说："我不习惯做这些东西。"

"周太太！"赵小姐正色对我说，"女人身上二十片天然的珠宝，你不好好料理怎么行？"

她的一只脚被放了下来，正红镶金的图案已经画毕，每个脚趾缝中间还夹着棉花等待干透，另一只脚开始上色。我说："天这么冷，何必做脚指甲呢？别人又看不见。"

"别人看不见我自己看得见啦，再说了，家里光脚穿拖鞋也好看啊。我全年做的，不做我总觉得待亏自己了。"

我努力找寻一种最省时间又不拂她美意的方案，毕竟这是邦交事务，最后我们妥协到我只做手指甲，我故意挑了最简单省时的一种。美容师去准备材料前，赵小姐与她耳语了几句，我趁这个空隙看了一下手机上的时间，希望能赶得及与亚当的约定，我发现赵小姐也看了一回表。当美容师忽然自作主张地往我手上敷手膜的时候，赵小姐在我提出异议之前就敏捷地强调道："指甲靓，一定手上的皮肤先要靓啦！"

我忽然意识到这是一个圈套，赵小姐的邀请只是阻止我今天去见亚当。她大可把亚当关起来，可是她要做到看起来是我失约的样子。

果然，她的话题回到了我们的敏感地带："周太太，你既然这么喜欢小孩子，为什么不自己生一个呢？"她很聪明地以攻为守，避开自己的弱点，直指我的。

我并不打算避讳什么："你知道的，我先生不打算要孩子。"

她试探着侵入更深的话题："是不是你们的生活不够和谐呀？没关系的，我们都是女生嘛，在这里说也没人听见。我告诉你啊，我有很多女朋友都发生过这样的问题，我介绍她们来这里打针，这间美容院有很多世界一流的营养针，都是天然成分的，女生连续打一个月，皮肤立刻从里到外嫩了十年，夫妇一起来效果更好。"

我只能装作没有听懂，大而化之地答道："其实我和我先生感情一直很好。"

她又像少女般睁圆了眼睛，偏着头"嗯哼"了一声。

我不得不找话继续："我和我先生就像注定要在一起似的。我们当年像两个陌生人那样恋爱，不久意外地发现我们是同一所大学毕业的，年级相差还不多。然后发现我们念的中学只相隔一百米，而且这是区里仅有的两所市重点。后来在见双方父母时，竟发现我们小时候还住在同一小区里，并且他父亲和我母亲的单位是属于同一上级机关的，可以说是半个同事。"

"然后呢？"

"然后我们俨然失散多年的兄妹终于重逢，就这么顺理成章地结了婚。"

我没有说笑，我说的完全是事实。如果一个孤单的人在茫茫人世间遇见了另一个寂寞的人，他们意外地发现，彼此的童年与少年时代始终是在一百米之隔的距离中度过的，他们尽管记忆贫乏，却依然相互有比别人多出许多的共同话题。如果他们遇见，他们有什么理由不相信这是天意的安排，又有什么理由不放下疑虑，决定共度此生呢？

在六年前双方父母的见面会上，四位成功而庄严的知识分子父母谈论着我们曾生活过的小区，谈论着他们出色的工作和当年分到房子的不易，那是他们机关最好的小区了。然后他们谈论高级职称、级别审定、离休待遇和干部医疗，像是一场寻找共同话题的亲切恳谈，其实更像一场不动声色的显派与竞争。他们大半辈子都习惯这样了，从来都要在人群中成为高高在上的主角，这让他们几乎忘了这是一次准亲家的见面会，忘了我们这两个谈婚论嫁的孩子。

还是周斌的母亲想到对我说："周斌这孩子一向没事不爱说话，理性得有点儿过头，不知道你以后会不会觉得习惯？"我当时没发觉有什么不妥，恋爱中的男女是不会不爱说话的。

在当时荷尔蒙的干扰下，周斌略微偏离了他一贯百分之百理性的轨道，而对于毕竟还不是太亲近的他，我也并没有显露出过多的情绪化。我们曾经如此相似，到后来却发现正好是两个极端，但是我仍然明白为什么我们会一见钟情，并注定在一起，因为我们来自如此相似的家庭。这样的家庭会培养出两种孩子，就像碧奇和亚当，一种是理性到冷漠的，一种是忧郁敏感到神经质的。

赵小姐举起她新完成的一只手晾着，干笑了几秒钟，像是对我无懈可击的感情生活的赞许或遗憾。然后她不依不饶地问我："周太太呀，既然你们感情这么好，你为什么不设法说服你先生要一个孩子呢？你如果一定坚持，他多半是会屈服的，不是吗？"

我答道："我要我的孩子有足够的爱，我不要他的父母任何一方有可能冷落他。如果做不到，我宁愿他没有生下来。"

横竖没法让赵小姐高兴了，我想实在不必要再忍住许多话不说，我也实在忍不住了，于是我说："赵小姐，你不要怪我多事，其实我觉得亚当是个非常聪明的孩子。"

赵小姐忽然间像被打了一个耳光似的，表情很古怪，她不明白我这么说究竟是夸张的恭维还是讽刺。我补充道："我是认真的，他感情很细腻，很能了解别人的心思。"

赵小姐压低了声音说："七岁了，我跟他说话他还听不懂，这叫能了解别人的心思？医生都承认我说的，他是弱智！"

她之所以迫切要一个诊断，无非为了把自己的错误归于孩子身上，我看得很清楚，却不能这么说，我不想激怒她，这对亚当没有好处。所以我只是说："带孩子看医生还不如多陪陪他，就好像一日三餐都不吃了，光吃药能有什么用。"

赵小姐的脸红一阵白一阵的，低声而简要地答："对于他，我仁至义尽。"

她刚才还说"在这里说也没人听见"，因为那时她的话题是我的床第生活，这会儿她却明显是觉得有太多人听见了。

我叹了口气，这个女人还真难伺候，我不知怎么才能为亚当说上一句话。

于是我避重就轻地说："别的暂且不论，至少他非常有艺术天赋。"

"噢？"赵小姐高高抬起她的眉毛，不是惊讶是嘲弄，"你听过他弹钢琴的，他学了四年就弹成那样。"

"你看过他画画吗？"

"周太太，你不要开玩笑了，他从没画过画。"

"我看过他的画，他画得非常好。"

"好吧，那你且让他画一幅来看看！"赵小姐从鼻子里冷冷笑着，她的表情已经非常不耐烦了。这个时候，亚当应该上楼去弹琴了，她的目的反正已经达到了，不是因为这个，她决不会委屈自己浪费时间跟人探讨亚当的教育问题。

"我会让你看到他的画，"我一字一顿地说，"我会让你看到，他是个有天赋的孩子，至少不是一个弱智！"我后来才明白自己犯了多大的错误。

15

翌日下午，我按时下楼去找亚当，一路上为自己昨天的失约惴惴不安。当看见他小小的身影照常跪坐在儿童乐园的塑胶地面上，低着头在画什么，我悬着的心放了下来。

"小鸟，你又在给我们的梦幻森林添些什么呀？"

亚当背对我，一言不发。

"小鸟，昨天是我不好，你不要生大鸟的气了吧。"

亚当转过身子，继续拿背对着我。他又没有穿外套，一件绒里的黑色灯芯绒外套扔在地上，他卷曲而柔软的头发被风吹得乱乱的。不知怎的，今天他的背影看上去特别小，好像一棵在风中瑟瑟的小草，我惊觉是他冻得缩起了身体，他在发抖。

我赶忙蹲下来抱住他，他在我怀里拼命挣扎，我扶住他小小的肩头，这才发现他的脸全肿了，眼眶肿得找不见双眼皮，该是狠狠地哭了一夜，脸颊上有两道明显的手指印，还留着一道细细的指甲划破的伤口，已然结痂。

这一刻，我真是自责得不得了，我可以想见他昨天没有等到我，曾为我如何地伤心，又如何地被责难过。早知如此，我就算跟所有人为难，也要守约。

我不知说什么了，再多的"对不起"也不够。我拿过黑色的小外套，轻声对他说："小鸟，披上羽毛吧。"我听见自己的声音在颤抖。

他扭动着两肩不愿穿上。

我央求他："小鸟，披上羽毛吧，会着凉的。"

他垂下头小声说："我不是小鸟……"

"那么你现在是小亚当？"

他抬头看我，用他肿得不像话的眼睛。"我……不知道。"他看着我，仿佛试图从我脸上找到答案，他的眼睛失去了往日的清澈，有什么灰蒙蒙的东西沉淀在里面。

"不管你还是不是小鸟，我发誓，"我有些哽咽，"我发誓，我这只大鸟会每天到我们的大树上等你，再不会忽然不见了。"

"不会的，他们说没有人会要我的，"他喃喃着，使劲儿摇着头，"他们说你不是我的妈咪，也不是我爹地，这个世界上只有妈咪和爹地没有办法，只能一直把我留在家里，其他人都不会要我的。"

"我要你！"我用他的黑外套裹着他发抖的身子，肯定地对他点头说，"我要的。"

他的鼻子皱了皱，终于在我怀里大哭了起来："他们说我的脑子有毛病，所以别人说喜欢我全都是骗我的，永远不会有人喜欢我这个神经病！他们说我的脑子有毛病，才会喜欢别人超过自己的妈咪和爹地！没有毛病的小孩子是不会这样的！"

我很生气，为什么要对亚当说这样残忍的话。

我掏出纸巾给亚当擦眼泪，小心地印干他浮肿的眼睛、带着伤口的面颊，我的心里什么地方在生生地疼痛。我不住地对他说："我喜欢你的，会永远喜欢下去，你的脑子没有毛病，你很聪明可爱，大家都会慢慢知道的。"

可是他只是抽泣着，似乎并没有听懂我在讲什么。

于是我逗他说："大鸟明天给小鸟带礼物来，好不好？"

他问我："什么叫礼物？"

"礼物就是一个人喜欢另一个人，所以给他礼物来表达喜欢。"

他笑了："从来没有人给我礼物。"

我摸了摸他的脑袋："这个礼物还会让大家也一起喜欢你的。"

他终于乖乖穿上了外套，整个下午我和他照旧一起画画，直到他被保姆带上楼去练琴。可是我还是满怀忧虑，尽管他强打精神在画画，可是，好像他的身体里有什么像琉璃一样美丽而脆弱的东西碎了，我再努力拼也拼不好。

16

与亚当分开后，我打车去福州路买了一套彩色铅笔、一套蜡笔、一些画纸和一个画板，找地方用礼品盒装好，包上星星图案的彩色纸张，系上缎带。

回到小区的时候，天已经黑了，我走进大楼，亚当家里的中年保姆正好挎着包下班回家，与我在大堂里对面遇到，她的表情欲言又止。我记得她叫张嫂，便叫住她问："张嫂，你有什么要对我说吗？"

她是个藏不住话的人，支吾了一会儿还是说了："太太，你不要怪我们底下人多嘴，我知道你心地好，也是真心喜欢亚当，可是你毕竟不是亚当的爸爸妈妈，你没法一生一世护着他，照顾他，他将来还是得跟陈先生和赵小姐过日子的。你不知道他昨天哭得多厉害，他被他们……"她顿了顿，略去了不该说的什么，"总之，我到陈家已经四年了，我从没看过亚当哭，哪怕是以前赵小姐一样教训他的时候，他也从没流过一滴眼泪。"

亚当不是被打哭的，他是为我哭的，我心中黯然，对张嫂说："谢谢你，你心里还是有亚当的。"

听我这么说，张嫂忽然按着心口表白起来："我带了亚当四年，尽管他不是我的小孩子，到底四年啊，不可能完全没有感情。我知道你先前怪我没有用心照顾他，可是我是个保姆，我带大过这里附近不知道多少小孩子，如果每个都像亲生孩子那样带，我怎么受得了……再说了，主人家看到孩子对我比对他们还亲，他们又怎么容得了我？保姆就是保姆，这对我、对孩子都比较好。"

我叹气道："我明白你说的，可是孩子就可怜了，如果有一双漠视他们的父母，那还不如没父母的，到底还有可能从别人那里得到关心。"

张嫂没怎么听懂，只是说："现在条件越好的人家，小孩子越可怜，也不知道是怎么了。"

稍后她恭敬地向我道别："太太，我回去了，我的孩子还等我做饭。"

我说："以后你别叫我太太了，直接叫我叶禾吧。"

她摆手说："这怎么可以！底下人就是底下人，太太就是太太。"

17

我把大大的礼物盒子交给亚当的时候，他开心极了，坐在塑胶地面上小心地解开缀带，撕开包装纸，他看起来像在经历他人生的一个大日子，七年来第一次收到礼物。他兴奋的样子让我都觉得飘飘然起来。

他打开盒子，取出彩色的铅笔、蜡笔、画纸和画板。正如我猜想的，几乎不用人教，他就拿起这些缤纷的颜色往白纸上画。可是我没有想到的是，纸太小了，他心里的世界却着实很大，十六开的画纸竟然画不下一只完整的小鸭子，他画着画着就画到了纸的外面去了。

我问他："小鸟，你可不可以把唧唧、咕咕和嘎嘎缩小一点儿画呢？"

他说："它们本来就这么大嘛，缩小了就不是它们了。"

我把四张纸铺在一起让他画，可是他很快又龙飞凤舞地画到外面去了。

我说："你可不可以试着画在白纸的里面？"

他挥着笔，咯咯笑着说："你看呀，外面比里面大多啦！"

我早该知道，孩子的世界是没有界限的。

我不得不去跟物业公司商议，能不能让这孩子用好擦的粉笔直接画在塑胶地面上，只有那个地方够大，而且他又画惯了的。

我商议的重点是，这本来就是儿童乐园，也不会影响到外面的整洁。物业层层上报，最后居然本着为业主服务的精神同意了。我却颇找了一些地方才买到了几盒彩色粉笔。

亚当关于粉笔的说法是："它们的颜色没有原来的画好看！"

在他眼里，原来的那幅画一直在那里，他只是用粉笔把它们描出来。

我看着他描出了三只小鸭子，唧唧、咕咕和嘎嘎，它们嬉戏在问号形状的小河里。接着是猫儿们，总是快跑着、看上去身体很长的大黄和小白，小黑站在树林的一角抬头望着什么发呆，小黄在欺负小鸭子。还有巨大的树，最高最大的一棵是"我们的树"，周围深草环绕，鸟儿盘旋，有一只小鸟和一只大鸟在浓密的树冠中熟睡。在我们的梦幻森林四周，高楼大厦细小如碎石，像花边或画框般围绕着这里。

说实话，看着这幅画的全景一天天在粉笔下呈现，很奇怪，我并没有任何惊喜的感觉，尽管那真是一幅非常绚丽、想象力纷呈的杰作，可是我脑子里唯一闪过的评论也是："粉笔的颜色没有原来的画好看。"

那幅画我早已看见过了，一直能够看见，就在它还是一块石头在塑胶地面上毫无痕迹地涂画时，它呈现得比如今更美。

相信亚当的感觉也是一样，他愿意用粉笔重新描一遍，恐怕只是为了令我开心。

当然对于别人来说，这就完全不同了，一天又一天，越来越多的人在路过时驻足观看，整个小区几乎半数的人都注意到了这幅令人吃惊的作品。

在灰暗的高楼大厦间，在这个一切规则如斯，大树和灌木都修建成非圆即方，连草坪的绿色都是虚假的小区里，这幅不断变得更灿烂和生动的粉笔画，就像是一个不加修饰的童声在毫无顾忌地高歌，让人在这片奇异而自由的梦幻森林前站定、出神。

我听到他们在窃窃议论：

"嘿，这是不是物业公司安排的迎新年节目啊？在这儿搞一个行为艺术？"

"啧啧，这个小孩子不得了，将来长大了，不是毕加索就是凡·高。"

"你看看人家孩子，不知道他们家请谁来做家教的？"

"不用打听了！那个孩子是脑子有毛病的，这里很多人都知道的。"

"原来是个神经病啊！"

"听说只是弱智。"

"是吗，我看看，就是他呀。"

我后悔了，我终于承认我犯下了大错，在想要向赵小姐证明亚当有绘画天赋的时候，我的错误就已经铸成。亚当和我能看见这幅画，这已经足够了，令更多人看见他的画，这并不能使亚当更快乐，只会让他面对不必要的赞许与难堪。

而我这么做究竟是为了什么呢？为了替亚当摘下"弱智"的牌子，博取一个天才儿童的声名吗？还是为了证明自己的观点比赵小姐更正确？我知道，当我认为自己更重要，当我将自己的愿望置于孩子之上时，我就已经和赵小姐没有太大的分别了。

18

那幅画快要完成的前一天傍晚，张嫂按我家的门铃，她的手上捧着一个礼品盒，里面是一条爱马仕的羊毛围巾，还有一瓶五十毫升的兰蔻真我香水。

她说："这是东家为你准备的新年礼物，让我送来，并且让我转告你，她谢谢你对亚当的关照。不过元旦之前，他们就要全家到香港去过冬，顺便料理那里的生意。他们要去很久，所以请你有心理准备，亚当是个弱智，恐怕等他再回来的时候，就已经完全不认得你了。"

她又惴惴地补充了一句："太太，这是东家的原话，我一点儿没有加也一点儿没有减。"

我安慰她说："张嫂，带这些话实在难为你了。"

张嫂摇了摇头，叹气道："太太，我就说，你没法一直看护他的，你关心他，他喜欢你，可是最后他却会因此伤心，注定的。"

我拍拍她的肩说："说过不要再叫我太太的，这些礼物不如你带回家去过年吧。"

她把礼品盒往我手里塞："我不能要的，太太，东家知道了可不得了，再说了，我也用不到这些的。"

于是我回到房间，抱了一只长毛绒的大熊出来送给她，这本来是准备送给亚当的，可是也许不送更好。她很欢喜，接过了连连道谢："我的儿子会喜欢死这个东西的！东家提前放我的假，我过些天也带着儿子回乡下过年去了，他爸在工地打工没法带他，他只能跟着我，却一早一晚才见我的面，过年我们终于可以全家在一起了……"

我听着她满面喜色地絮叨，话题离开了原地，跟着她的儿子越走越远，走进了一个遥远的细小的温暖窗户里，我无数次驻足的那些陌生窗户，里面轮廓柔软的人影与灯光。

告别以后，张嫂走出几步，忽然回头对我说："太太，你放心，亚当以后回来的时候不会不认得你的。"

我说："我却希望他彻底地忘了我。"

19

眼看那幅画已经进入了最后的修饰阶段，亚当在这里描一些颜色，那里加一些线条。我看着他柔软的额发落在眼睛上，他的小手被粉笔染得白白的。他停下来，偏着头想了想，对我顽皮地一笑，然后挥笔在梦幻森林的中央加上了云朵、星星和月亮。

我问他："小鸟，为什么不把它们画在天上？"

他仰起头指着天空说："它们在很高很高的阳台上不快乐，所以决定跳下来，落进这片树林里，和小鸟、大鸟、猫儿和小鸭子们永远在一起。"

他画的这部分我也看见过，每当荒地中间的凹坑积水满盈，这些天空的散步者就会在倒影中与大地融为一体，可是听他这么说来，我却忽然觉得一阵寒意，好像有什么要发生。

我始终不能摆脱我的担忧，自从他那次大哭之后，虽然我们依旧平静地一起画画，好像快乐没有缺口，好像什么都没有发生过，可是我明显感觉到，他比以往郁郁寡欢了。我担忧着他，整夜没有入睡，挨到上午，等周斌去上班以后，我破例早早出门，到会所的瑜伽馆去上课。

我正在底层宽大幽暗的体操房里练习，忽然听见一阵急促的敲击声，我回头，就看见会所的落地玻璃外，亚当正在使劲儿地敲着玻璃，嘴里好像在叫什么，热气呵在玻璃上，模糊了他的表情。

我急忙披上外套冲出去，他的小手紧紧拉着我往外面跑，他在喘着粗气，我听见他哭了，他的手冰凉，手心里却都是汗。他拉着我一直跑到儿童乐园的前面，一把抱住我大哭起来，我看着那片刚刚洗刷一新的塑胶地面，我们的梦幻森林不见了。一定是元旦之前，物业统一清理了小区的环境，我早该想到的，地上的粉笔画，终是会有这一天的，这都是我的错。

"小鸭子死了，小鸭子死了！"他指着那片一尘不染的地面。

我搂着他说："没有，怎么会呢，你看它们不是在那里吗？我们的树林一直在那里的，猫儿、鸭子、鸟儿们，还有我们的大树，你忘了吗？以前我们不是都能一起看见它们的吗？"

"没有了，它们不见了，看不见了……"他哀哀地哭着，使劲儿摇头，扭过头不愿再看那个地方。

我捂住他的眼睛，把他的头埋进自己怀里，他在我怀里轻轻抽泣，像个受伤的小动物。

过了一会儿，他安静下来，把脑袋从我手臂中伸出来，茫然地望向空空如也的塑胶地面："昨天它们还在那里唱歌的，它们好开心，今天就都不见了，什么都没有了。"

"噢，小鸟，它们会回来的。"

"我害怕，为什么忽然间就没有了？"他皱了皱鼻子，又小声哭起来，"再过一会儿他们就要带我走了，我不想离开你，我害怕以后都看不见你，他们早上告诉我的，我就跑出来了，可是找不到你……"

我猜想他是先去了我家，没有人开门，然后他竟满小区地到处找我。我抚摸着他柔软卷曲的头发，他的发际都汗湿了，一定是在寒风里跑了很久很久。我说："噢，小鸟，大鸟会等你回来的，你忘了，在我们的大树上，等你回来的时候就能看见我的。"

这一刻我想，大不了我不再外出旅行了，我每天下午到这里来待一会儿，直到某一天他回来。我可以做到。

他却依然在哭："不会的，他们说你不是我的妈咪和爹地，你不可能陪我一辈子，我回来的时候，你一定已经完全不记得我了……他们说我也一定要忘了你，喜欢别人却不喜欢妈咪和爹地的孩子是畜生！会被世界上所有人扔石头打死的！"

我的心里充满了矛盾，我轻声唤他："小鸟……"

他一边摇头一边哭得更伤心了："我不是小鸟，我不知道我是什么……"

20

亚当走了，没有他的小区空空荡荡。

我常路过儿童乐园，干净的塑胶地面一如既往，仿佛惊涛骇浪后的海面，平静得看不出任何痕迹。我走过四季碧绿的草坪，没有哪棵被踏过的小草可以告诉我，那个会像鸟儿一样飞翔的孩子曾经存在过。

很快元旦到了，小区里张灯结彩，夜晚的窗外烟花盛开。在新年开始的日子里，一切分外忙碌，我和周斌忙着探望父母，应酬他的客户。

节后老板催促我剧本的进度，我正好每天躲在书房里不再出门，也不必再看见熟悉的儿童乐园。写累的时候，我在房子里来回散步，偶尔还是会不由自主地来到卧室的阳台，趴在栏杆上眺望楼下的那片荒地，深冬的草木一片萧索，高树只剩下凋零的枝干，遍地的野草都焦黄了，露出光秃嶙峋的大地，积水早已干涸，可怕地凹陷下去的问号像一道可怕的伤痕，麻雀和鸽子少有到访，猫儿和鸭子们更不知去了哪里。

一切正如亚当所言，它们不见了，看不见了，忽然间就什么都没有了。人世间所有我们曾珍爱的东西，都会如此吧。噢，亚当，其实我也害怕这样。

我还记得，当我是个婴儿的时候，抱着我的外婆就已经是个老人了。我摸着她渐渐增多的白发和皱纹问："为什么会这样？"

外婆说："这叫作风烛残年，到了这个年纪，就像风里的一支蜡烛，不知什么时候就忽然熄灭了。"

于是我常常害怕，我每天晚上醒来的时候，都会伸出小手去摸摸她的脸，确定她还是温热的，这才放心继续睡去。我是这样害怕她忽然死掉。

我嫁给周斌的第一年，都会习惯地在半夜醒来时摸一摸他的脸，明明知道他还年轻力壮还不会死掉，可是我不知为什么有了似曾相识的恐惧。直到我们相处久了，我才渐渐改掉了这个他称为"小神经"的习惯。

十二岁那年，我离开外婆身边，和父母一起住进了楼房。为了展现宽宏大量，父母还是允许我偶尔去探望外婆。记得坐在去往红瓦屋顶的公车上，我的心里是如此忐忑不安，我怕我看见她的第一眼就不再想离开，我怕我踏进屋子的一刹那，就不知该如何回到那间楼房。

当我梦游般回到弄堂，站在油漆闪亮的木门前，门一定是开着的，外婆一定已经买了很多菜，在正对门口的走道里弓着腰，检查煤球炉上锅子里食物的火候。她一定会在当时就立刻看见我，因为她其实一直在看向门外，她温暖的目光从皱纹丛生的眼睛里流淌出来，她熟悉的笑容与凝视。于是这一刻，我变回了一个幸福的小孩儿，怀着汹涌的欢喜与悲哀，我寸步难移。

我很没有用，每次回到外婆这儿，我总是不敢在屋里久坐。我会趁她做饭的时候，借口要去弄堂后面的阅览室借书或者还书，借此走开一会儿。

我怕坐在儿时的窗户前，我怕闻见房间里充溢着肉丝黄芽菜的熟悉香味，我怕看见她的背影长时间地温暖地缓慢地徘徊在我的身边，就好像已经守护了我一生一世那样。我怕我重新变回那个孩子，贪恋着屋子里的温度，贪恋着她的注视与聆听，贪恋着与她一起用手指在窗户玻璃的雾气上画着看不见的画。

我深知这个屋子里的欢乐是注定转瞬即逝的，因为这是本不该属于我的一切啊，它是我的幸运，是我的诅咒，是我额上罪孽的刺青。

我总是拿着借来的书，在外面转了一大圈，然后犹豫不决地回到屋子里。我怕在屋里待得太久，沉溺在温暖中再也无法自拔，又怕不及早回来，就减少了这一天难得的相处的分秒。我总是坐在她的身边，却装作聚精会神地看书，一直看到窗前的阳光从金色变成酡红色，我满怀沮丧，顶着昏沉沉的头和酸痛的脖子，急匆匆地出去把书还掉，赶紧回来和外婆一起吃晚饭，再赶着最后的时间回到我父母那里。

外婆总是在我临走时说："你来了一整天，却没跟我说上几句话。"我不知说什么，真的，我如此害怕见到你，又如此害怕离开你，也许一开口，我就会哭。

于是我艰难地走出这扇门，坐上回去的公车，比来的时候更加艰难，像死一样灰色的悲伤沉淀在我的血液里，这是我领受温暖的代价，我甚至不敢回头多看那里一眼。天完全黑了，夜风刺骨，我周身发抖地离开红瓦屋顶去往楼房，从上海去往上海。

我难以启齿，我小时候听到的最可怕的话，就是母亲对我说："你叫外婆的那个女人根本不是你的谁，是我们出钱让她带你的，我如果不出一毛钱，就算当初把你扔在她门口，她都会眼睁睁看着你冻死饿死！

你跟自己的爸爸妈妈不亲，居然跟她亲，你简直是畜生投胎的！到底是谁把你养大的，谁对你有恩情，你给我想想清楚，我看你是脑子有毛病了！"

有时候她会说："那个女人，她是个什么东西，要不是她做了什么黑心黑肺黑肚肠的事情，又怎么会有儿有女却一个人被扔在上海没人管！你以为她是真心喜欢你吗？她肚子里算盘多了，她现在没人管了，所以想要将来利用你！"

从记忆模糊的儿时到将近中年的现在，这么多年以来，每当我被父母责骂，不论我是否辩解，母亲骂到最后的结论一定是："我们千错万错，不该把你交给那个女人去带，我看你越来越像她了！她惯会挑拨离间，她教了你什么，让你这么恨我们？！"

父亲则永远不会忘记说："我看你是中了她的毒了！你就是一条养不顺的狼！"

他们不会放弃这个有力的武器，他们不了解我别的，却知道只有说这些才能彻底伤我，令我立时缄默不言。

这么多年来，我一直生活在双重的内疚中，这是我将永远背负的十字架，我终身的罪孽。我无法漠视父母的谴责，他们有千百年来伦理上的名正言顺，这让我不知不觉中再也无法敞开心怀与外婆在一起。这是我偷来的温暖，与我并无血缘关系的外婆施舍给我，我却愧对她，我对她的内疚亦不少于我对父母的。

有时候我觉得他们说得对，我也许确实是中了一种毒，外婆给我的毒。如果我从不知道爱，我就不知道寒冷，也许我就会长成一个正常到漠然的人，我就不会心痛，不会奢望，不会害怕失去，也不会懂得什么是内疚，那种近乎绝望的内疚像死囚的链铐般沉重、冰冷，无法挣脱。

我十五岁那年，外婆离开了上海，去到另一个城市，与她的子女生活在一起。我想，她是眷恋我，所以留下了这么久，却又因为我该死的冷淡，失望而去了。

我的故土从此离我而去了，我留在上海，看着高楼迭起，陌生而惶惑。我在上海再也找不见那个细小而温暖的窗户了，怎可能还找得见呢？我一次次离开我出生、长大、成家立业的城市，去寻找我的故土，我经过无数从未踏足的城镇，在每一扇细小的窗户前驻足，贪心地眺望里面温暖的灯光，这几乎已经成了我的瘾。可是她哪里都不在，我找不到了。

21

将近春节的日子里，剧本的第一稿终于快要竣工，我在书房里已蛰伏了几周，周斌下班回家也只能和我一样靠外卖度日，我想无论如何，得出门买点儿菜了。就在我经过小区草坪的时候，我又看见了亚当。他回来了。

他的头发剪短了，风吹着的时候不再会飘动，他坐在塑料小板凳上，一身的衣裳都是簇新的，还穿着一条特制的开裆裤，裹着硕大的尿布，这让他虽然坐着，却局促地不断挪动着身体，我想他坐得一定很不舒服，并且害怕被人看见这个模样。

他可爱的圆脸上毫无表情，长长的睫毛低垂着，那双黑色的大眼睛不再像小鸟一样轻盈灵动，他就像一个被人摆在空地上的布娃娃。在他身边的石凳上坐着两个保姆，不知为什么也都换成了陌生的面孔。

我不知该走过去，还是离开。这时候，我发现他看见了我，他没有叫我也没有动，他只是睫毛忽然飞快地扇动起来，泪水无声地从睫毛后面落下，沿着他的面颊，不停不停地流淌下来。

我想我真的该走开了。

22

春节过后，应酬好了亲朋好友，也交了剧本的初稿，我再次整理好旅行的大背包，一个人离开了上海。我照例从一个陌生的地方去往另一个，没有计划的线路，也没有预定的归期，我只是在追寻一扇并不存在的窗户而已，细小、温暖、安详。

周斌照例每天一个电话，我们相互汇报各自的当日大事。在我走了快两星期后的一天，他在电话里说："我们顶楼有个男孩儿跳楼自杀了。"

有半分钟我陷入了近乎窒息的空白中，等我清醒过来，我觉得我的牙齿在咯咯作响，我以为是牙齿的问题，结果发现是我拿着手机的手在厉害地颤抖着，一直敲着我的面颊。电话里周斌在大声地叫我："叶禾，叶禾！你在干什么，说话呀！"

我连忙回答："没什么。"我听到自己的声音也在战抖。

周斌说："不是三十二楼的那个，是三十三楼的，你不认识的！"

我们的大楼原来有三十三层吗？我从不知道。我虚弱地应道："噢……"发觉自己早已泪流满面。

我们都沉默了良久，电话快要接通三分钟的时候，就听见周斌在电话那头问："小神经，你几时回来？"

我答："我还没想过。"

周斌忽然说："回来吧，我想你了。"

他也会说这样神经的话吗，我破涕为笑，答："再过些天我就回来了。"

那天晚上，我在高原一个简陋的旅馆里睡得很沉，房间里充斥着木炭的香气，窗外大雪纷飞。太阳升起来的时候，我在睡梦中感觉单薄的屋子在震动，发出像要裂开般的咯吱声，我知道那是屋顶的雪正在融化。

在白雪安宁的光芒中，在细水滑过屋檐的流淌声中，我翻身继续睡去。

我听见了悠远的轮船汽笛声从故土而来。我梦见了冬季晒满衣裳的弄堂，红瓦屋顶的老房子，透过弥漫着温暖雾气的窗玻璃向外望去，静寂的街道在阳光下明晃晃的，像一匹晶亮的绸缎，像河流上耀眼的反光。我梦见了多年未见的外婆，她牵着我的小手走出我们的屋子，走上这条明亮无人的街道，一、二、三、四，向不知名的远处去。

我梦见高楼间的那片荒地不再萧索嶙峋，它重新像我们的梦幻森林那样丰茂生动，野草在风中像海浪起伏，树林比任何时候都深邃，问号形状的伤痕里重新注满了清澈的河水，倒映着天空中行走的云朵。一个美丽的孩子张开双臂，像一只白色小鸟一样奔跑在梦幻森林间，他就这样越跑越深，终于迷路在那片荒地中。

第六个故事

✝

我们都是诈骗大师

那个片段，她忽然感觉到了自己的存在，很清晰。

不是画上的人，不是印章，也不是别的什么。

她就在这里。就是此刻。

1

电话铃响起来的时候，她正在打盹儿。连续剧不知播到哪一集了，她就窝在沙发上，歪着头，手边打开着三四包薯片、锅巴，都是那种嚼起来会咔嚓作响的。她醒过来，听了听，确定铃声不是来自电视机，而是真实的生活。午后的太阳在窗外如火如荼。

然后她爬起来，赤着脚走到吧台，接起电话。

"喂，是哪位？"她问。

"芮贝卡——"故意压低的男声，尾音拖得像唱歌一样。

"请等一下。"她放下话筒，快步走回沙发后面，摸到遥控器，关到静音，再飞快地走回来拿起听筒。

"是哪位？"她知道是谁。

"芮贝卡，你怎么连我也忘了呢？我是托尼呀。"

"噢，是托尼啊，你失踪很久啦。你的声音倒是越来越有磁性了呢，我都认不出来了。"她哈哈笑着，觉得自己听上去足够爽朗。

"是吗——我的声音好听吗——"他又压低着说了两句，随后宣布，"这位美女，大画家芮贝卡，你今天下午可以出来吗？我正打算筹备你的个人画展，想跟你谈谈呀。"

她拿着话筒不停在笑："好啊，好主意！不过我们再约时间不行吗？我今天忙着呢。"

办画展，就他？她才不信呢。

"你家有客人在是吧？我刚才听到声音。"

"是呀。"她看了看无声的屏幕，一群警车正在城里追捕匪徒，他们显然交火很久了，爆炸迭起，子弹横飞，"我儿子也放暑假在家，跟客人们闹着呢。"

"但是——今天很重要呀。你来吧，芮贝卡，先把别的事情推一推行吗？我这是打算为你操办画展呀！你来了就知道今天有多重要了。"

"这位帅哥，办画展是不赚钱的。"墙上有块涂料拱起来了，她想把它按回去，结果它像一层薄皮那样脆弱地破了，粘在她的手指上。一搓，碎碎掉落。

"谁说不赚钱，我让它赚钱它就会赚钱！再说了，芮贝卡，我们不一定要赚钱才做一件事的对不对？我们还有……理想。"说到这里他也笑了，"理想嘛，是吧？你来吧，芮贝卡，现在就来，推掉一切事情，穿上你最性感的吊带裙，开着你漂亮的大车子，这一分钟就出发到我这里来！我向你保证，我们就要发大财了，就是今天！"

她用肩膀夹住话筒，腾出两只手，试图把墙上的破损弄得平整一点儿。这时候，她发现剥落的其实不止这一个地方，墙角屋顶都有。

她的视线绕过吧台，望见储藏室的门把手，一只开始暗淡的镀金把手，她记得她把砚台画具包在报纸里，塞在柜子哪一格，哪一格呢？画笔不知多久没有沾到水了。倒是昨晚的饭锅还泡在水里，没洗，等着她煮上晚饭。好在只用应付她和丈夫两个人。

儿子放暑假去奶奶家住了，他更喜欢两个老人的千依百顺。

"我还没吃过饭呢。"她的声调低下来。

"嘿，这算什么问题？来我这里吃，这里中餐西餐什么都有！"他报了个地址，然后意识到她可能从来没听说过这个路名，"你就先开到莘庄地铁站，再打这个电话，我让这里的人跟你说怎么走。赶紧来吧，我等着你啊，美女！穿得炫目一点儿！"

"喂喂，这是什么地方？"

"这是我的私家会所啊，托尼会所！"电话那边笑得很开心。

"你的会所？看来你已经发大财了嘛。"她摇了摇头，挂上电话。

2

她曾经叫芮贝卡，麦肯光明的创意总监。微软、强生、摩托罗拉、雀巢什么的，都在她手里做着分镜头脚本。她随便跟管事的打声招呼，电视广告的拍摄就可能落到哪个小公司头上。一条多则几百万，少则也有五六十万。

托尼捣鼓着一家小公司，专门干拍摄的。他自己做导演。这个行当只有香港、台湾的导演接得到像样的生意。托尼是苏州人。他觉得台湾人太难扮演了，一点点偏差，就反而容易被人当成农民。所以他一入行就努力向香港人靠拢，起名托尼，说中文的时候把舌头捋得笔直。

托尼和芮贝卡早在那时候就混熟了。

托尼请过芮贝卡吃饭、喝咖啡、泡酒吧、洗浴按摩。酒酣之时，请她试过稀奇古怪的香烟和药丸。他跟她谈过他的童年、他的初恋、他的移情别恋、他一次又一次的移情别恋。偶尔他还说说理想、搞艺术、拍电影什么的。这让芮贝卡觉得，这个人挺真诚。

当然，她没有太多时间接受他的招待，她希望他有事说事。

托尼说："芮贝卡——美女总监芮贝卡——无论如何，你得找机会替我的公司美言几句。我一定会好好酬谢你的。嘿，我们是自己人，不是吗？"

那时候，她不知有过多少"自己人"。人人争着表态，等她重拾画笔，他们要赶在第一时间疯狂收藏。她不再是芮贝卡之后，"自己人"一夜之间消失无踪。只剩托尼还跟她联系。

等她不再是芮贝卡，她倒是对托尼有了更多了解。

托尼饿不死，半年接不到生意也能一身光鲜地出来见人。托尼的公司也饿不死，他压根儿没公司，发票是跟人合用的。托尼的"团队"更饿不死，有生意聚，没生意散。散到上海的各个角落，干什么都能谋生。

就像她，抓到飘过的订单就使劲儿画，不光是她擅长的仕女图，佛像也画，门神也画，钢笔插画她也画。大多数时候，她就跟连续剧和零食耗着，它们都能发出热闹的响声。

托尼找她帮忙写过电视广告的创意，画过分镜头草图。

他总是说："芮贝卡——这对你来说，还不是杀鸡用了牛刀，你随便动动手，没准儿就能搞定一个几百万的案子呢！"他没提过报酬。芮贝卡也没问他要过工钱。她知道真要算的话，实在没多少，能有几百？

芮贝卡偶尔让托尼帮忙买香烟。南洋双喜是儿子的爷爷中意的。一毫克登喜路是给爸爸戒烟过渡期用的。

烟送来后，她问："我该还给你多少钱啊？"

托尼说："算啦算啦，才这么点儿钱。"

托尼最大的愿望是有一天发大财，或者被一个富婆包养。他每年扒拉着越来越难弄到手的电视广告生意，饥一顿，饱一顿。芮贝卡知道，他是被这种没着没落的日子逼疯了。

他一直想摆脱电视广告这一行，他总是有许多疯狂的设想和计划。一种更好的生意，一种更好的生活。不用没日没夜，不用听人差遣，不用苦苦哀求，不用心慌慌地等啊盼啊。只消躺在家里，闷的时候起床踱到会所抽支雪茄，钱就大把大把掉下来，一直埋到脖子。

有好几次，托尼力邀她出来一起谈客户，就跟今天的口气似的。他们不是去谈接下哪个电视广告的拍摄，而是谈品牌代理，全面代理。

托尼对她说："芮贝卡，凭着你原来的声望和才华，我们一定能接下整盘生意来！什么六百万的百事可乐广告，将来它对我们来说，就是老母鸡屁股上的一根小绒毛。我们要的是整只母鸡，不，是一整笼子的鸡。等我们把品牌代理一个一个接下来，我们就会是又一个麦肯光明！为什么不可能呢？你看，你这位当年的创意总监，4A 公司传奇的女性高层，现在不就坐在这里，和我一起共同迎接着奇迹的发生吗？"

她也找过托尼共创奇迹，主要是卖她的画。薄得没法擦手的纸，每一尺见方要卖几千元，就因为沾上了些不规则的墨和颜料。她允诺给他二十个点的佣金。

3

"欢迎来到托尼会所！"这个留胡子的男人向她伸开双臂。

他带着她绕着房子转了一圈。房子的后面和侧面是树丛，故意种的，她知道是为了把每栋房子分隔开来。这个区域好像是一片同样的房子，不过彼此看不见。房子的前面和另一侧是花园，大得离谱的花园。她猜，有两百平方米，也许更大。野草在夏天的阳光下闪闪发亮，比谁长得更高。

"这儿需要一个专职花匠，每天割草，定期种上些玫瑰、绣球、丁香什么的。"托尼说。

不过已经很了不起了。向花园的尽头望，篱笆和树丛，好像这是个孤立的森林秘境。除了她刚才开车进来的一条水泥路，还有一扇打开的铁门。

托尼走上玻璃台阶，留下几个泥脚印。芮贝卡听见自己的高跟鞋像凿子一样敲在玻璃上。

房子两层半，阳光从玻璃顶棚照进来，直射在底楼客厅中央。二楼有一圈环绕的回廊，剧院包厢似的，能俯视客厅、大门和整面的玻璃幕墙。客厅有一块地面也是玻璃的，底下摆着鹅卵石。

"这上面不但有太阳，还有人造瀑布哇！"托尼进门的时候指了指玻璃天顶，"这瀑布会流过整面玻璃墙，在房子底下摇来荡去，再抽上来，循环。刚才我看到了那么一会儿，后来停了。我说，能不能再开一下？"托尼对一个穿粉红衬衣的男人说，他正在弄客厅里的一台立式空调。

"原总到之前会开的，傍晚。"粉红衬衣把手伸进空调里，按了个什么，然后空调吭哧喘了一声，轰鸣着运转起来。他拍拍手，自顾走开。

"我可真是饿了。"芮贝卡小声对托尼说。

托尼对着粉红衬衣的背影喊："有什么吃的吗，兄弟？"

"我尽量找找。"背影走去了简易吧台那边。

简易吧台是开放式厨房改装的，搭起的木架还没油漆。有一台冰箱。客厅里摆着沙发，茶几。仅此而已。茶几上摆着开封的整排一次性塑料杯。一个杯子里有半杯水。大门边有一台饮水机。就好像这房子一边装修，一边就已经匆忙投入使用似的。

他们在客厅坐下。

托尼伸平两臂，仰面躺在沙发上："我的会所，哈哈，怎么样？"

粉红衬衣拿了个盘子过来，里面是切成三角形的两块三明治，用牙签插住了。芮贝卡猜想，他就是刚才接电话的那个人，告诉她怎么开车过来。她对他笑笑，说："谢谢。"

粉红衬衣说："就剩这么点儿吃的了，凑合吧。"

他不怎么爱说话似的。看人的时候抬起眉毛，额头皱起细小的纹路，让他看起来忧心忡忡的样子。瘦高个子，皮肤很白，可能是怎么晒都不黑的类型。他想到什么，又走回来指了指饮水机，对芮贝卡说："你要是渴，就自己倒。"然后晃着两只手走开了。

"真是受不了他，一个男招待居然穿着粉红衬衣。还是嫩得滴水的粉红色。"托尼摸着他的胡子。

"你不是也有一件差不多颜色的恤衫吗？"芮贝卡上下打量着托尼，"去年夏天，你好像就穿了那么一件。我还夸你有品位，你说是你女朋友给买的，记得吗？"

"是吗？我得回去让她找找！我觉得我穿这个颜色还差不多。"

"我还记得你说她是一个服装师。"

"不会吧？她是个编剧！"

"我记得你说她是一个服装师，给电视广告里的演员设计服装什么的。那阵子你穿衣服的品位好得吓人，你说都是她帮你弄的。"她看着托尼今天穿的墨绿色的衬衣，他最近的衣着格调大幅度下降了。

"啊！你是说青青！"托尼使劲儿拍了一下大腿，"可不是嘛，服装师！不过现在不是她了，我的女朋友换了。她是个编剧，一个小孩子，挺有个性的，嘿嘿，我喜欢！她叫虫子。"

"托尼——你又换了！"

"是噢，超不过一年嘛，你知道的。"

"可是，托尼，你年纪也不小了！我还以为这些年，你好歹该准备成家立业了。"自从她不再是芮贝卡以后，她总是频繁地提醒托尼，她跟他不一样。她在他这个年纪，就已经是创意总监了，而且有丈夫，有儿子。

她抓起三明治往嘴里送。冰凉的，面包可能在冰箱里搁久了，干得像塑料泡沫。托尼给她端来水。她和着水草草吞下去，胃里总算是有了着落。

然后，她抬头说："画展。"

"画展。"托尼把两只脚放回地面，朝她眨了眨眼睛。

托尼的设想是，芮贝卡的画展就在这儿，这个会所。虽然偏僻了一点儿，但可以加大媒体宣传的力度。必要的话，还可以在市中心安排专车接送，像大卖场那样。当然，画展的目标客户不是去大卖场的大婶们，她们还没这个觉悟掏钱买彩色纸。他们要锁定高端人群，这个嘛，托尼说，他心里早就有底了。他就是看准了卖画的佣金才做这个买卖的。

而且，不是办一次画展，每周一次，这里。他希望她每周都有新的画作，填补被卖掉的那些，他是这么说的。

"谁会买画？"芮贝卡问。

托尼摸着胡子咯咯地笑。

"当然是有人出钱的咯！这个人，是一个真正的金主，我们让她出钱办画展也行，撺掇她买画也行，她出手绝对阔气！不过——"他把两只手肘放到茶几上，上身靠近芮贝卡："我们一致认为，你们两个一见面就会刺刀见红。"

"喔？我认识她吗？"过去前呼后拥、号令四方的时候，她确实得罪过不少人。

"我不是这个意思，我是说，你们两个……都是那种挺厉害的，女人。"

她叫原野。名字真不错，芮贝卡想。一家贸易公司的女总经理，公司在沈阳。

她已经花了一千五百万在这里买了一栋别墅，装修得像皇宫，很少来住。据说上影厂的人撺掇她拍电影，花了她一千两百万，压根儿没公映。她好像不怎么在乎钱，闲着没事，就想做点儿什么。

"就是那种老女人。"托尼从牙缝里嘻嘻地笑。

"嗬。"芮贝卡把手放到脸颊上。

"四十几岁……快五十岁了吧，一个老女人。"托尼用数字区分了一下她和芮贝卡的差距。其实很快也就到了，不是吗？

"我们一致认为，原野挺变态的。她恨女人，尤其恨有哪方面比她强的女人。"托尼说，"虫子第一次见她的时候，对她说，原总啊，您这么成功，这么传奇，这么丰富，您该有一本自传哪！她打算开价五十万替她写自传，她是编剧嘛。原野问她写过点儿什么，她当然得多为自己说点儿好话。结果你猜怎么样？原野对她说，你年轻有为，你有才气，了不起！语调不对了，拔高八度，跟吵架似的。"

"可能她只是不喜欢别人自吹自擂。"芮贝卡说。

"虫子能怎么办呢？她又不能把说出来的大话再吃下去。她只能说，我也就是打打字，哪儿比得上原总您，您这是用人生在创造一部巨著哪！她还提议，要在这个会所专门留出一间房间，把原野从少女时代到今天的照片，通通陈列起来。将来等自传出版了，放进去，就是一个纪念馆。"

"纪念馆？这主意真够肉麻的。"

托尼叹了口气："她走运了。现在她已经是原野的御用私家写手啦，隔三岔五跟原野在一起，听原野谈人生，拿着支录音笔，原野说什么她录什么。"他一口喝干面前杯子里的水，把空杯子捏得啪啪响，"所以，芮贝卡，你说我们还有什么干不成的？虫子是自己人，她就在原野身边埋伏着呢！"

"好吧，还真是一个自己人。"芮贝卡笑笑。

"关键就是，我们要让原野高兴，高兴，你明白吗？我们的自己人会在她的身边，天天替我们说话，让她掏钱。"说到这里，托尼停下来，没有抬头，用眼角向四周看了看。

"真讨厌，那个招待也听着呢！"他小声说。

芮贝卡说："没事的，他看上去是个好人。"

"你看他对我们，爱理不理的，好像多了不起。谁知道他会不会嚼舌头！"托尼偷偷瞪了他一眼。

粉红衬衣似乎觉察到了。他本来伏在吧台上，一手支着脑袋，一手拿着杯什么东西在喝，脸朝向这里。现在他懒洋洋地站起来，打开冰箱，从里面拿出一个褐色的瓶子，往杯子里倒了些。然后拿着杯子，慢吞吞地上楼去。

从芮贝卡这个角度，可以看见他出现在二楼回廊上，坐下，身子靠向前方，两只手臂在栏杆上荡着，依然面朝这边，俯视。她想，没必要告诉托尼了，人家只是打发时间而已。

然后托尼又开始讲，原野怎么折磨其他女人。

据说，她约了青青去为她设计礼服。一进门，原野就上下打量她，鼻子里哼气说，你真年轻啊！真是天生的衣架子啊！青青一边量尺寸，一边使劲儿夸她的皮肤、身材、气质、风韵、内涵。就这么夸了整整一个小时，原野才勉强让她坐下。

后来嘛，当然青青也走运了。原野雇用她做了她的私人服装师。很快，原野又投资成立了一家时装公司，当然是青青撺掇的。她聘请青青做了首席服装设计师，月薪两万。

"慢着，"芮贝卡打断了托尼，"你说的那个青青，就是你的前女友吧？"

托尼张着嘴，愣了一下，然后拍拍自己的脑门："瞧我这记性，就是她啦，我们刚才说过的，服装师！"他说："芮贝卡，你看，这次我们一定行的。青青也是自己人，她现在可是原野面前的大红人呢！"

　　芮贝卡笑着摇了摇头："是啊，这还真凑巧，你的两任女朋友都认识原野。"

　　"都是自己人嘛。"托尼抓了抓头发。他的胡子修得很整齐，鬈发却乱得可以。

　　"事实上，"他说，"是青青把原野介绍给虫子，虫子再介绍给我的。虫子和青青是中学同学，好了十几年了，有了发财的机会都不会忘了另一个。"

　　"嗬，"芮贝卡说，"你跟前女友的闺蜜好上了。"

　　"这没什么……这事情已经过去很久啦，现在我不见青青，她们好她们的。"他转着脑袋，在空中闻了闻，"好像有什么香味。"

　　"凉白开，凉白开，喝得嘴里淡死了！"他站起来，朝吧台那边走去。他在吧台里外找了一遍，闻了一遍，没发现什么。他打开冰箱，探头进去，少顷，提着一个褐色的瓶子回来了。

　　"真受不了这儿，什么都没有！还好，我发现了这个！"托尼抚摸着瓶子嘿嘿笑着。是一瓶黑方威士忌，从冰箱里拿出来，温度刚刚好。

　　"我也来一点儿。"她重新拿了两个一次性杯子。

　　"你要加水吗？"

　　"不了，这样挺够味道的。"

"喝一口，预祝我们发大财！"

"干杯。"

芮贝卡举了举杯，抬头向楼上看了一眼。粉红衬衣也对她举了举杯，淡淡一笑。

"你看什么呢？"

"没，一只鸟飞过。"

"芮贝卡，我敢打赌，很多男人肯定都跟原野有一腿。你想，她的公司在沈阳，莫名其妙买了上海的别墅，而且是一千五百万的别墅啊！你猜猜售楼员能拿多少提成？嗬！他一定是原野有胃口的那种类型！他恐怕自己都没想到有这么好的运气哪。"

"你还认识那个售楼员？"芮贝卡用一枚指甲把另一枚指甲里的灰尘剔出来，对着阳光，呼地吹走。

"唔，不认识。不过这栋别墅的室内设计师是自己人。"

托尼向芮贝卡举杯致意，很神秘很神秘地笑起来，像在谈一件床第趣闻：

"这个设计师，你知道他装修一栋别墅，开了多少价吗？一百六十万！简直就是装修一个皇宫的价钱。他是个男人，她会让他白赚这笔钱吗？你猜？

"他装修完那一栋，又建议她再买一栋。一个住，一个做会所。他说他可以设计出世界一流的会所，让法国和意大利的设计师都汗颜的那种。当然，他是想再赚一笔钱，你明白吗？不是一笔，是两笔。除了装修的开价，还有售楼的中介费，这次是他的了。

"可是原野说，她为什么需要会所呢？会所用来做什么呢？我猜他们中间出了问题，不知道是男的不愿意了呢，还是女的没兴趣了。但是这个室内设计师想赚这笔钱，你知道吗？于是他对原野说，他可以先装修出一个雏形来，让她大吃一惊。"

托尼喝干了手上的一杯，正要拿起酒瓶，芮贝卡按住了。

"等等，你刚才说的，是这个会所吗？"她问。

"是吧……"托尼左右看了一眼，摸了摸鼻子。

芮贝卡觉得脸颊发烧，她站起来，站在这个房子的客厅中央："那么现在，我们怎么会待在这里的？"

托尼站起来，举起两只手："是这样的，芮贝卡。现在这里不属于谁，顶多也就算个样板房。为什么我们不能来呢？虽然……不是托尼会所。"

他从喉咙里发出干巴巴的笑声，听上去像咳嗽一样。

"好吧，好吧。"芮贝卡重新坐下来。她觉得有点儿悲伤。

她想，设计师还是没有卖掉会所。可是，为什么托尼会说，在这个会所为她开画展呢？

"我们这也算是在帮他吧。"托尼说。

"帮谁？"

"设计师啊。你看，现在这个样子，应该就是这个设计师说的雏形了。他请原野来看。原野说，设计确实非常棒，可是，她还是没法买，老问题，这会所对她来说有什么用呢？所以设计师只差解决最后一个问题，就是，找自己人一起上，撺掇原野在这会所里做些什么。事情就妥了。"

托尼坐下来，把手放回茶几上，摸到酒瓶。

"他掏了钱，这里的装修，虽然也是从另一栋别墅赚的。可是他需要再赚两笔钱，你明白吧？两笔眼看就要到手的钱。就像斯诺克，已经到洞边了，就差轻轻一下。"他说，"当然我们不管他卖得掉卖不掉，他把肥肉扔出来，每个人都想分一块，咬到哪块都不错。就算撺掇她买点儿画也不错。"他倒了酒，给芮贝卡也加了。

芮贝卡向后靠了靠，坐直一点儿。她开始觉得坐在这儿有点儿别扭："也就是说，其实我们都是设计师找来的，是吧？"

"准确地说，设计师只介绍了一个人给原野，青青。"托尼用手抹了抹胡子上沾湿的酒，停顿了一会儿，呼出一口气，"他是青青的男朋友，哼，这个设计师。怎么样，我说设计师是自己人吧？现在，虽然他在原野面前不怎么受宠，不过并不等于他将来不会死心塌地去傍富婆，是吧？"

"托尼？"

"噢，我没事。你看，芮贝卡，原野周围都是我们的自己人，她已经被包围了，哈哈。你还担心什么呢？原野是个怎么样的人，你也都心里有底了。今天晚上你一定要帮我们好好谈，我发财就全靠你了！"

芮贝卡抬头看了一眼粉红衬衣。他正在抠栏杆上的一块漆，专心致志地。他刚才好像说过什么，"原总到之前会开的，傍晚"。在她进门的时候。

"托尼！这算怎么回事！"芮贝卡猛地从沙发上跳起来，在客厅里走来走去。她提高了嗓门说："你事先怎么不跟我说清楚？我很闲吗？你想怎么调派就怎么调派吗？我告诉你，我现在就要回——家——去——了！"

4

芮贝卡坐在沙发里，开始修指甲。

托尼一直在摆弄他的手机。按键，放在耳边听，皱起眉头，再按，再听，骂骂咧咧。

"她一定还在睡觉，她起床没个准儿，天黑都可能，平时。"托尼对芮贝卡说，"可是她今天一定会来的，这是她约的。"

"噢。"

"你再加一点儿？"

"我平时不喝酒。"

"好吧，那我自己来了。"托尼说，"虫子一定会来陪我们谈的，有她在，我们准能成功！"

芮贝卡端详着右手的指甲："托尼，你也知道，我有丈夫，有儿子，还有我自己的一大堆事情。你下午把我叫出来，打算一直让我在这儿等到晚上。"

"芮贝卡——美女画家芮贝卡——我们两个关系不一般嘛，是吧？"托尼朝芮贝卡身边挪了挪，"今天晚上说好谈画展、谈卖画，要是你走了，原野怎么还会掏钱出来呢？"

"我知道，她是你们的圣诞老人嘛。"芮贝卡想，以前自己没准儿也被别人当成坐着驯鹿雪橇的人，盼着她来装满他们的袜子。

现在她举着一只空袜子。

"你说，要是原野能爱上我该多好。"托尼咬着杯子的边缘，喝一口，叨一会儿。

"就是你说的变态老女人？"芮贝卡把指甲锉换到右手。

"她好像对男人挺饥渴的。虫子说，只要有男人在场，原野说话的声调会尖细一点儿，表情也会不大一样。尤其是胸脯，她会时不时吸一口气，刻意把两肘往里夹，再对男人不经意地弯下腰去，露出乳沟。"托尼学了一个夹胸的姿势。

芮贝卡觉得，好歹，她也应该跟着笑一笑。

"虫子告诉我，有好几次，原野的办公室来了男的。任何男的，客户也好，求她办事的也好。她都会抽空去洗手间一下，出来的时候，原来胸口的扣子是解开两颗的，现在一定解开到了第三颗。还有，青青给她定做的礼服，听说也都是低胸的，开到这里，哇！"托尼比了个位置，笑得顺手就捂住了肚子。

芮贝卡扫了一眼自己的衣襟，又触电般抬起来。她忽然有种被戏弄的感觉。好像有什么东西，她本来就知道是假的，现在假得更难堪了。

"我得再喝一点儿。大美女芮贝卡——你也再加一点儿吧？"

"好，加满吧。"

"你觉得原野会不会看中我？我有没有这个魅力？"托尼压低了声调，唱歌一样。一边捋起袖子，比画着手臂上的肌肉。

芮贝卡突然站了起来。

"你要去哪里啊？"托尼的眼神飘忽，像一只飞虫找不到落脚的地方。

"我的沃尔沃。"她指着玻璃幕墙外的越野车，"车窗上的反光晃得我难受。"

"来吧，跟我换个位置就好了。"托尼摇摇晃晃地站起来，"很高兴为美女效劳噢——"

两个人像跳舞一样交换位置，在玻璃地面上，脚步笨拙。

他们刚刚在对面的位置坐下，一辆黄色的出租车开进花园，绕着水泥路转了一圈，停在房子门口。车门很响地关上，一个细手细腿的女人飞快地跑进来，脚步像阵雨。

她在空气中使劲儿闻了两下，对着托尼眯缝起眼睛："这么大的酒味，你发疯啊？"细手腕从茶几上拈起酒瓶，"嗬，不坏嘛，我也来一杯！"

"你喝什么？一喝就醉，丢人。"托尼在空气中做了个打耳光的手势，左右两下。

"高兴嘛，图个高兴！你看全部的人都喝着呢。"她把自己重重扔进沙发，紧挨托尼，坐得托尼"哎哟"了一声。托尼给她倒上酒。她端着塑料杯，靠在沙发里四处打量，看看左面、右面、外面，看看天上。

她对着二楼的粉红衬衫挥手。"嘿哟——喝多一点儿啊！"她手挥得挺夸张。

粉红衬衫点点头，喝了一大口，算是回礼。他坐得离栏杆远了一点儿，两脚搁在栏杆上，用眼角看着楼下。杯子放在一侧的地上，伸手就能拿到。太阳晒在他张开的四肢上，看上去很惬意。

"下来一起喝吧，来吧，来吧。"她还在挥手，兴致勃勃。

"她每次看见帅哥都这样！"托尼按住她的手，一只手伸到她的后颈，捏她的脖子。

她拧住托尼的手，一把扔开，用膝盖踢他："滚，滚！你手心都是汗，快把你的猪手拿开！离我远一点儿！"

"虫子！"托尼对芮贝卡补充了一句，算是介绍。

5

托尼又说了一遍画展的事。虫子听了一半说："你有烟吗？"

"你没带？"

"忘了。"

"我只有雪茄。"

"那你抽吧，我喜欢闻雪茄的味道，闻着就行。"虫子说，"千万不要大麻，臭死了。"

托尼掏出一包雪茄。"皇冠迷你，"托尼递给芮贝卡看，"才二十五块一包，我抽着觉得挺好，划算，居然还是手工雪茄呢。你要不要来一支？"

"好吧。我尝尝。"芮贝卡记得，有一阵托尼一直抽高希霸迷你，一支顶这一包。

"我还是想来点儿大麻。"托尼用舌头把雪茄舔了一遍。

"唔，我们以前常在蓝石酒吧抽来着，真不错。"芮贝卡不知道自己为什么要这么说，也许是因为她不喜欢虫子。进来以后，虫子还没正眼看过她。

"我记得，嘿，以前那种很纯正，现在搞不到了。"托尼点着了雪茄，吸了一口，用舌头搅着烟圈吐出来。

"可惜，我去年写生的地方倒是有很多大麻。一整片山坡上，都是，绿油油的。那里的人根本不知道那是大麻。我那时候就想，摘一麻袋带回来多好，自己烤干了，卷上，绝对是一流的！"芮贝卡用手指夹住雪茄，托尼欠身给她点上。

"空长着一山坡的大麻，哇，那该多偏的地方啊？"虫子把脑袋伸过来。

"人家是画家，写生，你懂吗？"托尼敲了她脑门一下。

"我觉得你们的计划不行。"虫子说。

"什么计划？"托尼问。

"画展啊！"

虫子二十多岁，条纹背心短裙，露着细长的手臂和腿。右手腕上一串硕大的绿色骰子，脚腕子上一串更大的粉色亮片，鱼骨形状的，看上去像被逮捕了似的。夹趾高跟凉鞋被她脱了，踢到一边。脸上没表情，像一张压模的塑胶脸，只有眼睛和嘴唇心不在焉地翕动着，不管她在说什么。

她说："搞个画展能花掉几个破钱？你能赚到几根毛？这会所一千五百万，还没算装修，她会为了能在这儿搞画展，买这么一个东西？顶多是指望她的那些朋友，领事馆太太、女企业家、公司女高层，加上她自己，买几张画。"

她啜着杯子里的酒，说话不看人，就瞪着鼻子底下琥珀色的液体，或者别的什么更有趣的东西。

"买几张画也好嘛，"托尼小声说，"要是——她愿意全部买下来，包圆儿，再卖给她那些朋友就更好了。"他嘻嘻笑着，烟从牙齿缝里冒出来。

芮贝卡想，其实也就是指望她买几幅画而已。真能办什么画展才怪。

"她也不一定会买画。"虫子说，"叶公好龙，你懂吗？"

托尼不说话了。用雪茄烫塑料杯，在杯沿按一下，换个地方，再按一下。

虫子伸手拿茶几上的酒瓶研究，哗啦啦，手链碰到玻璃台面。

"算了，"她握着瓶颈，冲着酒瓶的口往里看，"我来给你们出个主意，保证原野吵着闹着掏钱给你们，绝对！你们知道青青是怎么当上首席设计师的？原野有一天问青青，时装设计出来，推向市场，肯定要有统一的形象，你觉得什么形象比较好呢？青青说，原总，您的公司里设计出来的时装，当然都是您的作品！您作为总设计师来代言这些时装，是最合适不过的了！嗬，还有我。我写的是她的自传哪，自传的意思，就是她自己写的'传'。

"这就是原野，她现在不但是企业家，还成了作家、时装设计师，也许还盼着当个画家，或是别的什么。女人所有的好东西，都要集中在她一个人身上。为了这，她可以不惜代价。"

"你们都明白了？"虫子又开始琢磨酒瓶的底，把瓶子举到半空，仰着脖子看。

房子里忽然静下来。能听见有轻微的呼噜声，一起，一落，从头顶传过来。二楼回廊。粉红衬衣仰面靠在椅子上，脚还是跷在栏杆上，一只手向下垂着，头也歪到了一边。

"真是受不了他，居然还有打呼噜的毛病。"托尼摸了摸胡子，偷偷瞟了芮贝卡一眼。

芮贝卡沉了脸。

她已经放下雪茄，正在把指甲锉收起来，放进皮包里，扣上扣。

"你们不想赚算了。"虫子又在抠瓶身上的酒标，像在跟瓶子说话。

托尼挠了挠胡子边上的脸颊，咳嗽了一声："芮贝卡，虫子的意思是，如果你愿意，画全部署上原野名字，你画多少画她都会买下来。"

"还会拼命办画展，恨不得天天办，巴巴地求你画出新的。"虫子补充说。

"这可是笔大买卖啊，长年的买卖。"托尼嘟哝着。

芮贝卡从茶几上拿起雪茄，熄了。托尼打着了火机，提起半个臀部，把火伸到芮贝卡鼻子底下。芮贝卡把雪茄又扔回茶几上。

"芮贝卡——大画家芮贝卡——"托尼说。

她曾经叫芮贝卡。她不大满意这个名字，一个零件，她能觉得自己是一个硬邦邦的、疯狂运转的零件，不由自主地运转。她有时候看着那个"芮贝卡"，当然前面还要加上"麦肯光明""创意总监"，她觉得那是个莫名其妙的东西。

后来她在画的边缘盖上章，淑年，她名字的后两个字。她本来以为那是什么，可是很奇怪，天天看着那枚印章，看得自己也不确定起来。

丈夫是从不叫她名字的，没必要，顶多是一声"哎"。儿子提早进入叛逆期，从哪天起，也不叫她什么了。等她卷起画具，放进储藏室，她忽然非常希望自己还是一个零件。哪怕硬邦邦、冷冰冰，不是她自己也没关系，至少她不会这么害怕。

她想象她的画不停被买走，账户上的数字飞快增加。她每天有事做，时不时会有人打电话问她，画得怎么样了？下周再拿出几张行不行？她说，行，或者不行，赶不及。她还可以严肃地答复，艺术创作不是工业生产，要保证质量，就要有足够的时间来酝酿，你们懂吗？那边就说，对不起了，就请您帮帮忙吧，再过两周，伦敦的画展就要开幕了！

她手指上总是沾着颜料，衣服上也是，家里弥漫着墨汁的气味。丈夫会说，哎，想不到画家也这么辛苦。儿子会说，老妈，我的同学都想看看你的画，我带他们回家行吗？

她得专门搞一间画室，足够宽敞、安静。离家远一点儿也没关系，她可以开车来回。最好还带一片花园什么的。她画累了，可以在门前走一走，坐一坐，看看那些个玫瑰、丁香、绣球，找点儿灵感。

唯一的缺憾是，她所有的画上都将盖上别人的印章，另外一个名字。她什么都不是，另一个人才是。他们让她把自己卖给别人，换钱？

去他们的！她跟他们不一样。她有投资、有积蓄，丈夫收入稳定，她衣食无忧。她为什么接受这种条件？

"你知道的，我还不怎么缺钱。"她对托尼说，尽量说得温和而平静。

"天哪——我的二十个点的佣金啊。"托尼呻吟着。

"嗬，你没戏了。"虫子揪着手腕上的骰子玩。

"这可真的是笔好买卖啊！芮贝卡——我亲爱的——"托尼张开两只手，举到半空中，又捂住自己的脑袋。眼睛直直看着她。

芮贝卡把手臂抱在胸前，想了一会儿，说："不。"

她不缺钱，是的，可是她一定是缺了什么。其实她觉得，替别人做枪手也不错。她现在没有名字，没有事做，她谁都不是，她凭什么觉得这是把自己卖了呢？

她觉得她就像陷入了一片胶状的物质。黏稠、浩大、无边无际。她的日子。

她在里面融化、腐败、偶尔挣扎。事实上她发现她就是这胶质的一部分，没有眼睛、鼻子、手、脚和身体。悬浮在某处，或随着搅动沉浮游移。没有形状，没有声音。越挣扎，她越清晰地感觉到这一点。越挣扎越无从着力。只剩喘息，她就是一丝喘息，在这喘息结束之前。

她等着有什么把她捞起来。一枚圆勺、一把铲子、一只手，或者别的任何什么。被勺子捞起来，她就是圆的。铲子，她就是方的。如果是一只手，五根手指捏着她，捏成什么样，她就是什么样。她挺愿意这样。至少有一瞬间，她知道自己是什么。

很快，她会再次风干成为一个零件，坚硬、锐利、飞速旋转，像个傻子。她不再害怕了。可是那时候，她一定又不高兴了。讥诮、暴躁、虚张声势，实际觉得深受羞辱。这个玩意儿不是她！她至少还能肯定这个。

那她到底是个什么玩意儿？她真的不明白。

"我说，当个画家感觉怎么样？"虫子给自己又倒了一杯，顺手把瓶子递给托尼。

"好极了。"芮贝卡说，"每一天，自由，充实，在灵感里游泳，让人觉得既兴奋，又平静。你能呼吸到空气的甜味，每一寸最细小的花香。你觉得生活就在那儿，你站得又踏实，又高。最要紧的是，你知道自己是谁——她就在那里，每一分钟都在变得更好，都在享受自己的生命。当然，我也还得抽点儿时间照顾家庭，丈夫、儿子，比较世俗的那种幸福。"

"嗬，听上去真棒。"虫子窝进沙发，捧着酒杯，两条长腿蜷在沙发上，仰面望着玻璃天棚。白云在玻璃外面游走，光线不刺眼了，花园正在被树木的阴影盖上。

"当个编剧感觉怎么样？"芮贝卡问。

"糟透了！"虫子说，"就是一个人待在屋子里的活儿，你试过那种吗？对着电脑，周围什么人都没有，你就这么打着字，想象着很多人在聊天、争执、谈情说爱，但是没有一个人跟你说话。白天，晚上。慢慢地，就不想吃饭，也不想睡觉。我就这么一直写啊写，也不是因为谁催我。我就觉得，如果手指不在键盘上扑腾着，我干吗去呢？

"有一回，大概连着写了三个月吧。我站在衣柜的镜子前。我看见自己全身上下白得发蓝，骨头从皮肤里支棱出来，只剩一张皮，就好像一只挂在菜场铁架子上褪了毛的鸡。不是像，我觉得自己就是一只光秃秃的死鸡，勾着软绵绵的脖子，挂着两只细膀子。我看见的就是这么个玩意儿。陌生得很。噢，忘了告诉你，如果总是一个人待着，就可以完全不穿衣服，就这么光着。还不用洗衣服。我没吓着你吧？"

芮贝卡摇摇头："挺好的。"

她找酒瓶。托尼一手握着瓶子，一手托着下巴，眼睛都快闭上了。芮贝卡拿过瓶子，给每个人都加了点儿。

托尼说："我不要了，我不行了。"

"再喝点儿吧，"虫子替他揉了揉脖子，"再喝点儿就精神了。"

虫子挺乐意聊她自己的：

"其实有活儿干的时候还好，没活儿更惨。没有人找我，没有人给我打电话，也没有人给我发邮件，半年、一年没活儿都有。我也渐渐忘记我是干什么的。钱用光光，没饭吃。最糟糕的是，有时候，压根儿没人叫我出门，我也不是总有借口约别人出来的，是吧？

"我就窝在沙发里，像现在这样，一整天，一整夜，或者几天几夜。你知道一个人待着，是不怎么觉得时间的。我就这么瞧着天花板，准确地说，我只是看着这个方向，也没看什么。时间久了，半空中就有了一团灰蒙蒙的东西，它扭来扭去，一下变大，一下变小。它里面还有很多团灰蒙蒙的什么也在扭来扭去，它们相互碰撞，挤压，散开。好像在跳舞，一直一直跳。它们还唱歌，啦啦啦——啦啦啦——我也在跳舞，唱歌，在它们中间，啦啦啦——啦啦啦——

"你相信吗，我完全忘了我是什么了，忘了我把自己扔在沙发上，忘了我还是白白的，挺大的那么个东西。我觉得我就是它们中间的一团，没有四肢，没有胃，没有脑子。我就这么飘着，好像可以永远这么跳啊，唱啊，啦啦啦——啦啦啦——"

虫子在沙发上晃着脖子，左右摇动身体，大声地唱。

托尼拿走了虫子手里的杯子："别喝了！让你别喝你不听，看你现在这个样子。"

虫子抱着膝盖，眼睛还看着天上："你们不听我讲，为什么你们都不听我讲呢？"

"因为你醉了。"托尼说，搂着她亲了一下。

"我没醉。"虫子咯咯笑了起来，摸着湿乎乎的脸颊。她说：

"我真没醉。我也知道总一个人待着不好。我还去上过班来着，一个电视剧公司，做策划。嗬，每天一早去打卡，半夜都不下班。到了月底，卡里多出可怜的一点儿数字。你们知道，现在的公司都这样了，恨不得用掉你最后一分钟，恨不得扣掉你最后一块钱。

"就这么熬了几个月。有一天，我忽然想，真可怕！人活着不就这么条命吗？几十年，大不了一百年，能使劲儿干活儿的顶多三十年。那些所谓的领导啊，老板啊，他们每个月花这么点儿钱，就能把一个人的命给买了。还掐头去尾，像择菜一样，太年轻没经验的不要，老的不要。最好的一段他们拿去，剩下的留给你。你还感激得不得了，惶恐得不得了，就怕得罪了他们，他们把你辞退了。你说，你们都来说说，人为什么非得做自己讨厌的事情，才能活下去呢？"

托尼抚摸着虫子的长发："你也可以什么都不做，有我呢，现在。"

"可是什么都不做，我就更讨厌自己了。"虫子低头玩着脚踝上的金属鱼骨头。

"嗬，这酒。"芮贝卡说。

"怎么了？"托尼端起自己的杯子尝了一口，又拿过芮贝卡的杯子喝了一口。

"温度太高，威士忌都像酒酿了，馊唧唧的。"芮贝卡说。

"都甜了。"虫子说。

"没冰块不行。"托尼说。

不过他们谁都还在喝。

托尼对着酒瓶整理头发。手插进乱蓬蓬的鬈发，把它弄高。"你们说，今天晚上，原野会被我迷住吗？"他问。

虫子好像睡着了。

芮贝卡问："要是迷住了，你想怎么样呢？"

"想怎么样……对那个变态老女人，"他从牙齿里咻咻地笑，他的笑容很快变成了沮丧，"其实我也不知道我想怎么样。我只是不想再这么过下去了，像这样。芮贝卡，我觉得我像一个骗子，一直以来。你觉得呢？"

"嘿，托尼，你别夸自己了。"芮贝卡说，"在这个世界上，骗子恐怕是最科学的生活方式了。你不做个骗子，就得做个听人调遣的傻子。或者你也可以选择做个疯子，跟这世界一刀两断，这样你可得饿死了。"

芮贝卡发现，自己什么时候把酒杯弄翻了，酒洒了，杯子掉在地上。她左看，右看，找干净的杯子和酒瓶。

"芮贝卡。"托尼叫了她一声。

"什么？"芮贝卡发现，托尼看着自己，面色古怪。

"我想问你一个问题，你得告诉我实话。"

"什么？"

托尼问："你觉得，别人会不会认为我很傻？是不是常在背后笑话我？"

芮贝卡说："其实我也正想问你呢。你觉得，我算是个什么样的人？"

有一分钟的时间，他们彼此愣住了。

"要我帮忙吗？"有人在问。是粉红衬衫。他不知什么时候醒了，下楼回到吧台那边，也许在那边已经看了一小会儿。现在他正朝他们走过来，在不远处站住，问。

"不不不，我很好，我们都很好，没喝醉。我们只是有点儿伤感，你知道吗？伤感。"芮贝卡对他举起杯子，笑着。

"嗬，伤感，这可是个好东西。"他也笑了，带着忧心忡忡的额纹。他看人的时候总这副模样，这让他挺招人喜欢。芮贝卡想。

"别笑话我们。"芮贝卡大声说。

"不会，我笑话自己都来不及呢。"他又笑笑，走开了。

托尼搓了搓自己的脸颊，朝四周看看。

"天暗了。原野应该就快到了。"他说。

"可不是吗。"芮贝卡深呼吸了一次，她觉得集中不起精神来。橙色的、绛色的云霞正在天边堆积起来，透过玻璃幕墙，可以清晰地看到。

"喂，醒醒。"托尼推了推虫子的肩膀，又使劲儿推了推。

她在沙发上蜷作一团，正把脑袋埋在两只手里。

托尼把她的手从脸上掰开。他拿着她的手，愣住了。她的眼睛肿得像两枚桃子，脸上都是水，她忽然尖叫起来，带着抽泣："我就知道你们谁都不在乎我！没有人在乎我！你不爱我，你们没有人爱我！"

她一个翻滚掉到地上。托尼没拉住她，也被拉着摔到地上。很多东西粘着他们的衣裳一起掉下去，杯子，有酒的、没酒的，雪茄的烟头，打火机，稀里哗啦的。她抱着脑袋，抱着自己的身体，肩膀剧烈地抽动着。有一阵子她一直在大声地号叫，哭声掩盖了一切，听不清什么。后来她就一边掉眼泪，一边骂：

　　"你们都是些浑蛋！我知道你们都在背后算计我，笑话我！我还得谢谢你们，我还有一点儿什么可以被你们算计，被你们笑话！要是有一天，没人算计我，没人笑话我了，那我就真的完了。完了。我觉得我现在就完了。托尼，我已经完了。我活不下去了。干吗要活着，干吗？"

　　托尼抱着她，夹着她，把她弄起来。她摇摇晃晃，根本站不住，她还不停地在挥舞着手脚，又哭又喊。托尼好不容易腾出那么一口气，扭头对芮贝卡说："不行了！我得把她弄回去，就现在！"

　　他几乎是提着她一步步往后面走。虫子还在他手臂里扭动着，时不时把他弄个趔趄，她还在尖声喊着："干吗要活着！我干吗要活着？活着的那个，在喘气的那个到底是个什么东西！你告诉我那是个什么东西！我为什么要为她活着，活着？"

　　芮贝卡大声问："那我怎么办？"

　　托尼气喘吁吁地说："今天晚上就拜托你啦！原野、发大财，就全拜托你啦！"

　　"可是我从来没见过她——怎么跟她谈——"芮贝卡问。

　　"我也还没见过她呢——本来准备让她今晚爱上我的——"托尼在

远处笑着，又跌倒了一回。他和虫子就像一对摔跤选手，不停地跌在地上，又不停地爬起来，奇迹般地一直走到了门外，上了托尼的小本田，东扭西歪地开上水泥路，穿过铁门，消失在幽暗的树木间。

这个时候，房子轰隆一声响，屋顶上的瀑布打开了。浩大的水流滑过玻璃天棚，滑下玻璃幕墙，不断不断抚摸着整座房子似的，匀净而安详，最后注入玻璃地砖下面，脚底的鹅卵石开始闪闪发光。天正在完全暗下来。

芮贝卡置身于水流中间，站在客厅中央。

她想起有一个午后，很平常的午后。纸铺开着。墨研开了。阳光宁静地流淌在书房里，空气中纤尘可见。她站在那里，笔尖落下去，仿佛有什么带领她的手腕，纸上圆润而浑然地呈现出了一个仕女的背影，几笔寥寥，看上去无穷无尽。那个片段，她忽然感觉到了自己的存在，很清晰。不是画上的人，不是印章，也不是别的什么。她就在这里。就是此刻。明亮、柔软、喜悦，像呼吸一样平静自然。

可惜只持续了很短的一段时间。很快，她又丢了、陷落了、混沌了。有时候，她甚至怀疑那个下午是否真的存在过。那幅画都找不见了。她觉得深受戏弄，那个叫作生命的东西，它像水流一样裹挟着她，让她除了喘息之外，不知所措。

"我也要走了，再见！"芮贝卡对粉红衬衫说。她仓皇地整理了一下肩带和裙子，从沙发上抓起手袋，逃跑一样。

瀑布打开了，她想，原野肯定马上到了，说不定就是下一分钟。

"别走！嘿！"粉红衬衫正朝她走过来，"你跟原野谈谈吧，没事的。我给你们介绍。"

他走到芮贝卡跟前，从茶几上提起酒瓶，看了看："嗬，你们把我的酒全喝完了，真厉害。这可是今天刚开的一瓶。我要心疼了。"

有什么东西在脑袋里踢了一脚。

芮贝卡按住胸口，指着粉红衬衫说："啊，原来……"

"对，我就是。"粉红衬衣笑了起来，"我不像个设计师吗？当然，我也给人看风水，也做一点儿建材生意。试过开酒吧、开饭店。也上过两年班，又不想干了。也游手好闲过好一阵，现在还是这样，有时晃着，有时出去骗点儿生意。我也觉得所有的鞋都不合我的脚，也不明白为什么，我非得为那个还在喘气的家伙活着。"

他愁眉不展地笑着。芮贝卡听见了什么。是一辆汽车轧过水泥地和青草，熄火，关门。一双高跟鞋敲击在玻璃台阶上。

设计师弯着腰，捡起满地的塑料杯。

他对芮贝卡说："坐吧，别客气。我们是自己人。"

第七个故事

+

生前话永诀

一家人就这样围着餐桌，吃着甜点，谈笑如昨，

仿佛此前一切种种，都从未发生过。

1

结婚生子之后，我从未在这个时刻踏进父母家的厨房。这是一个隆冬的上午，阳光凛冽耀眼，错位的光影把橱柜和餐桌化作一个陌生的幻境。我转来转去搜寻煎蛋的平底锅，结果发现它就搁在老地方，瓷砖墙面夹角的置物架上。平底锅下方，窗前的不锈钢水槽里，几只瓷碗歪在里面，青花的竹叶图案边纹，玉白的碗底，最上面的一只碗里积了半碗水，水面上泛着油花的反光就像是一只眼睛正似笑非笑地睥睨着我。

母亲自诩为家里的壮劳力。她热衷于向外人一遍遍地唠叨，我们家两夫妻的分工是倒过来的，我们老金喜欢做领导，以前在单位里做党办主任，如今解甲归田，也只肯干炒菜这种高级家务，剩下洗碗、拖地板这种粗活儿仍然都是我来负责。

在我的记忆中，坐在餐桌前的母亲，两只手臂永远同时搁在桌面上，像钢琴师始终把手臂悬在属于她的琴键上一般。她有着与一名大学教授浑然不相称的健壮手臂，餐桌上有谁走神没听她讲话，她就用手掌拍打桌面，讲到她认为着重强调的地方，她则用右手食指和中指的第一个关节敲打桌面。

厨房里每个傍晚都盘桓着她的讲课声，她的丈夫和一双儿女无时无刻不需要她的数落。最后她站起来，利落地收走桌上的一切，扔进水槽，洗碗的水声轰轰烈烈地响起来，她高亢的嗓音这才暂停下来。

我没有动那几只碗，任由它们泡在积了不止一天的脏水中。父亲在客厅里给小伟打了个电话。等他走进厨房，我已经占据了他平日炒菜的位置。于是他也像迷路似的在餐桌和冰箱之间转了一圈，最后不得已挪到水槽边，开始料理那堆碗。

我听着水龙头呜呜咽咽地响，过了好一阵才意识到，没有洗碗的水声。

父亲拿着一只沾满泡沫的瓷碗在发愣。他说，两周前她还站在这儿洗碗呢，你看这些碗都还好好的，怎么她就要……他忽然转过身子用后脑勺对我发脾气，你炒你的菜，看着我做什么？他的说话声忽然带了鼻音，让我怀疑他也许哭了。

说起来，这个时候最适合流眼泪的角色应该是我这个女儿，可是我只觉得仿佛错误地走进了别人的梦境中，我带着一种奇异的冷静，计算着距离病房的午餐时间还剩两个半小时，冰箱里的原料可以勉强配成三个菜。虽然我很清楚，这不是我们回来的真正原因。

母亲抱怨病房的伙食又不是这两天的事情。我们回来是为了躲到一个她看不见也听不到的地方，有一段足够长的时间来讨论一个最重要的问题，我们到底要不要告诉母亲真实的诊断结果，也就是，她活不过三个月了。

门铃响了。小伟还没等我把门完全打开，就一脚踏进来。他向父亲抗议道，你和姐怎么可以这样对我啊？陪在医院里这种事情，你们都说有你们俩轮班就够了，让我忙就别过来。要不要告诉她的这种事情，你们为什么一定要让我过来一起拿主意啊？这是个要命的事情你们知不知道？万一是我拿的主意，万一就是因为这个主意让我妈有什么三长两短，你们让我以后还怎么过下去？做好人的机会你们都占了去，你们就拿定主意要让我做坏人了是不是？

2

母亲在病床上坐得笔直，背后是父亲之前为了她吃饭垫上的两个枕头，还没来得及撤下来。她的两只手臂垂在被子外面，在病号服宽大的袖子下露出贴着胶布的手背和针管。她的姿势凝固在这一刻，沉默无限延长着。可是告诉她的那些话已经没法再收回来了。

之前我思忖着，既然父亲召集儿女一起来讨论这个问题，他心里想的应该就不是瞒着母亲。父亲少见的悲恸，让我觉得自己有义务帮他把这个想法说出来。

于是我说，如果要走的那个人是我，我不愿意毫无准备地走，我会希望自己有机会安排剩下的时间。其实说这话的时候，我根本无法在心里设想出自己将要死去的情景，也无法想象母亲真的会死。我无法想象连几只青花瓷碗都可能活得比一个人更长久。

父亲说，我觉得小敏讲得有点儿道理。我们谁都不知道她在临走之前还有什么心愿没完成，她有权安排最后的时间。父亲咬字清晰，一句一顿，没有再出现方才的失态。

小伟坚持不愿发表任何意见。最后父亲几乎是皱着眉毛在呵斥了，让你表态你就说！

小伟拧着脖子回答道，你问我，我问谁去？

父亲重重捶了一下餐桌，小伟终于不得不继续说下去，要不我们去问问那个……姓什么来着的医生好了。父亲的表情像是忽然松了口气，他点点头，站起身来说，好主意，那待会儿我们就一起去问问他。

那个"姓什么来着"的医生是负责母亲床位病历的年轻人，小刘，这是小伟唯一照过面的医生。小刘医生总是把母亲名字中的"珏"念成"玉"，查房的时候，写病历的时候，今天早上在医生办公室读母亲的CT 片，向我和父亲宣布噩耗的时候，父亲几乎是见他一次纠正他一次。

这一回父亲并没有纠正他，而是一副郑重求教的姿态。

小刘医生听完父亲的提问笑了笑，两只手插进白大褂的兜里，带着一种见怪不怪的语气对我们说，你们想告诉她就说呗，这么藏着掖着心理负担是挺重的，我理解。

父亲的好脸色一下就消失了，他板下一张脸反击道，你这话说得太不合适了吧，我们这都是为了病人着想！陈老师有权安排自己最后的时间，她是一个知识分子！

父亲气呼呼地走出医生办公室，我和小伟提着一串饭盒在后面跟着。但是我看到父亲眼睛里的神色，他已经决定了。

等母亲在一番对烹饪褒贬各半的宏论中吃完这顿饭，父亲亲手把饭盒慢吞吞地收拾完，一边坐在床边把装饭盒的塑料袋口扎紧，一边对母亲说，老陈，我要跟你讲一桩事情。他垂眼看着手里的塑料袋，口气就像在说，昨天晚上我看到物业贴出来的通知，今天下午我们大楼洗水箱，又要停水了。

不知道为什么，父亲说话的时候，小伟把木椅子从床边挪开了几尺。我也不由自主地退后几步。等父亲说完，他自己都站起身来，提着空饭盒离开了床沿。就好像母亲是个随时会爆炸的危险品似的。

母亲从父亲开口的这一刻就一直沉默着，等他说完，说完之后很久，她依然默不作声。很奇怪，她的脸上没有震惊，没有恐惧，没有痛苦，而是一副张口结舌的神情，就好像她正好在发表一番宏论的时候，有人提出了有力的对立观点，她一时难以反驳，为之气结。

椅子脚摩擦地面的声音，小伟扭动着身子，偷偷往门外看。

现在每个人都想尽快离开这间病房，把死亡和母亲暂时留在这里。最好是门外有什么事情需要我们出去，或者，为什么母亲不能用她发怒时的高音对我们大吼一声，你们都出去，让我一个人静一静！

母亲终于说话了，声音低哑，语气依然毫不示弱，你们为什么要在我刚刚吃好饭的时候跟我说这个事情？她用没有插着针管的那只手抚摸着胃部，抬起头看着父亲，老金，他们不懂事你也不懂？我难得今天胃口好一点儿，现在吃下去的东西全顶在胃里了。

父亲竟然显得有些客套，他努力干笑着点头，是我不好，你批评得对，老陈的批评永远是对的。他故作轻松，探出手去摸了摸母亲的胃部，就像孩子斗胆去摸蜡烛上的火焰，碰到了就赶紧收回来。

母亲用目光在我们每个人脸上扫了一遍，你们以为我不知道自己得了什么病吗？我早就知道了！她说这话的时候一副虚张声势的自信表情，让我不由得想起父亲经常评价母亲的一句话"凡事总要显得比别人聪明一点儿才满意"。

母亲说，难怪一周之前我要看检查报告你们不给，难怪前几天我要出院你们不让，我又不是傻子，你们瞒了我一个礼拜都不止了！你们以为只要一直瞒着我，我就真的不知道了吗？

我想说，我们真的是今天早上刚刚得知这个噩耗。嘴唇动了几下，莫名其妙的羞耻感让我把话咽了回去，仿佛这个噩耗应当由我们私下承受得比她更久一点儿才说得过去。

父亲比较沉得住气，不动声色地赔着笑，这就看上去像是被母亲说中的模样。

只有小伟高叫起来，老妈，这都能猜到你可太厉害了啊！他讨好的声调孤单单在病房里回荡，没有人接口。

我们每个人极尽迎合之事，这却貌似反而激怒了母亲。她黑着一张脸，让我们自己去猜究竟是哪里开罪了她。我们就像午后昏睡过去的小学生，醒来之后只知道大睁着惶恐的眼睛，张口结舌，说什么都是错。最后母亲用吵架似的口吻一字一顿地宣布，我要出院！

　　父亲明显是大吃一惊，喉结上下滚了一番，却什么话也没说出来。

　　母亲说，现在不是什么治疗方法都没用了吗？那你们还让我待在这医院里做什么？吃不好也睡不好。母亲指了指手背上的吊针和管子，还有这些，都没用了我还受这些罪做什么？

　　父亲皱起眉头，对着小伟低声吆喝，还不劝劝你妈？他知道小伟在母亲面前说话管用。

　　小伟把两只手叉到胸前，反而跟父亲理论起来，不是你自己说，我们告诉妈，就是为了让她有权安排最后的时间吗？你要是打算一直把她关在病房里，你还告诉她干什么呢？

　　母亲尖厉的声音打断了小伟，老金，我这是在跟你说话！你去为难儿子做什么？

　　父亲终于正面看着母亲，压低了嗓门吼道，你出院了要去哪里？这话一出口，他忽然收住声音，就像是这句话把他自己也吓住了似的。在这个短暂的停顿里，我读到了父亲心中正在推想的画面，画面中的灾难比母亲即将死去的祸事更加不可收拾。家里的医疗条件会比病房里好吗？你要是在家里出了什么事怎么办？听得出，父亲竭力保持着声音的平稳。

母亲提高了声调，为什么不能在家里出事？我就是打算死在家里的床上不行吗？难道这个家，你就从此不让我回去了吗？

父亲的声音很坚决，不是不让你回去，是你现在这个状况不适合回去。

母亲问，那你说我什么状况才适合回去呢？死了以后吗？！

父亲忽然扭头对我大吼一声，小敏你看！你说要告诉她的，这都是你出的好主意！我很震惊父亲会归咎于我，小伟扬了扬眉毛，故意把目光投向窗外，留给我一个事不关己的侧脸。

母亲轻笑一声，家是我的，我要回去轮不到你来批准！

她向我抬起下巴，小敏，你去叫护士来，帮我把这些针啊管子啊拔掉！

我脚步刚一挪，就撞上父亲凌厉的眼神。

你们不叫是不是？你们不叫我自己拔！母亲作势要拔手背上的针，父亲咕哝了一声，你敢。母亲调转手腕，伸手抓住输液管就要扯，父亲立刻扑过去按住了她。母亲一边踢着床脚一边喊，叫医生来，我现在就要办出院手续！输液管剧烈晃动，四个玻璃瓶也跟着在钩子上摆动起来，小伟跳起来一把扶住。

等我带着护士赶回病房，父亲正埋头蹲在床头柜前，捋起着袖子，把里面的东西一件一件往外掏，换洗衣裳、眼镜盒、母亲的书……书脊摩擦着柜子底，发出拖沓的一声声闷响。小伟甩着两只手在窗户边踱步。母亲端坐在床上，背后还垫着那两个枕头。

来的是护士长，瘦高的中年女子，这些日子已经和母亲熟识了。她弯下腰查看母亲手背的针头，在周围按了按，捏着管子试了一下回血，无视房间里僵硬的气氛，兀自笑眯眯地问母亲，陈老师，听说你想要让我们把针拔掉啊？

母亲没出声，咬着嘴唇。

护士长依然是拖长着声调，哄孩子似的，陈老师，我看这一针打得很好啊，拔掉了待会儿再要扎进去，多吃一次苦头。再说你今天还有这么多瓶，不抓紧的话又要吊通宵了。

我们不吊了，父亲站起来解释道，声音虚弱，我们打算今天就回家去了。

是吗？护士长脸上的表情并不像她的声调那么惊讶。

你听他胡说。母亲终于发话了，她对护士长微笑，一副宽宏大量的样子，没事，你看这瓶水都快吊完了，请你帮着换一瓶吧。她的语气倒好像除了她之外，这一屋子的人都在胡闹。

护士长敏捷地接口说，哎哟，可不是嘛？这瓶就剩下这么点儿了，是该换了，瞧我都忙糊涂了。她抬手一拔一插，提溜着空瓶若无其事地离开了现场，走得飞快。

脚步声远去，父亲啪的一声把书拍在床头柜上，咬牙切齿地对母亲说，你就是喜欢故意出一点儿刁钻的题目给我做。你问问你自己，你是真的打算不再踏进医院一步了吗？如果你下了决心，我们现在就走！刚才不是你自己说要……他终究还是没把"回家"这两个字说出来，仿佛这是一个不应该再被提及的禁忌。

母亲毫不让步地回答道，这么多药钱我们都已经付过了，不吊完不是浪费吗？

虽说这个回答听上去有点儿荒诞不经，但是父亲完全没有反驳，只是重新在床头柜前蹲下来，把刚才取出来的大小物件再重新放回去。三下五除二，好像每件东西都变得比方才轻巧。

母亲不再留意父亲的反应，她拿起护士长掉在被子上的针药记录卡，又去摸枕头边的老花镜，我帮她戴好，她对那些化学名词琢磨了好一会儿，然后捏着输液管上的调节轮，开始屏声静气地数药滴的速度，神态有如评审一场不甚满意的新教师试讲课。

我心里一阵酸楚，母亲已经决定在医院里度过余生，也许她还抱着微弱的希望，想要从针药中找到一线生机。

消毒车的轮子声轧过门前，有人争执，还有拍门声。我们早上就听说，这是隔壁病房的老人凌晨去世，家属坚持要多守半天，医院则催着他们把病房腾出来。

母亲忽然叫父亲，老金，你现在帮我回家跑一趟好不好？

其实父亲十分钟之前就已经把一串饭盒提在手里，都站在门边了。

母亲想起了她所有的存折和银行卡，她毕生的积蓄。之前四十几年婚姻长路，她和父亲一直顺其自然地各自保管自己的存款。

母亲让我们把病房的门关上，然后向大家宣布，她这儿总共有中信银行和光大银行的贷记卡各一张，还保管着两套建设银行的卡和存折。

她提醒我们，一旦银行卡和存折的所有者过世，身份证就会被注销，这时候如果家人想要把款提出来，就必须先去公证处做遗产公证，公证费是总金额的百分之三，这且得好几万呢。母亲退休前是法律系的教授和副主任。

母亲打算让父亲回家把银行卡和身份证拿过来，然后把钱转存到父亲的名下。父亲几乎是碎步小跑离开病房的。母亲又叫我，小敏，你去把熊熊接来，我想再看看我的宝贝外孙。

3

从高架滑行下来，左拐，已经能看见学校操场的一角，我的耳畔依然响着方才走廊里的哭声，嘤嘤呀呀，哭尽力气的尾音。老人被推走以后，我在电梯口正巧遇见那几个家属，手中捏着纸巾，茫然不知去处的样子。

记得外婆也是走在凌晨。两三点的光景，母亲忽然醒来，起身查看，发现外婆伏在堂屋的地板中央，身体还是温热的。也许她是起床想要倒一杯水，结果一头栽倒在黑暗中，就像栽倒在死亡的沼泽里，没有发出任何声响。在此之前，我们全家一直借住在外婆家里。她的老房子在市中心，上学和上班交通便利。

翌日下午，殡仪馆拉走外婆的遗体之后，父亲率领我们全家收拾行李，叫了一辆出租车，赶在天黑前回到了我们自己家远郊的公房里。

我还记得那一天牙刷和毛巾都是临时装在塑料袋里提着走的，被子和枕头临时用塑料绳捆成包袱，来不及装箱的书本直接扔在后备厢里，就好像一场大戏毫无征兆地收尾，主角退场，我们也仓皇地拆了布景四散离开。

公房经年没有人住过，母亲念叨着进门如何分工打扫房间，父亲却让我们都站在门口别动，他自己问居委会借了一辆自行车骑出去。天色渐暗，我和小伟抱着行李开始打盹儿的时候，他终于回来了，提着几包纸钱和一个破搪瓷脸盆。那天夜里，连箱子都是从火盆上搬进房间的。

熊熊坐上我的车以后，我给丈夫浩明打了三个电话，小声诉说着母亲病况堪忧，不带熊熊去见一面也说不过去，又说到病区里刚好有人走了。我的车速让超车而过的司机摇下车窗对我高声咒骂。我知道死亡并不传染，可是我总觉得那里有什么东西会无可避免地伤害他。

之后浩明也给我打了三个电话。他讷讷地在手机那头说，要不要我下班以后去买一点儿纸钱带回家呢，家里搪瓷脸盆倒是还有一个的。

我背过脸，一手拿起耳机线放到嘴边，尽量用熊熊听不见的声音说，人还没死，烧什么纸钱啊。

熊熊把腿蜷在座位上埋头打游戏机，他忽然抬头说，你知道"鬼鬼祟祟"这个词吧，好多同学都念成"鬼鬼崇崇"。他似乎对"鬼"这个字有一种类似于说脏话的热情，他用各种语调说着"鬼"，于我听来，仿佛是对我的讥讽。他笑嘻嘻地问我，你们今天怎么都"鬼鬼崇崇"的?

可是过了一会儿,我依然忍不住给浩明又回了个电话。还是买吧,我说,买完你最好也赶到医院来,待会儿有什么事,你也可以早点儿带熊熊走。

4

回到病房的时候,母亲正在铁桶里烧一些撕碎的本子,父亲有些尴尬地帮她翻动那些纸片。看到一个脸盘浑圆的小护士朝着这里碎步走来,捂着鼻子,父亲就提着铁桶闪进洗手间。水声中,一缕浓烟代替了刚才的焦味,顷刻散去。

母亲在烧她的日记,整整两提兜,一袋已经空了。这是她吩咐父亲随着银行卡和证件什么的一起从家里带来的,谁知道是为了烧掉呢?

我问小伟为什么不劝劝母亲。小伟耸耸肩,做出一副"她不可理喻"的表情。

我看着地上散落的灰烬,忽然心如刀割,我对母亲嚷嚷起来,花这么多年写的,一下子就烧掉了多可惜啊,你就不能留给我们吗?

母亲出乎意料地没有反击,仿佛在我出门去接熊熊的这一个多小时里,死亡已经飞速侵蚀了她,让她连发怒的气力也没有了。她呻吟般地叹了一口气,哑声说,等我死了,谁会有耐心看这些破本子呢,谁还会在乎我呢，这些破本子不烧掉又能有什么用呢？

父亲扫着地上的残灰，接口说，烧也是你要烧的，话也是你说的。

母亲把银行卡和存折一张一张给我们传阅，传到我面前的时候，我的手紧紧护着熊熊的肩膀，于是这些卡片跳过我又传回了父亲手里。

母亲交代了一遍每张卡里的大约金额，让父亲用笔和纸记下来。然后她拿过父亲记录金额的本子和钢笔，戴起老花镜，一笔一画地开始在上面写起来。我知道她正在写的是每张卡的取款密码。等她写完这些阿拉伯数字，把本子交还给父亲，母亲就算是交代完了她生前所有的事情。

我看着母亲忽然停下笔，蹙起眉头，像是凝神思考什么。我想她也许是忘记了哪个密码。

她从老花镜后面抬起眼睛，像是自言自语地说，如果我真的无药可救了，为什么现在这些药用下去我都有感觉呢？她在打量我们，最后目光落到父亲身上，虽然效果不算好，至少我没有觉得更不舒服啊，老金你说呢？

父亲没有预料到会有这一问，他把两手插进裤兜，极尽和蔼地应声道，有效果是好事嘛。

母亲摇头，然后一字一顿地问父亲，这么大的事情，为什么医生从来没有跟我提起过？熊熊忽然把身体转向我，头埋在我怀里。我惊讶地看见，这一刻母亲的双眼里满是敌意，皱纹有如刀刻一般，线条都被抻直了。

父亲有些不耐烦地答，就是因为这么大的事情，医生怕病人直接听了受不了，当然都是先告诉家属。

　　母亲愤怒地立刻反驳他，医生都怕病人听了受不了，你们为什么这么积极地来告诉我，小伟外婆查出癌症晚期的时候，我们不都是一起瞒着她的吗？

　　父亲有些恼怒地回答道，你和她不一样，她是个家庭妇女，你是个知识分子，有足够的理性来面对这件事情！后半句话被母亲嘶哑的声音淹没了，你还在编还在编！你现在临时编来不及了我告诉你！

　　小伟在一旁也叫了起来，爸！你们说的到底是不是真的啊？医生跟你们说的时候我可不在，到底怎么回事……他没能把话说完，父亲反手一个耳光打在他脸上，弟弟捂着嘴角，又惊又怒不停喘气，连骂人都忘了。幸好这时候浩明及时赶到，正推门进来，我连忙把熊熊塞给他，推搡着他们出门回家，把病房的门从里面反锁上。

　　母亲说，看你们这个样子就知道不是我要死了，而是你们盼着我快点儿死。

　　母亲举着她手里的本子宣布，我最后再问你们一次，你们刚才对我说的话到底是不是真的？只要你们谁再亲口跟我说一遍，我立刻把密码写完交给你们，把银行卡和身份证全都交出来给你们，你们现在就可以出门去把我的钱全部转到你们随便谁的账户里！我把房产也转给你们！我把遗体也捐掉，省得你们办追悼会、买墓地还要花钱！

　　没有人应声，连呼吸声都一个压得比一个低。

于是母亲笑了起来，说不清是冷笑、苦笑，还是从精神上死里逃生的欢笑。她一边笑一边自言自语，我就知道是你们想要我的钱，我为了这个家辛辛苦苦贡献了几十年还不够吗？现在我退休了，老了，没有利用价值了是不是？我还活得好好的你们就盼我死。几十年的夫妻情分，母子情分，你们就这么容不下我？

父亲说，好好好，你有理！你永远是真理的化身，我们都是在你身边等着害你的好不好？我一定是脑子进水了才每天晚上睡在那个躺椅上陪你！

父亲喘了口气说，那你就在这儿好好活着吧，我先回去睡一觉。

我们都相信，母亲只是在跟我们赌气，她做惯了家里的中心人物，现在她要走了，最好是希望地球为她停转。可是第二天早上，母亲的矛头又指向了医生。

母亲说她相信自己的身体是出了一点儿问题，她能感觉到，但是医生绝对是小题大做了。医院都走市场化路线了，医生恨不得把病情说得危言耸听才好赚钱。她的话让我们都疑惑起来。于是父亲提议我们再去跟医生确认一下。

父亲反手带上医生办公室的门，这才开口对小刘医生说，请你帮忙看看还有什么特效药、进口药、最新的治疗措施吧。我们虽然是工薪阶层，这么多年了也算还有一些积蓄。父亲的这番话明显带着试探的意味。

小刘医生搓着双手回答道，说实话，到了这个阶段，再有钱也没用了。乔布斯都是死在这个病上。顶多是等我们主任出差回来，让他再给你们说说。

小刘医生提议，不如让他和病人直接谈谈。我们转达了这个建议，母亲却摇头说，我才不会浪费时间听医生的胡说八道！

她让父亲把手提电脑拿到病房，还新装了无线网卡。她从网上书店摘抄了一张几乎囊括近期所有养生保健类畅销书的目录，她说等不及网店送货，让我立刻去书店把这些书都给她买来。她每天翻阅书籍，上网查询各种治疗的新科技。任何一个弹窗里的广告神药都能让她戴着老花镜聚精会神研读整个下午。

母亲又开始一刻不停地给我们讲课了，内容都是她最新的学习成果。她说，医学发展了这么多年究竟能治好什么病？感冒都搞不定。生了病就要靠自己研究，智慧都散落在民间。她告诉我们每个人的身体里都有癌，没有的人说明免疫能力太差。她说有人光吃辣椒就把癌症治愈了，有人的灵药是煮菱角，有人早中晚三顿泥鳅。

以往母亲并不苛求父亲专注聆听，我和小伟才是她管制的对象。可是如今关于她病症的这些讲演，她似乎只重视父亲这一个听众，不收服他死不瞑目。

难道你多听一分钟就会死吗？！会吗？每当父亲的目光变得空茫，母亲就会立刻用没有挂着针的那只手臂拍打床沿，声音尖厉地对他喊叫。

父亲的脖子上泛起了一阵潮红，他有些气结地发作道，如果真的像你说的这么简单，你好好躺几天病就好了，还上网查这么多乱七八糟的医院做什么？都这个时候了，你还搞出一大堆稀奇古怪的花样做什么？你到底有没有一点儿家庭责任感，你几岁了，怎么比小伟还不懂事，你是不是宁愿把自己家里的钱拿去送给国家？

父亲这一通莫名其妙的话让我如坠云间。只听得母亲稳稳当当地回答道，我有我的分寸，我自己的东西，我自己知道应该在什么时候处理，不需要别人来算计。

几天后我才知道，父亲口中"一大堆稀奇古怪的花样"是指母亲把记事本密码的一页撕掉了。父亲小皮包里的存款、银行卡和身份证也被她拿回去了，就在转身之间。当时母亲情绪很激动，父亲也没好意思再问她要。隔了一天父亲再提这个事情，母亲警惕地瞪着他，连东西暂时放在哪里都不肯告诉他。

病房又没有能上锁的地方，医院里每天这么多闲杂人等进出，这多不安全啊！她愿意现在把钱转出来是最好，不愿意的话，让我带回家锁起来也好啊。父亲用手指不停地敲打着餐桌，皱着眉头嘟哝着，她要是这么走了，卡和存折从此就找不到了啊。

父亲一贯心里藏得住事，这样在厨房里私下对我唠叨委实少见。

我用餐布把父亲刚洗好的碗擦干，放进碗柜，一边随口宽解父亲，她这么一个顾家的人，肯定不会故意跟我们为难，她一定是有把握自己暂时不会有事……

暂时是多久？这是她自己可以说了算的吗？父亲打断我。这一刻我蓦然领悟到，原来母亲并不是在赌气，她是真的不相信她自己会死。

外婆知道自己大限将至，是住进医院后的第三周。她把母亲叫到床边说，你们瞒着我有用吗？当天下午外婆就回到老房子，她说人一辈子最大的福气就是死在自己家里的床上。

她在母亲的搀扶下，亲自去绸布店挑选了一幅藏青底红团花的厚料绸子，送到寿材店定做寿衣。她穿上整套寿衣，吃力地试着在床上躺下又坐起来好几回，然后用白线在腰摆和前襟上缝了几个记号，让母亲送回寿材店改合身了。

外婆说，老法的规矩是，人死之后，要把床上垫被里的棉絮用红布扎成一个个小爆竹的形状，前来送葬的人每家领一个回去，在进家门前烧掉。临死前的一个半月里，外婆就是成天半躺在床上，把身子底下的棉絮一点儿一点儿掏出来，放进一个个小红布袋扎起来。在她过世后，我们掀起床上的被子，发现垫被里的棉絮已经一丝不剩，垫在底下的是密密麻麻数不清的红布袋。

外婆离开医院是仲夏八月，当时医生对外婆的诊断是，出院以后最多还有一到两个月的时间。外婆去世是九月中旬。我记得那一年卖水仙花球的人来得特别早，就在外婆活着的最后几天里，那个挑着担子的老伯成天在弄堂里徘徊，懒洋洋地吆喝着，水仙咯，种水仙咯。

外婆忽然对母亲说，今年我想要多种一点儿水仙，等明年元宵节吃汤圆的时候，摆满整个房间，黄灿灿的，多好看哪。

母亲认为这是一个好征兆，这句话意味着，只要花能开，外婆就能活下去。她一遍遍告诉我和小伟，外婆说明年会和我们一起看水仙花的。外婆听见了笑着说，傻孩子，难道我死了，花就不开了吗。

在那几天，外婆已经基本不能进食，一天喝下半碗稀粥都要大费周章。母亲买了整整一篮子水仙花球，差不多有三十几个，她没时间一下子雕刻完这么多，就直接提到大学，找插花社的学生帮忙料理。父亲批评母亲说，人都病成这样了，你还有心思种花？买这么多你打算当洋葱剥了炒菜吃啊？刻好的水仙花球刚提回来，外婆就走了，这一篮子水仙花球也就直接装进垃圾袋扔掉了。

每天晚上临睡前，母亲都要把当天查到的资料存到一个 U 盘里，让小伟带回去帮她打印好，第二天带来。小伟是搞美术设计的，有一台专业的激光彩色打印机。他抱怨说每天都有这么多页，半夜做梦都是满耳朵打印机的声响。

我向公司请了事假，一天两顿按母亲制订的抗癌食谱给她做了送去。用十种杂米熬成的粥真心比药还难吃，生芦笋打汁，马蹄蒸烂。所谓"碱性食物"的红豆和海带是母亲的新配方，最近她一天逼自己吃下三碗。夜里等熊熊睡了，我就开始浏览英语医疗网站，写邮件给美国的同事，希望能查到一些母亲找不到的资料。

母亲对网络上众多名医的事迹尤为津津乐道，计划到北京、广州、武汉、河南等地逐个拜访。父亲连忙建议，上海是中国首屈一指的国际化大都市，不如先把上海的名医看一遍。

父亲想到动用以前集团的关系，虽说是个食品集团，可是员工众多，总能找到一些家属在医院工作的。父亲往来于各大医院的专家门诊，母亲每天傍晚必须等到父亲前来向她报告当天的咨询情况，这才可以安心吃晚餐。

背过身，父亲对我说，无论去哪家医院，所有的专家都是同样一句话，等病人转院过去，重新检查之后，他们才能给出有实际内容的诊断和建议。可是现在这儿的科室主任不在，不要说办转院，病房里连检查报告和病历卡都借不出来，只凭我几句话，专家就能判人生死了吗？

父亲已经好几次委婉提议，让母亲等些天，医院可以一家一家转，专家得一个一个看。

母亲立刻从床上直起身子，狠狠瞪着他说，说我很快会死的是你，现在认为我还有时间干等着的也是你！

母亲又开始写日记了，她不止一次地提到将来要写一本书，记录自己如何战胜癌症，创造生存奇迹。所以目前每一天的素材都弥足珍贵。

母亲全神贯注于她的新事业，似乎全然忘记了银行卡和存折的事情，可是父亲没有忘记，他只是在母亲面前找不到重提这个话题的契机。在长吁短叹了很多天之后，有一回，又是恰好我与他两个人在厨房里，他侧身坐在餐桌边的椅子上，吞吞吐吐，最后用一种近乎呻吟的语调对我说，你看能不能帮爸一个忙。明天你妈洗澡的时候，我来把着门，你帮我在她枕头被子和衣服里找一找？

我没有马上回答，装作忙着收拾桌上的饭盒碗碟，转身端去水槽那边。

我觉得父亲的忧虑是合理的，把银行卡找出来放到安全的地方也未尝不可，可是我总觉得，如果我真的这么做了，就好像是我亲手抹杀了母亲活下去的可能性。

走近水槽的这一刻，我的手臂悬在半空中僵硬了。就在水槽下方左侧原来安放储米箱的地方，赫然多出了一台洗碗机！指示灯停留在"清洗完毕"的位置上，门半敞着，里面还有几双筷子没有取出来。

父亲一向节俭，从不是个消费毫无计划性的人。我把碗碟铿然往水槽里一扔，指着洗碗机脱口而出，你这是什么意思啊爸！谁说妈一定就回不来了！

父亲也终于爆发了，他腾地站起来，用手指指着我的鼻子说，你觉得她还能回来是吧？你觉得天底下的绝症都是说着玩的，没有人会真的死掉的是吧？我看你是脑子有问题了，你是神经病，就跟你妈一样……父亲猛然止声。中国的传统是，死者讳，坏话说不得，忤逆之事也做不得，仿佛死亡的威慑力不是仅仅针对它将要带走的那个人。

自从父亲那一天的怒气消弭于顷刻间，他变得恭顺异常。正如他拍着小伟的肩膀，再三叮嘱时所言，至少做好妈妈的心理医生，再怎么难做，你又能做多久呢？

每天傍晚，病房里成了父亲的"清口秀"舞台。他把一问一答描绘得绘声绘色，尤其是他这个主人公的对白部分，让听者都感动于他的尽心尽力。母亲听得笑容满面，时而对父亲故意卖萌的表现揶揄几句，显然因为如愿以偿地收服了父亲而心情舒畅。

专家们无非是七成悲观，三成乐观，听上去是同一种套路。母亲似乎只能听到这三成的好话，乐呵呵地反过来说给我们听，一遍又一遍。

这个时段的病房气氛总是好得有些过头。有时候连父亲自己也会在应和母亲的话时，不经意地说出"将来全家四口要一起去马尔代夫旅行"之类的话。

母亲的信心越坚定，各种偏方就用得越勤勉。

尽管母亲住的是单人病房，还是接到了好几张医护人员的黄牌警告。病房规定病人只能用本院的药物，母亲房间里却足以开个药博会，藏了这堆露出那堆，还有熏香缭绕。她学了一种经咒，每天清晨盘腿端坐念足两个小时，据说可以和宇宙能量形成共振。小伟请了位黄袍金冠的法师过来，在病房里绕行一圈，用手在母亲额头抚摸了足足半个小时，然后闭着眼睛微笑颔首道，病邪已消，健康吉祥。

母亲逐渐恢复了以前朗声大笑，我们只得用喉咙里的几声干笑谨慎跟随。我们都知道总有那么一天，我最恐惧的那一天，幻觉破灭。我很难想象，母亲将如何承受再死一次的打击。

5

周一查房结束，半小时以后，小刘医生垂着头来到病房门口，招呼我去医生办公室。我的心里咯噔一下，立刻打电话把出门买早餐的父亲叫回来。

小刘医生在我们身后关上门，忽然朝着我和父亲深深鞠了一躬。

他结结巴巴地说，对不起，我们主任出差了几个礼拜，今天刚回来，他看过陈老师的片子和其他化验报告了。小刘医生的表情几乎是要哭出来了。主任发现片子和化验报告的数据不一致，所以就找放射科核对了一下，结果发现是陈老师名字的拼音给弄错了，拿回来的是另一个病人的片子。真是抱歉，我不知道说什么好。

母亲一脸警惕地看着我，我话说得越多，她的眉头皱得越紧。她推开了我试图拥抱她的胳膊，把膝盖上的电脑摆正了，嘴里嘟哝着，你都在说些什么乱七八糟的呀？我不是跟你们说了吗，这儿的医生能有什么用，我现在自己养生，调整得比什么时候感觉都好呢。

我意识到自己说得颠三倒四。

说到父亲狠狠扇了小刘医生一个耳光，我本来想要当着母亲的面再义愤填膺地骂几句，结果却喜极而泣。我擦着眼泪，没忘记用母亲最喜欢的方式使劲儿夸她，多亏了你有见识，有定力，心态好，换了别人，万一好好的人给吓出病来怎么办？

我不是早就说过了，我没事，我早知道自己没什么大病！母亲的回答是我预料中的，可是这一回，她的语调里丢了那副虚张声势的自信架势。她几乎是很勉强地吐出了这句话，机械的表情中带着藏不住的茫然。

我想母亲硬撑了这么多日子，其实内心一定受尽惊吓。我挤坐在病床边，手臂隔着被子环住母亲的膝盖，心疼地说，是的是的，什么事都没有了。妈，你会长命百岁的。

以前外婆最喜欢听的一句话就是"长命百岁"。每逢中秋或除夕，一家人围坐在圆台面前举起酒杯，争相说出万事如意、飞黄腾达、财源滚滚之类的祝酒词时，外婆总是严肃地补充道，长命百岁！于是每个人都再次把酒杯伸过去与她相碰，鹦鹉学舌地说着，长命百岁，长命百岁。

直到最后几天，外婆终日半躺在床上，背后垫着另一床折起来的被子来帮她保持头部和背部的高度，母亲将稀粥一勺一勺往她嘴里喂。每次放下碗，母亲用小毛巾帮外婆擦拭干净嘴角，她依然会用手抚摸着外婆的鬓发说，妈，妈，你会长命百岁的。

外婆也依然会笑容满面地点头道，嗯，长命百岁。

我把头埋在母亲的膝盖上，用脸隔着被子感觉着母亲的体温，反反复复地说，妈，你一定会长命百岁的。当我再次抬头看母亲的脸，不由得大吃一惊。她仿佛一下子老了十岁，眼袋的阴影落在颧骨上，黯淡的双眼里满是疲惫。她像叹息一般地对我说，你们又来骗我了……我失声笑了出来，抚摸她的发鬓，揉她的肩膀，最后使劲儿推搡着她说，你别再胡思乱想了！

母亲吃力地咧了一下嘴角，我以为她终于也要笑了，她却忽然举起两只壮硕的手臂捂住了脸，肩头猛烈地抽搐起来，过了一会儿，我听见她的胸腔里发出了一阵接一阵拖长的呜咽声。

父亲赶着时间去订餐厅。我开车去接小伟。我们打算和母亲一起在医院附近找个地方，好好吃一顿庆祝午餐，她也很顺从地点了头。

可是当我们回到病房，母亲不见了！

病床是空的，床底下的便鞋也没有了。吊瓶兀自高悬着，输液管垂在床上的针头在渗水，床单湿了一大片，还有血水的痕迹。母亲没有换下病号服，柜子里只少了一件外套和她的钱包。

我们满心狐疑地把病区的每个病房、茶水间后面的阳台、楼下的小花园都转了个遍。母亲的手机关机，护士医生都说没注意母亲往哪里走了。我们猜想也许母亲是在医院里憋坏了，警报一解除，她就迫不及待地回家去了。可是公寓里也是空的。

父亲追问我到底跟母亲说了什么。我把交谈的每句话、每个细节都反反复复交代了三四遍。到后来，父亲和小伟轮番的质疑终于把我弄哭了，我说这么多日子我尽心尽力做得比谁都多啊！我会故意害她吗？如果母亲有了三长两短，我也跟她一起去死你们就满意了吗？

小伟说，上一次我们告诉她她就要死了，她认为我们是在骗她。那么这一回我们告诉她她没有病，她会不会反而真的相信她自己就要死了呢？要不我们先去黄浦江边上找找？

父亲用手指戳着小伟的脑门说，别用你的智商来衡量你妈的。

我烦躁地打断他们说，现在你们应该想的是她死里逃生最想去的地方！

我们吵吵闹闹坐在车上，别克停在红绿灯交替的大路口，世界庞大而陌生，这么多面孔在喧哗中蜂拥而至，兴致勃勃得好像他们永远不会死去。

母亲工作过的大学、法律系副主任办公室、系图书馆已经找遍，接着是她最喜欢的食品超市、熊熊的学校、外滩十二号的咖啡馆，最后连黄浦江两岸最容易翻身跃入江水的那几处栏杆都查看过了。

整个下午，我们驾着车盲目地在这个城市里奔走，汽油告罄了两次。

这一天的傍晚到来得特别早，夜色从城市的额头滑落，飞鸟匆忙，空气中盘旋着风沙和潮湿夹杂的气息。我把车泊在路边，车里出奇地安静，直到小伟捂着嘴打了个哈欠。然后我听到父亲犹豫的声音，我们还是去老房子看看吧。

外婆去世以后，我们仓促地搬离了老房子。本来是打算等办完后事，先把外婆的陵墓安顿好了，再请装修队把这房子里里外外粉刷翻新一遍，然后我们才住回去。母亲一度选定了装修队，连价格都谈妥了。

装修队进驻前，父亲和母亲带着我一同回到老房子整理外婆的遗物。母亲打开外婆的柜子的一刹那，她的脸凝固了。我看到她的眼镜镜片上反射出一片灿烂的金黄。大半柜子的水仙花球，无处伸展的绿叶从球茎表面的裂痕里崩裂出来，在柜子空间的限制中扭曲成各种形状，几乎填满了柜子的每个角落。上百朵白瓣金蕊的花朵正在盛开，用各种奇异的姿态涌向柜子外面阳光的方向，就像是早就在等待着破门而出的这一刻。

这个蓬勃绽放的花期明确昭示着，外婆买下这些水仙花球的时间应该就是在她临走前那几天，叫卖的老伯经过门口的某一次。没有人知道外婆当时是怎么想的。柜子的角落里还摆着一把崭新的刻刀，显然是和这堆花球一起买的，刀锋雪亮，一次都还没用过。

正如外婆所言，人死了，花还是一样会开。可是装修的计划却半途而废，清理掉这些水仙之后，我们再也没有踏进过这座房子的大门。因此这个地方几乎是母亲最不可能踏足的所在了。以往偶尔得闲，母亲也喜欢侍弄三四个水仙花球，春节的时候摆在窗台上，金色的花盏与外婆种的水仙相映生辉。那天之后，她连这个爱好也一并戒掉了。

推开老房子的大门时，天色已然阴沉下来，地平线上所有的房屋和树木在最后一丝日光中呈现出暗淡光辉，雷声隐约而来。穿过堆满杂物的院子，是外婆的堂屋。小伟摸着门沿拉开了半扇，我听到他低呼了一声。

堂屋内一片浓黑，离我们足有十几步远的地方，十四寸的黑白电视机咿呀响着，时断时续，看起来像是一个足够遥远的梦魇。黑白的光影照着母亲的面孔，石像一般凝固而斑驳。她正一个人坐在外婆的大床上，坐在庞大的黑暗中央，仿佛死亡已经将她掩埋。我们就如同站在冥界的对岸，看着她远远转回头来。

父亲摸到门边的电灯开关绳，拉了一下，灯没亮，绳子倒断了。他气呼呼地摸黑过去，指着母亲数落道，前两周我们是以为你真的得了什么大病，所以你发疯，我们也就忍了。可是现在检查结果证明你相当健康，可能比我还健康，你倒是反而发疯发得更厉害了，你到底是想要干什么啊？你是不是真的脑子出了问题？

父亲的声音戛然而止，借着微弱的流光，他看见了母亲手中正握着的那把刻刀。

母亲淡淡地扫了我们一眼，以一种前所未有的从容态度对父亲说，我们好多年没种水仙花了吧，到了春节，房间里没有花，总觉得少了什么，所以今天我顺路买了。母亲的身侧摆着几枚水仙花球，还有拢成一堆的散碎茎叶，想来她之前就是坐在这儿，借着天光雕刻这些花球，消磨了整整一个下午。

我连忙打圆场说，别吵了，找到妈是好事啊。回家，我们一起回家吧。

我伸手扶母亲下床。她笑眯眯地收拾起床上的水仙花球，装进网兜交给我，然后穿上鞋子，拍打掉身上的尘灰。父亲始终黑着脸一言不发。

我们正要走出门去，雨忽然落了下来，迟疑的三两滴，落在门槛上，瞬间变作倾盆，把我们挡在雨幕之中的黑屋子里。

雨滴敲打着门上的铁锁，敲打着院墙，敲打着朽坏的窗棂，敲打着远远近近，世界上所有的屋顶。无数道细密的雨光从苍穹之巅滑落过我们的眼前，就像是带走了所有升起在半空中的念头，化作汩汩流水，渗入大地上不可见的缝隙，最终汇入江河湖海。

这一刻，堂屋里弥漫着一种古老的木头橡梁混合着青草的气息，世界变得从未有过的广阔、清凉与安宁。我们被大雨封锁在此刻，任凭这寂静而庞大的夜阑充满我们的耳郭，谛听每一秒，无数生命在黑暗中逝去与诞生。

过了很久，父亲轻轻咳了一声，仿佛在试验自己的声音是否还能被听见，然后他用一种近乎咬牙切齿的语调对母亲低语，你到底闹够了没有！

都快闹了一辈子了，怎么能不够呢。母亲的回答更像是一声叹息。

6

母亲又回到病房休养了一段日子。有了误诊和出走这两件大事在先，医护人员都小心备至，生生死死的话题绝不在她面前提起。

只是我们去大学寻找母亲的那一趟惊动了法律系。人好好的，为什么离院出走，连去哪儿都不跟家里人说一声呢？尽管事后我们再三向系里解释，母亲这次住院其实没什么大病，查出来连个胃溃疡都不是，小道消息却越传越离谱。

最后系办的一位女同志打电话通知父亲，说是系里已经安排了人来病房探望母亲，各部门都来，时间会赶在最近的两周之内。

第一拨是工会、党委、系领导。现任系主任破天荒地对母亲说，陈老师，如果您将来还有精力参加工作，系里热烈欢迎您回来，您的返聘合同我们会一直给您留着的。

母亲盼望返聘很久了，我也暗地里替她问过多次，知道系里的工作岗位早已满员并且还有众多青年教师排着队。我很惊讶，这一回系主任为什么主动许下这不可能的承诺。他手捧鲜花，在母亲的病床前弯下腰来，足足与母亲握了三次手，这副架势就好像在极力安慰一个临终的病人。

　　母亲只是很配合地回答道，主任你太客气了，我已经给组织上添了很多麻烦了。这口吻就好像她在说着一件别人的事情。

　　应该就是从母亲重新回到病房之后，她仿佛变了一个人。她不再给我们讲课，不再挥舞着她的臂膀对我们指手画脚，不再像以前那样与我们争论每一件事的是非曲直。我们无意中说了不合她心意的话，她不再奋起反击。我们刻意迎合她的时候，她的脸上也不再绽开以前那种快活的得意神情了。

　　她变得越来越少言寡语，越来越安静，忽然喜欢上了独自散步，总是在入夜时分长时间地穿行在住院部花园的草木间，悠然自得的模样。

　　第二拨来到病房的是母亲的旧同事们，一茬接着一茬。然后是母亲以前的学生，几乎每一届的都来过了，从二十几岁的到四十出头的。我想这大概可以算作第二次对母亲的误诊了吧，这些人多半是以为母亲就要死了，或者正是因为关于绝症沸沸扬扬的小道消息，让他们忽然意识到母亲还活着。

　　若是换作以前，这种众星捧月的感觉一定会令母亲兴奋不已，难以想象她会用多么夸张的笑声和宏论来填满这些场面。可是如今，她对各种来访毫不热心，到后来干脆事先避让到花园里，遣我上楼去把人打发走。她抬起右手臂，手背向外做了一个驱赶的手势，言简意赅地向我解释她的指令，早明白人是会死的，这些折腾都可以省了。

两周之后我才知道，母亲已经把存折和银行卡都交给父亲保管了。只给了这两件，没有给我她的身份证，父亲特地强调了一句。

根据父亲的叙述，本来当时他就想问母亲为什么没有把身份证一起给他，是忘记了，还是依然心存芥蒂，可是只犹豫了一会儿，谈这个话题的气氛就散去了。他抱怨道，她最近话这么少，我都不知道应该怎么开口。

说完这话，父亲反而像是安慰我似的，对我笑了笑，说，有了存折和银行卡，至少将来母亲万一有意外，钱不会因为没有存款凭证而给银行侵吞掉。至于百分之三的公证费，实在不行就老老实实交给国家吧，本来也是应该交的嘛。这副高姿态的模样，就好像他和母亲之间的恩怨已经一笔勾销。

母亲出院前的那个周日，我们忙着在父母家公寓里大扫除。浩明一早就把熊熊送去母亲那里，代替我们做陪客。

午后，冬日明媚，我踏进住院部的大门，远远望见母亲和熊熊在花园里。老树错落的枝干在阳光中投下遍地斑驳。熊熊在树下单脚向前跳，踩住树影，跳过光的空白，落下，再跳起。母亲坐在树下的藤椅里，望着孩子游戏，日光和时间缓缓爬过她的额头。这幅画面像清冽的空气中一个单音节的旋律，让我一时间怔立原地，不知身在何处。

这不是我平时看到的这个世界的模样，又好像生活本该如此。

我去医院，是为了搬运母亲的水仙。抱着盆盆罐罐回到父母家的公寓，父亲和小伟已经在厨房的餐桌边坐下了，似乎正在讨论什么。看见我走进去，小伟忽然向我宣布，他打算明天去跟母亲说，最好让她把身份证还是拿出来，放在大家都知道的地方，这样万一有什么事情的话……

我立刻打断他说，妈最近检查报告上的指标比你还好呢，要说"万一"，现在我们和她"万一"的概率是完全一致的，你怎么不把你的存款转到她的名下啊？

小伟被我抢白，顿时失语，我看见他把求助的目光投向了父亲。父亲没有出声，反而把头转向另一边，好像在强调他并不是这场谈话的一分子。小伟忍不住申辩道，这也不是我一个人想出来的啊！

父亲的脸掠过一阵尴尬，他不情愿地清了清嗓子，你们也不是没有看到，前一阵我们多被动。我只是想把准备工作都做在前面，免得到时候又多受一遍折腾。

我不是很理解父亲的逻辑，为什么他觉得他一定就能活得比母亲长呢？或许现在不相信自己会死的那个人，已经成了他。更让我心生不快的是，父亲一直理所当然地认为，母亲的钱就应该转到他的账户里，事实上第一顺序继承人除了他之外，还有两个，我和小伟。

可是我一开口，话就变成了，这种事情又不急在一两天，为什么不能等妈回家之后再慢慢跟她说呢？父亲笑着点点头。

我虽然语带愠色，其实给他的是肯定的答复。

趁着父亲去走廊里倒垃圾，小伟掩上厨房的门，迫不及待地对我耳语，我们可不能让老爸把钱都转到他一个人的账户里，遗产应该是三个人平分的啊，如果钱都已经在他卡上了，到时候我们再提这个要求，就有点儿开不了口了。老爸一定会说，将来这些钱终究是你们的啊。但是谁能保证他一定比我们死得早呢？

小伟想要我和他一起向父亲摊牌。我假装谴责地皱起眉头，看着小伟脸上的表情由满怀期待变作失望，然后在父亲去而复返的脚步声中，我揽住小伟的肩头，在他耳边答道，我支持你，时间就安排在他拿到身份证的那天吧。

当父亲回到厨房，我们三个人再次在餐桌前坐下来，各自怀着设想周全的计划时，我有一种糟糕的错觉。我觉得母亲的葬礼已经结束了。

母亲出院的那天，我载着全家人开车去接她回来。

到了公寓，小伟为母亲揉肩膀，父亲在灶台上大展身手，我打下手。每个人都表现出夸张的兴高采烈，只有母亲依然安安静静，不言不语，像是要把这么多年手舞足蹈的过度消耗都休息回来。

我真的有点儿不习惯这样的餐桌，母亲的双手竟然只用来拿着碗筷，无论我们怎么说话逗她高兴，她至多应声一两句，并报以微笑，和顺得像一枚影子。少了她一刻不停的高分贝讲课声，这个家似乎陡然空旷了许多。

等我们拖拉着终于吃完了最后一盘菜，所有搜肠刮肚的笑话也终于剩下了面面相觑的冷场,自然而然地,母亲从餐桌前站起来,挥动依然健壮的双臂,利落地收掉桌上的一切,端着碗碟走向水槽。这一连串动作宛如旧日,让我们总算感到了一阵安心和轻松。

但是,就在走到水槽前的这一刻,母亲的手臂在半空中凝固了。她看见了那台洗碗机,在水槽下方左侧原来储米箱的位置,父亲装上之后就没有打算再拆下来。看着父亲躲藏的眼神,我急忙抢步到母亲的面前,笑呵呵地对她说,你看爸多会疼老婆啊,因为你是我们家唯一的洗碗专业户,所以他提早帮你把洗碗机都买好了!

母亲怔怔地站了好一会儿,任凭我们七手八脚将碗碟接过去,放进洗碗机。然后她还是笑着说话了,这样一来我不是失业了吗,吃完饭以后我就闲着两只手吗?你们得帮我在这个家里找一份新工作才行啊。她的声音听上去有些疲倦。

洗碗机的水声响起来之后,房间里安静得有些让人不知所措。这时,小伟忽然吵着说还没吃饱。于是父亲自告奋勇,下楼去茶餐厅打包了双皮奶回来。

我沏了母亲最喜欢的铁观音。我们把母亲重新按坐在餐桌前。

父亲又提起了一家四口去马尔代夫旅行的计划,可是说来说去连机票多少钱都答不出。

小伟说,你们不会是要我去租条船,大家一起划着去吧?

当我提到系主任承诺返聘合同的这一出,母亲终于被逗得把一口茶呛在了喉咙里,她一边咳一边说,如果她明天去系里问主任要返聘合同，主任肯定躲在洗手间里不敢出来了。我们赶紧齐声大笑起来。

一家人就这样围着餐桌，吃着甜点，谈笑如昨，仿佛此前一切种种，都从未发生过。

第八个故事

✝

凌晨的葬礼

四点半，在峡谷里，这是一天的暮年时分。

就像一个人老了，所有属于年轻时光的机会一个也没有抓住，
现在这些机会已然过去了，一去不返。

1

我在峡谷里已经走了三天了。

云从看不见的谷底升起来，大朵大朵的，越过我的发鬓，像一队永无止境的候鸟，一羽跟随着一羽，高高掠起，没入冰蓝的天穹。雾在山脊与丛林中沉落下来，牛奶般的洁白，一幅紧接着另一幅，像帐帘中越来越浓的睡意。

山里早晚有雾是很正常的。只要正午时分出几个小时的太阳，空气中的湿与冷就被暂时请走了。光束像万千雨练照亮丛林，草叶闪闪发亮，地面蒸腾起森然的清新气味。很快，脚下的路发出清脆的应和声，这是落叶干透了，变作松软的地毯。可能下一步踏去，忽然间，耳畔如同遭遇了一场夏日的阵雨纷落，上百只鸟儿从脚下飞起，扇着翅膀。眨眼间，这阵柔软的旋风就快乐地远去了。

我是那么期待太阳出来的短短几个小时。衣裳和肌肤之间渐渐干透。被寒冻吃掉的手脚，此刻会暂时归还给我。气温也许能整整上升十摄氏度，也许没有那么多，可是感觉上远远不止。左膝盖的剧痛也不那么折磨人了。有时候我还会挑一块石头，在倾斜而下的一束阳光下坐一会儿，为了这只膝盖。仿佛有一只光亮温热的手在抚摸它，抚摸它内里的冷与痛。

我并不是贪恋这短暂的安逸。我要找的并不是这个。可是如果没有这几个小时的日照，峡谷里的气温将飞快地滑落下去，像一块笔直坠入深谷的石头。

很不凑巧，只是第一天是晴日。

昨天，我在十一点和十二点之间，看了五次手表。到下午三点，我放弃了指望。

今天这个时候已经是下午四点半了，我依然走在比清晨更浓的雾气里。空气中有无数细小的水珠，静止地悬浮在半空。当我向前走，肌肤触到它们，可以感觉它们像活着的蜉蝣般，在我撞上它们时，瞬间破裂、消殒，把一生的冰凉都附在我的身上。每走一步，都会沾上成万上亿枚，看不见的寒意汇成水滴，一滴一滴，在棉衣的防水涂层上画出亮闪闪的纹路。

防水功能是相对的，它能防止外面的水进来，也阻碍了里面的水蒸发出去。那些水雾的蜉蝣无隙不入，我感觉棉衣的衬里也湿了大半，正在吸掉我手臂和背心上仅剩的热气。

我不像年轻时那样扛得住寒冷了。自己明显觉得，行动和反应也迟缓了许多。湿了的棉衣，或者是我的年龄拉扯住了我的手脚。潮湿仿佛不是贴着我的肌肤，而是沁入我的骨头，让每个关节都觉得酸痛和滞重。

四点半，在峡谷里，这是一天的暮年时分。就像一个人老了，所有属于年轻时光的机会一个也没有抓住，现在这些机会已然过去了，一去不返。连遐想也不再属于他。一切只有更坏，不会更好。

我望着天边渐渐敛去的日光。我的直觉感到，有什么异样的状况已经发生。

在最近两个小时的路程中，沿途的树木越来越巨大。我看不清它们的高度，仰头十米以上，只有数不清的树干和盘绕的藤蔓。再上面，不可见的冠叶沉没在雾霭中。我只能由地上的落叶分辨它们。火红的是槭树与枫树，暗绿红线的是香果树，金黄的是银杏。它们正在越来越低的气温中失去颜色，像濒死者的唇。

没有牛羊的粪便，没有任何家畜的粪便。这是以往的两天半里，经常看到的痕迹。之前，樵夫和放牛的孩子总是偶尔出现，半天能遇见三四个。即便两三个小时看不见人，也能时常在林子里望见一小堆的劈柴、砍倒放平的几条树干、简易搭起的一个小窝棚。少不了的，还有哪棵大树底下，长年累月燃剩的残香和树干上的焦痕。或者是山壁的洞里摆着的一个小小的石头佛像，底下供奉着香烛野花。

可是这一段路程，没有，什么都没有。只有越来越深幽的山，与雾。我仿佛已经彻底离开了人域。而且，暮色将至，更冷的夜晚也将紧随其后。

我开始有些后悔自己的乐观。毕竟这里是临安附近。我是这么想的。所以这次徒步旅行并没有带什么装备。我偷懒了，也太自信了，这正是年纪大的表现。

前两天，尽管山路崎岖，每天都能遇见三四个村子，中午总有大灶上的热饭热菜，夜晚总有熊熊的火塘和干燥的床铺。过分的顺利，让我觉得一切自然如此。今天下午两点，我遇见了一天之内的第二个村子。我想，两点就借宿歇下，未免太早了些。到傍晚六点天黑之前，还有四个小时的有效步行时间呢。我想自己应该往前多走一段。

也许今晚，我就能到达目的地呢？

所以，我只是走进村子去问了路。就像我在每个村子里问的问题一样。我问，你们知道附近有一个这样的村子吗？十几间房屋正好排列成一枚叶子的形状，建在开满雪里花的山麓上。村子的中央还有一片温泉。

温泉吗？所有的人都这样惊讶地重复着。

于是，我接着说，很大的一片温泉呢，一匹好马绕它转一圈也要半支烟的时间。月光下，它竟夜升腾着白雾。最冷的季节，最冷的深夜里，人也可以在里面像一条活泼的鱼儿那样游泳，暖和得就像沐浴在初夏午后的阳光里。真的，每一寸肌肤都在阳光里。伸手不见五指的，黑甜的阳光。如果仰面浮在水上，远远近近，白雾环绕，简直就像睡在无边无际的云海里，睡在最安逸的摇篮里。所有的星星都沉落下来，近在眼前，伸手可及。

附近有这么大的一片温泉吗？他们歪着脖子看我。

我肯定地回答，当然的，我以前去过那里。在一个大雪的夜里。

2

一个快要冻死的老妇人，在寻找一片只有她自己到过的温泉。这个情境，怎么想来都有些可笑。尤其是现在，天将黑了，她很可能要一个人在这片丛林里度过整夜。

我检阅了一下身上仅存的东西。除了身上的帽子、手套、登山鞋、防水棉衣、防水裤，包里的一件抓绒衣、少许换洗的内衣，还有半壶水、一壶酒、一本书、一把刀子、一个 GPS 定位仪。压缩饼干吃完了，本来想从村里买几个馒头带上，不巧他们没有做。就算带足了干粮又怎样？一样没法熬过夜半露天的低温。无论是坐着、躺着，还是不停地走，我都活不到明天早上。这是肯定的。

我掏出 GPS 定位仪。前两天试过很多次了。唯一一次有信号，是在海拔最高的一个垭口上，信号显示我正站在公路上，前方五百米有一个带超市的加油站。事实上，我是站在一棵三十米高的栗子树下，抱着树干，把定位仪伸到山崖悬空的位置。脚下山如利刃，云雾浩瀚如海。

现在，当然，它依然是没有信号，只是报错，不停地报错。仿佛我正站在这个世界上并不存在的一个地方。

或者，就这么走着走着，走到了那片温泉也说不定吧？

我为自己的痴心妄想笑了起来。

记得上一次意外撞见那个村子，从同样的地点出发，李和我两个人只走了一天而已。这一回，我已经走了整整三天。我走得太慢，或者是太快了。转眼间走过了几十年的时光，从一个青年，变成了老人。我知道我实在不应该再有任何愿望。就像这峡谷中的四点半，我的时间已经过去了。

我看了看手表。这是二○○七年一月五日，小寒。

光在退去。山和树的影子在大地上伸展。江水的轰鸣从看不见的谷底高涨起来。

当天空渐渐幽暗，大地却明亮起来。我依稀看见脚下有什么闪闪发光，这光亮一直向前蔓延着，随着天穹中云霞的隐现，明灭不定。

我想自己一定是体力不济，冷与累，以至于眼花了。闭了一下眼，再睁开看，眼前几百丈的山路竟然都星星点点地闪烁着，就像是在我一眨眼之间，忽然开出了遍野地的银色花朵。又像是我已经走上了夜空的银河，这银河不知怎的垂落到地上，我顺着它走，就能走上冰蓝色的天空。

我惊讶地深深吸了一口气，却被这空气噎得几乎流下眼泪来。气温下降得如此快，我就像往肺里吞进了一大块坚硬的冰，半天缓不过来。

有什么挡住了我的视线。我揉了揉眼睛，睫毛上竟然落下了几颗细小的冰珠。

这时候，我发现周围的树干和树枝也在奇异地闪烁，在幽暗的空气中，光芒此起彼伏，像开出满枝满叶的钻石。我走近前去，用牙齿叼下手上的手套，用手指碰了碰一条发亮的树枝。闪光的东西碎了，一半粘在我红肿的手指上，化成了水。原来潮湿的雾已经结了冰，薄薄地附在树干、枝叶上，细小的菱形结晶在璀璨闪动，镶成了一整片冰花盛开的丛林。

我想，这是我的手指做的最后一个动作。它们早已冻得僵硬了，连知觉也渐渐失去。先是手指没法弯曲，用手心揉搓它们的时候，我简直觉得自己在揉几根捡来的小木棍。它们不是我的了。接下来是手腕以下的部分。现在已经到了手肘这里，一点儿一点儿往上爬。

我的脚更是早就不存在了，慢慢是小腿，膝盖。现在左边的膝盖已经不怎么疼了，这很危险，我可能彻底用坏了它也不知道。我机械地摆动着双腿，尚有知觉的大腿肌肉带动着下面的部分，有如挥舞着两条木棍，硬邦邦地一下一下杵在地上。咔嚓，咔嚓，我可以听见它们落地的声响已经失去了弹动。但是，依然不紧不慢的。

在山里，没有人是跑着的。这里不是城市，人可以飞跑着去追赶什么，或者躲避什么。山太大了，人太小了。就像现在，难道飞跑去前面找寻出路，或者往回跑，逃离这死亡之地？快跑的这几步，对路不值一提，却能让我提早扑倒在地，在死亡找到我之前。

山路上，远远近近，有一些光点，最璀璨的那些，是冰凌包裹着的种子。白色的是银杏，褐色的是栗子，棱面斑驳的是松果。还有更多叫不上名字的种子。

多么好，它们的生命还在等待开始。

李和我一起走山路的时候，习惯一路拾起种子，放在路的阴面。这个习惯我保持了几十年。此刻，我的手指已经没法做到这些了。种子落在路的阳面是不容易活下去的。太阳出来会把它们晒焦。风会把它们吹下山谷，挂在岩石上，掉进江里。

人却只能走在路的阳面，贴着峭壁，一侧是深谷。当我顺时针走着的时候，悬崖在我的左侧。现在我正走在逆时针的山路上，悬崖在我的右边。暗影正从悬崖下的山谷中升起来，夜原来是从这里生长出来的，像飞快攀缘的黑色藤蔓。风在山谷里无聊地游荡，时不时用冰冷的手拉扯我的衣襟，顺手从山壁上摘下几颗石头，翻飞落下，无声无息。我并不比石头站得坚固。

路是一条丝带，缠绕在大山魁伟的腰身上，曼妙而带着几分随意，连着每一座山，盘盘旋旋，没有止境。所以指南针也是没有用的。人不是飞鸟，不能径直朝一个方向去，只能一步一步跟着山路绕，却不知自己正在去往哪里。

山脉是一个相对文静的沉思者。它也许只是在夜晚翻一个身，或者在白天不动声色地变换一个姿势。于是我要找寻的那个地方，就再次没入它裙裾的褶皱中去了。今夜夜半，只等它熟睡后不经意地又一次翻身，我也将没入某一道褶皱里。没有人再能找到我。

我想起，某个夏天，一只受伤的甲虫停在我的裙摆上。我坐在窗前阅读，不时看它。它是那么细小，每一个浅浅的褶皱都会让它趔趄，甚至摔倒。它看着窗外，努力、努力地走，走了整整一个下午，终于从裙摆走到了椅背上。照这个速度，椅背离窗台还有六个下午的路程呢！它就算爬上了窗台，又要怎么做呢？凌空飞翔去往窗外吗？第二天早上，我已经找不到那只甲虫了。

这时候，丛林里一阵轻响，像是有什么活物掠过。

我看见丛林深处闪现出一个背影，飞快的步伐，熟悉的蓝色外套。李？是你来带领我了吗？我一阵欢喜，往林子里紧走几步。天色已经开始昏暗，我看不清更远。循着大约的方向追了一段，背影消失了，前方只有静默的银色树干，层层叠叠。一定是我的眼睛花了。人老了，连自己的视力都不能相信。

这样一来，我就偏离了山路，径直走进丛林的深处。是否要退回到山路上呢？想想，恐怕也没有太大必要。紧走的小小一段已经累坏了我。银色的世界在我眼前晃动着，随着我吃力的呼吸变得更加庞大、无边无际。怎样走，都走不到哪里。看来今晚就是如此了。

就在我犹豫的时候，蓝色的身影又出现了。这一次，他竟然是从我背后而来，越过我，飞快地走到前面去。

当他与我擦身而过的时候，我有片刻的失望。那不是李，世界上有那么多的蓝色外套。那是一个孩子，头发杂乱。似乎正在身体拔节的时候，四肢瘦长，衣裤的袖子都显得短了一截。他手里举着一根很高的竹竿，竹竿的顶上飘飘扬扬，是一条用白纸接成的很长的带子，随着他的脚步，几乎在半空飘成了一条直线。

我旋即高兴起来。有人，就说明前面有投宿的地方了。我大声叫他，喂，孩子！长时间的寒冷和缄默，让我第一下没能发出任何声音。我又使劲儿叫，喂，你别走！我听到自己嘶哑的声音在冰冷的丛林上空打了个转。他没有回答，也没有停下，甚至连脚步也没有片刻的迟疑。

我唯一能做的，就是奋力跟上。很奇怪，当我开始跟随他，他的脚步似乎自然慢了下来。丛林的路并不比山路好走。脚下盘根错节，每一步都要高高抬起腿，跨过去，或者爬高走低，踉跄地跟着他，每一步都力不从心。这些年，我的肌肉在萎缩，我的牙齿在减少，我的头发越来越稀疏，为什么我的身体却一天比一天更沉重，重到我总是觉得难以移动它。此刻更是如此。

我尽量忘记躯体的痛苦，把注意力集中到前方的背影上。那孩子举着竹竿，在树干中间走走跳跳，时而连续穿过三四个最窄的树干缝隙，时而游戏般绕一个圈。竹竿上挑着的白色纸幡在丛林中游走，这么长的白纸，竟然没有一次挂到树枝，或者缠绕在树干上。

怎么可能呢？

忽然，有什么低沉的声音在震动我的耳膜。像是遥远的大鼓声，一声，一声声。那孩子停下脚步，侧过头，耳朵动了动。然后以惊人的速度向前方掠去，转眼消失在树影中。

现在又剩下我一个人了。

我依然不知道路在哪里。我继续不紧不慢地往前走，四肢的移动越来越艰难，鼻腔能感觉气温在继续下降。步行产生的热量转瞬即逝，像暗夜中细小的火柴。

又一次呼吸间，这路、这丛林间的光亮忽然变得出奇地柔软了。浅金色的，毛茸茸的，满山遍野一瞬间都披上了这样的颜色。我忘记了，一天中最美丽的时间到了。傍晚，在日光最后的辞行中，万物都会有最美丽的片刻。只是那么短短的一刻钟，也许更短，世界将堕入更深的暗。

我依然一个人走，走到那层浅金完全褪去。我意识到，那个孩子不会再出现了。

我甚至想着，刚才看见的是它也说不定。那个在我身旁蛰伏了几十年的朋友，面对一个像我一样活了这么久的人，它也着实辛苦了。年轻的时候，它喜欢站在对面的垭口上向我挥手。如果我急于向那里冲刺，就会失足掉下悬崖。它也时常躲在一棵大树，或者一根电线杆的背后，看着我们大步越过它，把它抛在背后。有时候，当我站在高楼上向下望，它就站在千百丈远的地面上，在众多缩小的车流与人群中抬头看我，对我吹着口哨。

这些年，它不再玩这个把戏了。它知道我已决定不去找它，直到它有机会抓住我。我能感觉到，随着岁月的推移，它已经渐渐失去了陪伴我游戏的耐心。最近，它时常在夜半趋近我的床前，用它冰凌闪烁的手抚摸我的四肢、躯干。我从突然的麻痹中惊醒过来，它已经消失在黑暗中。

寒冷的麻痹感正在向我肢体中央蔓延。每一次心跳都牵动着周身莫名的钝痛。为什么还要走呢，何必再折磨这副皮囊？我问自己，反正今夜就要消失在脚下的尘土里。我猜想现在应该有五点半了，还有半个小时而已，距离天黑与绝望。其实，已经绝望。不如坐下来就这么等着吧。也许痛苦反而少些。

我这么想着，却还在支撑着往前走。不为什么，就为这一分钟，我还是活着的。

黑暗像隐蔽在四周的浩大军队，眨眼间，他们就围过来。我一瘸一拐，坦然地陷入包围。我没想到天黑得这么快，丛林中的冰花异样地闪了一下，像是要抓住最后的一线流光，随后，一切都暗下来。我想，我终于可以停下脚步了。

五分钟，十分钟，我静静站在原地。黑暗一秒浓过一秒，像是这世界就要沉入地底深处。

十五分钟后，有什么落在我的鼻尖、耳畔，柔软的。

是雪。

纤弱的白色飞花，旋转、舞蹈、落地，随后更多，纷纷扬扬，无数白色的精灵从丛林的高处降落下来，在我的视网膜上画了一道道光的弧线。

当我屏息凝望，雪已越下越大了，成片、成团、成簇，如海浪般从天而降，拍打大地。它们落在山麓上，落在深谷里，落在沉睡的每一个屋顶，落在这世界最远的角落，落在我黑白的梦境里，沉没、堆积，用洁白的光亮把这世界从黑暗中勾勒出来，很快，又用更多的白色抹去了一切。

世界顿时空无一物。不是的，还有什么在移动着，是一个细小的黑影飘浮在前方的白色中，穿过白色的珠链，由小变大，来到我的面前。是那个孩子，手里还举着白色的纸幡。他定定地看着我。这一次，我终于看清了他的面貌，眉毛在额中相连，两只眼睛分得很开，眼角斜入发鬓。头发和肩头积着雪花。

我问，你是谁？

他依然没有答话，转身就走。

他看上去像是来带领我的。我于是跟上他的脚步。走出一段之后，我意识到，这一回，我的躯体忽然变得非常轻盈，毫无疼痛，行动出奇地自如，像是一片羽毛飘在雪地上。我的双腿甚至没有去辨别大雪底下的树根，居然一路走来也没有被绊倒，仿佛我就是凌空走在这片堆积的大雪之上。

我想，我该不是已经死了吧？如果是这样，我的皮囊应该还躺在方才的地方。我回头望去，来路空空荡荡，大雪之上，连脚印也没有一双。不知道是我的皮囊被大雪覆盖去了，还是我已成了魂灵，从此去来不再会有脚印。

半个小时以后，我们到达了一个村子。

没有云朵环绕的温泉，但确确实实，是个有人居住着的村子。村口接水的管子高高架着，水已凝成了冰柱。路边停着积雪的板车。几盏窗子的灯火正在灭去。猪在白雪底下的棚子里轻轻拱着。大概只有十几户人家的小村子。

瘦长的孩子在村子里熟练地穿行。少顷，在一间屋子前停下，推开门。他自己把竹竿靠在门口，冒着雪，飞快地消失在另一个方向。他不想让我跟着的时候，我是完全跟不上的。

3

堂屋的火塘里没有火。不是今夜还没来得及生起。看上去，这里已经有很久没有生火了，火塘里堆满了不相干的杂物。一双塑胶套鞋、一篮腐败的蔬菜、几个大小不一的竹篓。屋后的灶台也荒废多日，灶肚里淹着炭黑的水。

我原本以为，这座屋子是这孩子的家。现在看来，这只是一个废弃的所在。他带我来，好歹让我有个屋顶过夜。

我推开卧室的门，摸到桌上的蜡烛，用僵硬的手折腾了半天才点起来。房间里有一大一小两张床，呈直角贴着两侧的墙摆放。小床简陋得很，一块木板，上面铺着蓝花被褥。枕头上垫着一块粉红色的毛巾，这粉红已经洗得褪色了。

大床是一座红木的双人床，黑漆油亮，四周雕花的床架，顶上有红缎彩绣的帷幔垂下来，靠墙的一面还有连着床顶的护板，里面镶着翠鸟与蜡梅的图案，精细地上了彩漆。床上的褥子看上去显然比小床高。上面整齐叠着两床红缎被子，也比小床的蓝布面被子厚了很多。两个红绸绣金的枕头并排摆在床头。

　　我挑了小床坐下来，这才觉得冷极了、饿极了、累极了。如果倒在床上，我想应该即刻就会昏睡过去。等醒来的时候，如果还能醒来的话，多半会发现，冻伤的手脚再也不会有知觉。于是我又硬撑着站了起来，在房间四下绕了一圈，幸运地在小床的床底下踢到了一只炭火盆。也至少有几天没有用过了，炭灰是湿的，被早晚的雾气濡湿的。我在堂屋角落的一个蛇皮带里找到了一点儿木炭，居然还有半截松明。我举着蜡烛，在灶台边一大堆发霉的红薯里，找到了两只完好的。

　　炭火盆真是太小了。等好不容易燃起来，烤得了手，烤不了脚。湿了里面的棉衣翻过来，一次只能烤半个袖子，或者前襟的四分之一。我把两只红薯也放进炭火底下烤着，想不出多久才能熟到芯子里。

　　静，听见大雪柔软地拍打屋顶，拍打墙垣，扑簌簌地敲打窗棂。远处又传来隐约的大鼓声，比上一次听到时近了。似乎还有过一阵胡琴，时歇时起。

　　这样居然也渐渐暖和起来。感觉到的不是暖，而是疼，四肢百骸都在恢复知觉。两只手比原先胖了一倍，关节深陷在肌肉里。每一寸肌肤都疼得触碰不得。肌肉开始抽搐。骨节深处的钝痛放射到每一个神经末梢。左面的膝盖像是生生裂开了，稍一动，就让我大口倒吸冷气。我现在觉得是一步也走不得了。

这就让我确定，我还没有死。我的皮囊被我从雪地带回来了。方才跟着那孩子疾走，片刻的轻盈，只是因为神经完全冻得麻痹了。

吃过半生的红薯，又喝了半壶酒，算是镇痛。告诉自己，睡吧。

睡之前，务必打开窗子。因为还生着炭火盆，这气息已经让我有些恍惚。

窗在桌前，没有玻璃的木窗。拔掉栓，使劲儿向外一推。窗开了，雪花扑面，蜡烛顷刻灭去，整片耀眼的白，像银子打的雪光照进房间。片刻的目盲后，透过雪花垂落的帐帘，我隐约望见窗户对面的三四百米处，竟然有一个鲜艳的戏台，绿与金、红与银，堆积着花团锦簇的背景。胡琴声顷刻清晰了，正是从那里传来。一群武生，少说也有七八个，皂衣银冠绿腰带，手持大刀，踩着胡琴的步点，在台上盘旋走步。

从未曾见过这样的景象，大地照耀着天空。如果不是雪的光芒，今夜我只能听见鼓与胡琴，却未必能看见这没有点灯的戏台。广阔的雪地照亮着一个小小的戏台。这光芒映得戏台分外瑰丽，又看不真切。

雪地里，夜半，这出戏是演给谁看的呢？我着实惊讶。

少顷，一个金冠蓝衣的少年出场，佩着宝剑，与众多武生打斗在一起。一举一挡，你来我往。皂衣武生在他身边不断轮换，重复着同一个动作。胡琴毫不生厌地重复着同一个调门。这出戏更像一场舞蹈，看起来似乎还要热热闹闹演上一阵。

我不知不觉移到了大床的床沿上。无意得罪主人，只是这个位置正对着窗户，也正对着那个奇异的戏台，像是一个早已预设好的包厢。等坐到这张床上，我才发觉，主人其实是一直睡在那张小床上的。因为大床的褥子明显比小床的湿，虽然厚，多年没有人的热气烘烤，里面的棉絮已经变硬了，坐上去，就能感觉下层已经裂成几块。再摸两床被子，也是又湿又硬，不知折起了多少年没有打开过了。

雕花的墙板上悬着一幅国画挂历。一九八七年，翻在二月这一张，画着莺飞草长，迎春花开。床头散放着几本《半月谈》，分别是一九八四年第三期、第四期、第六期。就像主人家昨晚入睡前还翻看，醒来后就随它那么散在原地。这些印刷品都显得簇新，色彩鲜艳，也没什么积尘。不可思议。

从去年冬天到今年冬天，我记得，小区左邻的店面又拆又装，换了四次，面馆、咖啡店、美容院、干洗店。我的新公寓才装修了六年，全套水管就老化了。物业建议我重置所有的管道。我的一件冲锋衣穿了十年，柔软如新。有一天晒在太阳里，忽然就裂开来，碎成一块一块的。某一个冬天，我的左边膝盖忽然积水，以前它带我翻越千山万岭。医生说，是磨损所致。为什么不是我的右边膝盖，不是其他任何一个关节，也不是我渴望登山的热情。某一年，陌生的孩子开始叫我奶奶，可是我二十岁的记忆仍然是簇新的。所有这一切都让我觉得时间自相矛盾的宽容与残忍。

每一个曾经让我等待与欣喜的胜利，多年后看来，都觉得毫无意义。我走过千万绕山路，它们并没有带我去往任何地方，只是让我变得更老。我站在茫茫不可知的时间中，不知敌人为何，兀自征战，不知前方为何，不停向前，做着一只甲虫的努力。

现在戏台上只剩下了这个蓝衣的少年。他独自在雪中舞剑，与看不见的敌人厮杀。胡琴反反复复，他反反复复地冲刺、格挡、劈斩，游走在戏台的北方、西方、南方、东方。不知疲倦，渺小而壮烈。

我是被窗外的火光惊醒的。靠着冷硬如石的红缎被面睡着了片刻。坐起来，向外面望去。戏台下有一堆东西被点着了，火苗燃起的一刻，可以看见那是几座彩纸糊成的小房子、马车、牛羊，还有别的什么。这时候，听见外面的门轴响了一声，有人走进薄墙之隔的堂屋。脚步很熟悉，我想应该就是那个孩子，他的脚步有一种特殊的轻快，落地很轻，两步间有个停顿。还有另一个人，脚步滞重了许多，坐下的最后两步，后跟拖地。像是个老人。

然后，我听到这个老人说话了。

他叹了一口气，说，宗儿，你把老太太的魂灵接回来了吗？

字正腔圆，语速是老年才有的缓慢，声音却光滑得像一枚青翠的叶子。

他又说，你不聋也不哑，可就是从来听不懂我说话，也不对我说话。以前都说这是郁家的福气，隔一代就能有一个像你这样的孩子，能接魂送魂。唉，我倒宁愿你是一个普普通通的孩子，能在夜里陪着爷爷聊聊天、说说话。

有东西放下又拿起的声音，喝水声。我猜他在喝酒取暖。

隔了一会儿，听见他自言自语，这老太太，平时也不生火，怎么过夜的？来来来，宗儿，我们歇够了，回去干活儿吧，不能让戏台空得太久。村子里给的钱不多，可是我们也不能偷懒啊，是吧？

门轴又响了一声，两个人的脚步走出去。听见老人提着气喊了一声，老太太，就这最后一个晚上了，您请好好坐着看。

雪停了。风扫去空中最后一片飞花，干干净净。戏台上蓝衣金冠的少年，丢下宝剑，来到一个花园里。粉绿裙子的丫鬟扑着蝴蝶。等候少年的佳人徘徊在花丛间，嫣红衣衫，珠玉遮眉，欲语还休。胡琴声止歇了几秒钟，忽然有人唱了。仿佛雪地上的旋风拔地而起，银子般的声音，听不清唱的是什么，咿咿呀呀，隐约盘桓在雪的流光中。

忽然想起那时候，李和我都年轻极了，两个人天不怕地不怕的，似乎觉得彼此永远也不会死，永远可以在一起。

很多年前，我们走进这片峡谷，轻松地背着全套装备，走得像岩羊般矫捷。傍晚时分，也是忽然下了一场很大的雪。雪花纷纷扬扬，世界隐灭在铺天盖地的白色中。我们正打算找一处山麓搭起帐篷。一个下坡，就望见了前方暖雾蒸腾的温泉。万物萧瑟，冰峰雪冻，唯独那片温泉四周草木葱茏，宛如暖春。

夜半时分，雪停了，两个人从借宿的人家悄声出来，脚深脚浅地去看温泉。浓郁的硫黄味，与白雪的味道混合在一起，像烈酒一样醇香炙人。试了试手，暖，并不烫。李脱了衣裳就从雪堆里钻下去。

喂，你也下来吧。他在雾气中喊。

我没带游泳衣，总不见得像你一样光着吧？

下来吧，怕什么呢。半夜不会有人的。

好吧，你转过去，不许偷看。

温热的水托着脊背，每一寸都浸在温热里。四周高山环绕，树木芬芳。在岸边的白雪之下，是一整片一整片瓷白色的细小花朵，盛开得比雪还辽阔。雾气像千百层帐帘围绕着我们，星星闪烁在水面上。我的手臂、他的肩膀，在月光下闪闪发亮。我们漆黑的头发像银子一样闪光。天地间的白雪，在只有我们存在的梦境中晶莹发光。

在我们的时间里，李和我一起走过了多少路？据说每个人在临死前，魂灵都要把生前的脚印捡回来。想象中，就像一个人沿途拾起无数鞋垫那样。到那时候，我一定要数一数，四个并排的脚印总共有多少个。

在我们并不长远的生命里，一直是他带领着我，耐心地看顾着我，比我更知道我喜欢什么。他搜罗很多不同类型的音乐给我听，琢磨着我的反应，偶尔微笑着得出结论，噢，原来你喜欢听这个。他张罗着各地的饭馆给我做好吃的，观察着我的神情，间或欣慰地对掌柜说，看，原来她喜欢吃这个。

其实这一生，我并不期求他给我更多的快乐。我只希望，当我老了，蜷身卧在床的一侧，有他在背后对我说话，有他在背后听我说话。

李，我没想到，并不是每个人都有机会变老的。

李和我只在温泉边逗留了一个晚上。依稀记得，翌日的晨光下，温泉居然是绿色的，绿而深邃，折射出晨曦中第一缕热烈的颜色。

李说，就当是踩点，我们以后可以再来的。

我们顺着村子后面的路攀缘而上，步伐如飞，半天就来到了公路上。快到达山腰时，我们曾经回头俯视，村子就像一片细小的叶子远远飘落在雪地里，温泉嵌在其中闪闪发亮，看上去又像一只悲哀的眼睛，在昨天定睛望着我。

蓝衣少年望着他年轻的恋人，嫣红的衣衫有如春天的花瓣飘落在雪地上。他望着她，并不走近，只是一步一步地环绕着戏台走。她含羞低眉，偷偷望他，也是一步一步环绕戏台走。唱声停了，胡琴又响起。寂寂的天地之间，只有这一蓝一红两抹细小的颜色，在微不足道的戏台上转着圈。

屋里的炭火盆终于完全灭去。

这时候，晨光开始从地平线上涌现，像水浸透黑夜，一缕一缕，非常缓慢。雪地反而开始一寸寸暗淡下来。

窗棂和窗前的青瓦屋檐，竟夜勾勒着雪地里的这幅画。现在，这个镜框正在显出自己的颜色，中间的画面却渐渐淡去。远处的戏台没有了雪地的反射，也在褪去颜色。冰蓝色的晨雾像一条河，不断地从窗外涌进来。

我坐在这张古老华丽的大床上，这一刻，周身困倦，神志却分外清明。我有一种奇妙的错觉，仿佛这一生只是暗夜中混沌瑰丽的梦，长睡之后，我将在死亡中醒来，有如醒来在澄澈的黎明。

灰蓝色的晨光下，我看见那个瘦长的孩子从戏台后面钻了出来。可能是剧团整夜沉闷的演出，让他觉得乏味了，想活动一下腿脚。他举着纸幡在雪地里跑了几个圈，然后，呼着热气回到戏台前，怔怔站住，将脑袋偏向左边，像是在琢磨戏台上的两个人究竟在做些什么。

当他站定在那里，我才发现，与他的个头相比，戏台简直像是一个小人国。戏台上的蓝衣少年只有他的三分之一高。之前，是雪和夜模糊了距离，给了我错觉，还以为是一些真人在演出。原来都是一些两尺多高的傀儡，竹木身体和头颅，穿戴彩衣彩冠，牵线而动，配上演奏者的音乐和唱腔，就是一台人间生死悲欢的戏了。

4

好像是在天亮之后，我又和衣熟睡了一会儿。醒来的时候，手表已经指向八点。二〇〇七年一月六号早上八点。

窗户还打开着。正对的雪地上空无一物。青瓦屋檐上垂下了几道冰柱，在阳光下闪闪发光。我绕到屋外，就在窗户底下，昨夜看戏的方向，雪地上有一个明显的凹坑，长方形的，两米长，半米多宽。四周是厚厚的白雪，只有那个长方形里可以看见漉湿的泥土。想是整个大雪的夜晚，棺木都停在这里，直到早上才抬走入葬的。

一只细小的螟蛉伏在泥土上，忽然间，跳出凹坑，纵身消失在雪地里。

我整理好红缎被子，放下床帘，合上卧室的门、大门。沿着村子向山坡上走。冻伤的手脚已经不疼了，它们痊愈的速度让我惊讶。只是左边的膝盖，每一步都钻心疼痛，几乎让我没有勇气踏出下一步。最折磨人的，总是那些渐渐被磨损的东西。

雪正在阳光下非常缓慢地融化。世界像春天的青草，从白雪底下一点儿一点儿现出颜色。

我经过村子中间的河流。太阳明亮，河面上闪着璀璨的光，透明的冰凌花团锦簇，如同春天的大地上鲜花遍野。我弯腰拨开积雪的一角，河岸边盛开着一大片瓷白色的细小花朵，不知是否依然开得比雪还辽阔。

这是雪里花，球茎是很好的镇痛药。我本想取一点儿和酒吞下，想想又不忍心了，它们是这么纤弱，花瓣在阳光下几乎是透明的。

我一瘸一拐，顺着村子后面的路攀缘而上。昨夜就这样离我渐渐远了。

想起背包里的书，是一本多年前从地方志办公室影印的本地民俗。曾经李和我一起找到的。我看过多遍，每个章节都可以复述。

第二十三页上写着，傀儡戏。

傀儡戏中的傀儡，起源于古代葬礼用以殉葬的俑。春秋战国时期，已出现了类似傀儡戏的表演，有出土的悬丝傀儡为证。傀儡戏是民间最神秘的剧种，作为葬礼的重要仪式，具有酬神、去煞、抚慰魂灵的迷信功能。演出时间一般在午时过后或深夜，死者出殡之前。南派的傀儡戏，使用乐器通常有堂鼓、小锣、胡琴、唢呐、拍板等。傀儡由头、身、四肢组成，竹篾编织，身高两尺，连以十四条操纵线。

傀儡戏的表演者来自固定的家族。南派以郁家、陈家、黎家为主要代表。据说这类家族除了独到的技艺，还有特殊的家族病史。隔代有一名男童是先天性的自闭症患者，被视作能引领魂灵的人。由于傀儡戏的宗教功能与禁忌，仅限家族继承，且传男不传女，时至今日，傀儡戏的表演者已相当少见。这类民间艺术也濒临失传的困境。

离开那个村子以后，一路上走得非常顺利。中午刚过，我已经带着疼痛的膝盖走完了上坡，站在公路边上。

我向路过的车辆挥手，做出要搭车的手势。一辆郊区公共汽车开过去了，没有停下。照理说，他们是很愿意多接一个半途的乘客，多收一份车票的。金杯中巴一掠而过，也是售票载客的车子。它经过我的时候没有任何迟疑。蓝色的别克商务车全速开过，差点儿将泥水溅了我一身。好像根本没有人看见我。

我心中一凛，我该不会在昨夜就已经死了吧？郁家的孩子从雪地里接了我的魂灵去，还在一间屋子里看了整夜的葬戏。这就是我自己的葬礼吧。或许我才是一直住在那间屋子里的老妇人，守着一张曾经华丽的婚床，睡在一张小床上，孤单度过了几十年。关于李、徒步旅行和城市的生活，只是这个老妇人的另一场梦，一个魂灵迷路后错乱的记忆。

我正这么胡思乱想的时候，蓝色的别克在不远处一个急刹车，然后调头，绕了一个圈，再次向我站着的地方开过来，停下了。

后　记

✝

永生的世界

正因死的存在，生也成为多么好的东西。

它容忍我跌跌撞撞在书本与人群中摸索，
迷路，犯错误，执着或轻率，热爱或失望。

有一阵，我觉得自己多半是有了超能力。只要走进医院，我不辨方向的缺陷就不药而愈，我甚至能为别人指路，在任何一家医院里。

　　我是指，包括那些我此前从未踏足的医院。

　　但是很快我就意识到，我是白白高兴了一场，所有医院的内部功能结构其实是相同的，无论它们看起来是大楼中的甬道隔间，还是院落里的花园小径。这就仿佛世界上所有的庙宇和教堂，永不会让信徒感到陌生。连医院周围方圆两个路口之内的水果铺、餐厅、家庭旅馆、算命人和流动小贩的方位都大同小异，有如在庙宇墙外固定不变的卖香人和求乞者。

　　说不上我是什么时候对医院不再心存敌意的。尽管在步入中年之前的漫长岁月里，我最大的愿望就是远离医院的大门久一些。可是人到中年，活下去的概率渐小，每次踏进医院，我反倒生出安详之心。有时候还陪我的医生朋友值夜班，在我以前住过的病房里，一如我偏爱在世界各地的寺庙和教堂里停留。

重症监护病房每周走好几个人，至于谁走，谁也说不准。

有的病人明明生命迹象已经到衰竭的边缘，药都撤了，一直硬撑着不走。每天早上查房，医生都会站在他的床头翻看检查报告，默然不语。这事情谁都说不清楚。

像是有的床位莫名其妙被急匆匆拉起了围帘，皮囊和病床一并推走后，紫外线消毒，紧闭的围帘通体发光，宛如徒劳遮掩着一条洞开的甬道。很多医院的重症监护不分男女病房，赤裸的身体上插满管子，如果说看上去盖了些什么，也就是走个形式罢了。在这里，性别都不再需要遮羞，死亡却依然必须遮遮掩掩。

我听见过很多人走，一半是现场的听觉，心电图和呼吸机尖厉的警报声，是死神信步而来的口哨声，随之急促聚拢的脚步声，最后是床脚轮子远去的声响，循着那台专门去往地下室的电梯。

另一半是听医生们闲聊。听说清晨时分，护士逐个病床量体温，发现一个中年男病人已经僵硬了，掀开被子，满床是血。他在夜里裹着被子，用水果刀扎了自己二十几刀，才终于成功地杀死了自己。要有多么坚定的死的决心才能做到如此。他是肝癌晚期，不用自杀，死神也会很快造访，按照医生的推断，前后不会相差两周到一个月，他居然决定自己走向死，而不是等死走近他。这二十几刀的决心，是对死神的宣战，还是对世界的愤怒，我至今猜不透，但是有一点我很确定，他在面对死亡的某一刻远离了恐惧。

插着管子的那些夜晚，我时常梦见自己半身沉在冰冷湍急的河流中，手指试图攀住泥泞的河岸，指间沙土松动，手掌气力消弭，岸上是生之世界，人们兴致勃勃过着他们宛如永生的日子。

但是这种恐惧远远比不上我醒着，在黑暗里，蜷缩在医院的简易躺椅上，用耳朵捕捉一臂之内病床上的呼吸声，像一台无助的生命监测器，除了报警之外别无他用。任何一次呼与吸之间的空隙都让我的心陡然收紧，我整夜整夜徒劳地睁着眼睛。

最在意的人一个个离去后，奇怪的是，我当时深重的恐惧似乎并没有造成任何后果。

世界运转依然，阳光恒常照耀。

起初，我反复回到地下室，要求医生拉开冰柜。我对死者的躯体满怀不解，他们明显比原来缩小了，不知道是不是冷冻所致，面貌也明显与生前有微妙的差别，这使他们看上去像是死神故意抛下的掩人耳目的人偶，而真正的他们此刻又在哪里呢？

直到数日之后，我看着他们的整副骸骨完整地从火炉里被运送出来，每次都是如此，从他们一直延伸到面颊的明朗笑容中重新认出他们，确定他们确实是走了。白骨不需要展颜，却总是开怀大笑的表情，由此我记住了他们有生之日与我共处时的每一次欢笑。

在医院待久了，走出来看见这个弥漫着汽车尾气和厨房油烟的世界，总觉得脑袋转不过弯儿来。人们为了一场汇报演出排练几个月，为了一次考试死记硬背好几年，为了一个职位争斗倾轧几十年，为了一份养老金不敢怠慢地劳作大半辈子，可是从不为了自己并不遥远的死亡活上一天半晌。

和朋友们计划成立一个临终关怀的公益组织已经很多年，其间曲曲折折，筹备的折磨宛如一趟冗长的垂死挣扎。挂靠的单位不断反悔，一变再变。应允合作的科室期待不切实际的利益。宗教界的朋友终于筹钱在山谷中建起相关场地，不想就此受制于赞助的商人。加盟的医生朋友陆续生子，从此专心张罗孩子们的一饭一食。有志于专业护理的小朋友特意远赴国外学习，却爱上彼处的安稳静好，我祝福她终于找到想要的生活。

如同所有来势汹汹，最后在现实世界中被消弭殆尽有如一个笑话的理想，令我惊奇与宽慰的是，所有放弃的人都宛如离开了死地，重新汇入生者的世界。

有一阵我发狂地爱上了徒步旅行，夜以继日地翻山越岭。医院让我想起丛林里广袤的大地，在树根的盘虬错节间铺满了粪便、果核与种子的，骸骨与泥土的大地。当我行走，枯枝败叶在我脚底清脆作响，植物和动物的尸体不时绊倒我，但是当我跌躺在地面上，望见的是身周执拗向上的树干，高空如海汹涌的树冠，还有身躯之下正在泥土里抽枝发芽的蕨类植物和幼树繁花。

那时候我想，死是多么好的东西，就像走累了我可以随时躺下；就像医药无力时，还有一剂保证我可以痊愈的灵药；就像一场电影再恶俗不堪也没关系，标注着安全出口的绿灯始终在放映厅的两侧亮着。为什么我在恐惧它的时候从未想过它所赋予我的允许离场的恩惠?

正因死的存在，生也成为多么好的东西。它容忍我跌跌撞撞在书本与人群中摸索，迷路，犯错误，执着或轻率，热爱或失望。它用越来越响亮的声音告诉我，我对众人百无一用，我对这世界知之甚少。可是至少我还有机会爬起来，掸去尘土，在前行中经历下一次跌倒。

我猜想，小说所关注的世界应该是属于生者的吧。我承认我对于实践他们的生活方式缺乏热情，这是我总是写得如此糟糕的原因。但是这并不妨碍我爱他们，欣赏他们的吵吵嚷嚷，因他们的狡黠微笑，为他们的盲目而感到难过。

像是如今，大多数人对医院的期望高得过了头，把医院当作他们的寺庙，把经历生老病死的责任交给全副武装的病房，有如把认识世界和己心的责任交给一尊泥胎塑像。对于人生必经的过程，他们所谓的爱与学识却承担不起这份重量，于是只有用这种方法把生老病死排除在日常生活之外，保卫医院高墙之外永生的世界不受沾染。

这部书稿中的人物都来自永生的世界。在这个狭窄而光鲜的所在，对生命的疑虑被界碑隔开，摈弃于禁忌之荒原。然而某天，或某个瞬间，无意或必然，故事中的他们越过了看不见的界碑。此后有人选择归来与遗忘。另一些则从此留在彼处，正如我自己。

在宇宙更为真实的彼处，我们的时间已经过去，或者才刚刚开始。

八个故事的写作经历了漫长的过程。

陆续写于爱尔兰科克大学明斯特文学中心（The Munster Literature

Centre）、中国北京、意大利佛罗伦萨、美国纽约曼哈顿南区、丹麦维堡郊外的黑尔国际文学中心（H. A. L. D）、中国上海闹市书斋，二〇一一年至二〇一四年。陆续刊载于《中国作家》《上海文学》《收获》《长江文艺》。修改整理于二〇一五年。核校完毕于罗马尼亚挈达特文化中心（Culture Port Cetate），多瑙河畔，二〇一六年盛夏。在此感恩文学期刊的老师与朋友们。感恩各国文学中心的前辈与同行者。

结束这篇后记之际，我正缓慢地进行着一部新长篇，做着这样无用的事情，却感觉有如国王巡行在丛林中，自得其乐。多瑙河在窗台下低吟浅唱，磨蚀着漫长的白昼。

我钟爱于日落时分走入河水深处，亲吻硕大无朋的鲤鱼。待我上岸，总能遇见葡萄酒庄的农人聚在河滩边夜饮，提琴、吉他与手风琴，纵情歌舞直至拂晓。

图书在版编目（CIP）数据

迷路人间 / 孙未著 . -- 长沙：湖南文艺出版社，
2019.1
ISBN 978-7-5404-8632-7

Ⅰ . ①迷… Ⅱ . ①孙… Ⅲ . ①短篇小说 - 小说集 - 中
国 - 当代 Ⅳ . ① I247.7

中国版本图书馆 CIP 数据核字（2018）第 091553 号

上架建议：短篇小说集

MILU RENJIAN
迷路人间

作　　者：孙　未
出 版 人：曾赛丰
责任编辑：薛　健　刘诗哲
监　　制：毛闽峰　李　娜　刘　霁
特约策划：由　宾　曹伯丽
特约编辑：孙　鹤
营销编辑：杨　帆　刘　珣
封面设计：梁秋晨
内文版式：潘雪琴
封面插画：凌　倩
出版发行：湖南文艺出版社
　　　　　（长沙市雨花区东二环一段 508 号　邮编：410014）
网　　址：www.hnwy.net
印　　刷：北京中科印刷有限公司
经　　销：新华书店
开　　本：875mm×1270mm　1/32
字　　数：215 千字
印　　张：10.5
版　　次：2019 年 1 月第 1 版
印　　次：2019 年 1 月第 1 次印刷
书　　号：ISBN 978-7-5404-8632-7
定　　价：39.80 元

若有质量问题，请致电质量监督电话：010-59096394
团购电话：010-59320018